Catedrais

Claudia Piñeiro

PRIMAVERA
EDITORIAL

Aos que constroem sua própria catedral, sem deus.

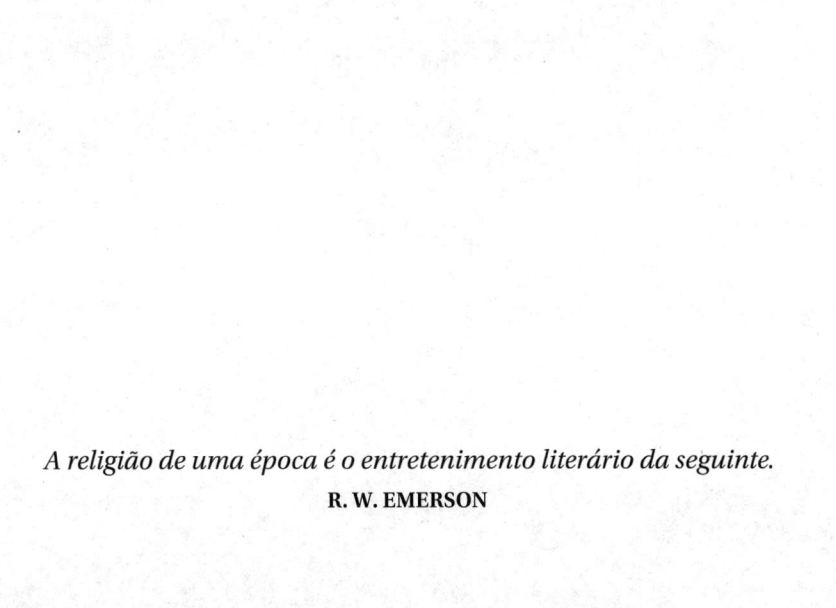

A religião de uma época é o entretenimento literário da seguinte.
R. W. EMERSON

Sumário

Lía 11

Mateo 45

Marcela 79

Elmer 131

Julián 167

Carmen 207

Epílogo: Alfredo 241

Lía

*É o que quero pensar, no que quero acreditar,
mas tenho medo de parar de acreditar. Eu me
pergunto se querer acreditar tão intensamente não
é a prova de que não acreditamos mais.*
EMMANUEL CARRÈRE, *O Reino*

1. Já faz trinta anos que não acredito em Deus. Para ser mais exata, deveria dizer que há trinta anos ousei confessar isso. Talvez já não acreditasse muito tempo antes. Não abandonamos "a fé" de um dia para o outro. Comigo, pelo menos, não foi assim. Apareceram alguns sinais, sintomas menores, detalhes. No começo, preferi ignorar. Como se estivesse germinando dentro de mim uma semente que, cedo ou tarde, se romperia e abriria a terra para chegar à superfície como um caule verde, terno, ainda fraco, mas decidido a crescer e a gritar para quem quisesse ouvir: "Não acredito em Deus."

No começo, quando surgiu a ideia, senti um desconforto, que depois reconheci como medo. O que poderia acontecer se eu assumisse minha falta de fé? O que teria que dar em troca? Eliminava aqueles primeiros pensamentos como um pesadelo do qual era melhor acordar, ou como uma ideia irreverente que deveria descartar imediatamente enquanto esperava que chegasse a próxima, um pouco mais sensata.

Até que, um dia, recebi um golpe que me deixou atordoada, nua diante do mundo, incapaz de entender o que estava acontecendo ao meu redor e, sobretudo, os motivos. Então, o incômodo ficou tão evidente que não consegui continuar fingindo contar com uma fé que não tinha. Não acreditava mais em Deus. Confirmei no instante em que me informaram que o corpo sem vida da minha irmã mais nova, Ana, fora encontrado. Declarei no dia seguinte, no velório.

Ana, "a pimpolha" – como papai a chamava –, a que dormia no mesmo quarto que eu, a que roubava minha roupa, a que subia na minha cama para me contar segredos que só eu podia saber. No meio da tarde, chegou o padre para dar os pêsames e rezar por ela, acompanhado por Julián, que era seminarista na época. Meus pais me chamaram para rezar também, perto do caixão fechado. Recusei. Insistiram, disseram que seria bom para mim, me perguntaram por que não queria rezar. Evitei a pergunta uma ou duas vezes até que finalmente respondi: "Porque não acredito em Deus." Falei muito baixo, olhando para o chão. Levantei a cabeça e notei que todos os olhos estavam cravados em mim. Repeti em voz alta. Minha mãe se aproximou, me segurou pelo queixo, me forçou a encará-la e me mandou repetir. Como Pedro, mas convencida e sem voltar atrás, neguei minha fé pela terceira vez. "Pedro se lembrou do que Jesus lhe tinha dito: 'Antes que um galo cante, três vezes me negarás.'" Mateus 26:75. Trinta anos de ateísmo assumido e ainda consigo repetir passagens dos Evangelhos de memória. Como se tivessem sido marcadas na minha pele com um ferro quente. Não lembro o número do capítulo e do versículo, procuro isso no próprio texto quando quero citar, prefiro pensar que por deformação profissional e não por transtorno obsessivo-compulsivo. Por que ainda me lembro deles? Com que ameaça foram gravados em mim? "E saindo dali, chorou amargamente." Diferentemente de Pedro, eu não chorei, me senti poderosa, dona de mim em uma idade em que tudo eram dúvidas.

Ao declarar meu ateísmo, incomodei os presentes. Exceto o padre Manuel, que se fez de desentendido. Com um sorriso que pretendia ser acolhedor, o sacerdote atribuiu as minhas palavras à compreensível e passageira raiva adolescente, face à brutal circunstância do assassinato de Ana. Minha mãe se acalmou com a interpretação do padre.

Mesmo assim, assegurou que eu só queria chamar atenção, que minha necessidade de ser o centro das atenções não dava trégua nem mesmo no velório de Ana. "Típica filha do meio", costumava dizer, quando ficava irritada comigo. Não disse naquele dia, mas deve ter pensado. Eu não conseguia entender de onde minha mãe tirava forças para qualquer outra coisa que não fosse chorar a morte de sua filha mais nova. Meu pai, que era quem mais me conhecia e não tinha dúvidas de que eu estava falando sério, me afastou do grupo para pedir que reconsiderasse e, por ora, ao menos me declarasse agnóstica. Carmen, nossa irmã mais velha, mostrou-se muito perturbada durante o velório. Porém, nem por um segundo abandonou seu papel de encantadora de serpentes, tentando se mostrar a mais afetada pelo drama que passávamos. Amparada pelos amigos da Ação Católica, aproveitou para cobrar dívidas antigas que tinha comigo e parou de se dirigir a mim a partir daquele dia.

 A única lembrança de cumplicidade e proximidade que tenho daquele momento foram os olhares que cruzei com Marcela, a melhor amiga de Ana. Sentada no chão a uns metros do caixão, apoiada em uma parede para não desabar, sozinha, aturdida, deixava claro que não queria ser tocada por ninguém, nem consolada. Incapaz de parar de chorar, parecia tão destroçada quanto eu – uma, seca; a outra, banhada de lágrimas. Nós duas estávamos claramente do mesmo lado. Percebi, nos olhos dela, não apenas a dor e o horror que compartilhávamos, mas um pedido confuso, uma exigência que não conseguia expressar totalmente, como se quisesse me falar algo que nem ela entendia. Talvez estivesse me pedindo para tirá-la de lá; talvez também não acreditasse mais em Deus. Não me esqueço do seu olhar, dos seus olhos fixos em mim enquanto movia para baixo e para cima no dedo um anel, sem chegar a tirá-lo. Eu o reconheci depois de um tempo: aquele anel era meu, tinha uma pedra turquesa grande demais para nossas mãos. Ana o chamava de "anel da sorte" e sempre o roubava de mim quando dizia que precisava da minha "força". Que força Ana via em mim, que eu nunca percebi? Usava o anel quando tinha uma prova, quando saía com um garoto de quem gostava demais, quando participava de um campeonato de vôlei com a seleção do colégio – um dia ela me confessou que, durante os jogos, colocava o anel dentro da calcinha para que não a incomodasse. Gritei: "Que nojo!" Ana o dera à amiga, ou tinha esquecido o acessório na casa dela. Que importância tinha naquele momento um anel incapaz de proteger minha irmã da morte? Não me aproximei naquele dia e depois Marcela se perdeu, foi diagnosticada com amnésia de curto prazo, consequência do trauma causado pela morte da Ana e de um forte golpe que recebeu na cabeça. Não consegui mais falar com ela. A morte de Ana deixou marcas em todos.

Depois que anunciei meu ateísmo, minha família não apenas velou o corpo de minha irmã, mas a minha fé. Era necessário dizer aquilo no meio do velório da Ana? Não tenho dúvidas de que sim, de que disse aquilo naquele momento e em circunstâncias fúnebres porque devia isso a ela, porque queria falar aquilo antes de que seu corpo – os pedaços dele – fosse sepultado e condenado a permanecer definitivamente debaixo da terra, antes de que eu me despedisse de Ana para sempre. Aprendi naquela mesma tarde que "ateu" é um palavrão. E que a maioria dos crentes pode conviver com quem acredita em outros deuses, mas não com quem não acredita em deus algum. Que digam diretamente ou com eufemismos, é evidente que consideram ateus pessoas "defeituosas". Há também aqueles que concluem que a impossibilidade de ter fé resulta em um grau de maldade inevitável: alguém que não acredita em nenhum deus não pode ser uma boa pessoa.

Tento não pensar naquele dia. Tento recordar minha irmã Ana como aquela que se enfiava na minha cama para me contar segredos. Depositei todas as minhas dúvidas na fé, ou na falta dela. Desde que me neguei a rezar diante do seu caixão fechado, questiono qualquer história, da religião que for, que continue transmitindo, ainda no século XXI, uma construção ficcional como se fosse verdade. Fico inquieta por não conseguir decifrar o que faz com que tantas pessoas, milhares de anos depois, continuem acreditando em narrativas que não resistem à prova de verossimilhança que exigimos a qualquer ficção menor. Talvez façam isso porque a dúvida em relação a crenças arraigadas vem acompanhada pelo temor de perder benefícios secundários: os presentes do Papai Noel ou os Reis Magos, o dinheiro que deixa a Fada do Dente, o céu que nos espera após Juízo Final. Por que continuo escrevendo "Juízo Final" com letras maiúsculas se esse julgamento não significa nada para mim? Quem deixa de acreditar em Deus não conta mais com a vida eterna, nem com a proteção de um anjo da guarda, muito menos com a aprovação de quem nos cerca. Em um mundo que vê a corrupção como um mal inevitável, não tenho dúvidas de que há quem finja acreditar só para continuar usufruindo esses benefícios. Eu não consegui. Um acontecimento inesperado rasgou o véu que protegia a vida cotidiana do brutal, que a separava do selvagem, e não houve mais lugar para dissimular uma fé que eu não sentia.

    Foi isso que repeti diante de todos, quando começaram a rezar uma Ave-Maria ao redor do caixão de Ana, para que não ficasse dúvida de que meu atrevimento não havia sido a manifestação de rebeldia adolescente, mas uma convicção. Neguei minha fé pela quarta vez – nem Pedro se atrevera a tanto. Assim que disseram "bendito é o fruto do vosso ventre, Jesus", me posicionei em uma extremidade do caixão, apoiei as mãos sobre a madeira lustrosa que continha o corpo desmembrado da minha irmã e disse, em voz baixa, mas firme, como se também estivesse rezando: "Não acredito no fruto do ventre de nenhuma mulher virgem, não acredito que exista um céu e um inferno, não acredito que Jesus tenha ressuscitado, não acredito nos anjos, nem no Espírito Santo." Repeti várias vezes a mesma frase longa, como um mantra. "Não acredito no fruto do ventre de nenhuma mulher virgem, não acredito que exista um céu e um inferno, não acredito que Jesus tenha ressuscitado, não acredito nos anjos, nem no Espírito Santo." Primeiro, no meio do murmúrio, pensaram que estava rezando com eles, mas alguém duvidou e parou para ouvir. Depois outro escutou, e outro, até que, um a um, foram se calando. Em certo momento, só dava para ouvir a minha voz. O padre fez o sinal da cruz. Minha mãe deu três passos velozes na minha direção e, quando estava prestes a me dar um tapa, meu pai impediu sua mão no ar. Teria sido em vão. Mesmo que tivesse me batido, eu não acreditava mais, simplesmente porque não temia mais. E se não tinha medo de Deus, não tinha medo de ninguém. Qual era a pior coisa que poderia me acontecer se parasse de acreditar? O corpo despedaçado de Ana tinha aparecido em um terreno baldio e, de repente, essa selvageria me fez ver com clareza que a minha fé estava construída sobre o medo, sobre a suspeita de que se não acreditasse nesse suposto Deus em que acreditavam os que me rodeavam – ou em qualquer outro deus –, podia acontecer algo ruim, terrível: o fim do mundo. Tinha sido educada assim, com temor e reverência a Deus. Mas agora, diante do assassinato da minha irmã, cujo corpo fora queimado e esquartejado, o que de pior poderia acontecer se eu parasse de acreditar?

Não chorei no funeral dela, não consegui: a raiva e o espanto eram tão fortes que não me permitiam chorar. Meu pranto foi o silêncio. E a verdade é que chorei pouquíssimas vezes nestes trinta anos: se nem mesmo aquele horror me fez chorar, o que faria ? A fúria e o ódio direcionados ao responsável se igualavam – ainda se igualam – à dor. Mas a partir daquele dia parei de ir à missa, parei de rezar, nunca mais usei um crucifixo, nem mesmo como enfeite, nunca mais contei supostos pecados a um padre para depois receber uma hóstia que não acreditava, e não acredito, ser o corpo de alguém. Abandonei uma neurose coletiva, me declarei ateia. E me senti livre. Sozinha, rechaçada, mas livre.

Ao longo dos meses seguintes, passei a não suportar a forma como os outros me olhavam, como se eu fosse defeituosa. Não tolerava que Carmen não falasse comigo, não aguentava a reprovação da minha mãe ou a suposta neutralidade do meu pai – incapaz de abrir uma nova frente de conflito em meio a tanta dor. E, acima de tudo, não suportava a ausência de Ana ou o fato de que ninguém conseguia me dizer quem a matara e o porquê, quem a queimara, quem serrara suas pernas, seu pescoço, quem deixara as partes do corpo da minha irmã em um terreno baldio onde os vizinhos depositavam o lixo. Fui embora da minha casa, da minha cidade, do meu país, da minha vida anterior. Recomecei minha história a milhares de quilômetros dali, em Santiago de Compostela. Ana tinha visto um documentário sobre o Caminho de Santiago e seu sonho era que fizéssemos aquela viagem juntas. Porém, ainda éramos jovens e só poderíamos fazer uma viagem desse porte quando trabalhássemos, quando pudéssemos guardar dinheiro para passagens, quando fôssemos "grandes". Mas não deixaram que ela fosse grande, e eu cresci de repente naquele dia. Consegui um emprego de recepcionista em um consultório médico, e guardei dinheiro até conseguir pagar uma passagem barata para a Espanha e depois o trem mais econômico de Madri a Santiago de Compostela, que parava em quase todas as estações. Meu Caminho de Santiago foi esse, vinda de Buenos Aires e sem caminhada. Pouco tempo depois de me instalar na cidade, consegui emprego como recepcionista, mas em um hotel. Todos os dias eu dava as boas-vindas a peregrinos de uma fé que eu não nutria mais. Talvez tenha vindo aqui não apenas para cumprir o desejo de Ana, mas para entender por que alguns acreditam em uma fábula inverossímil transmitida mil e uma vezes depois de tantos séculos.

Hoje tenho uma livraria na mesma cidade. Após deixar meu primeiro emprego no hotel, trabalhei durante muitos anos como vendedora, depois como gerente da livraria. Quando o dono morreu, os herdeiros ofereceram tantas facilidades para que eu a comprasse que ainda hoje agradeço a oportunidade de ficar com ela para sempre. Vou morrer nessa livraria, não tenho dúvidas, é o meu lugar no mundo. Está localizada em uma rua por onde passam peregrinos todos os dias. Não param para comprar livros antes de chegar ao objetivo, a Catedral de Santiago – mal olham para a vitrine. Mas vários deles, depois de se instalar em um hotel ou em um refúgio, vêm até a minha livraria e escolhem algum exemplar. Se não conhecem o idioma, compram pelo menos um de fotos da cidade. Aqui termina a caminhada deles, por isso não ficam com medo de carregar peso. Ouço como falam, decodifico seus gestos, de vez em quando entendo sua língua. Não tenho dúvidas de que muitos dos que caminham também não acreditam em nenhum deus, são tão ateus quanto eu. Não é a religião que os leva a fazer o Caminho de Santiago. Completam o percurso com o objetivo de chegar a um lugar concreto, de ter um objetivo, uma certeza. E provar para si mesmos que podem realizar o que se propuseram a fazer, como um desafio. Acreditam em si mesmos, em sua perseverança, em sua fortaleza física e anímica para não desistir antes de chegar. É nisso que depositam sua fé, neles mesmos. Uma fé que é bem mais próxima da minha. Eu poderia ser um desses peregrinos ateus.

– Desculpa, Lía... – Ángela, a gerente da livraria, abriu a porta do meu escritório sem bater.

– Sim... – respondi, dissimulando o mau humor causado pela entrada dela.

– Estão te procurando na recepção...

– Quem? – perguntei, sem muito interesse.

– Uma tal Carmen Albertín.

Demorei uns instantes para compreender o que Ángela acabara de me dizer. Ouvir o nome da minha irmã ao lado do sobrenome de Julián me surpreendeu. Sabia que tinham se casado um tempo depois que ele abandonara o seminário, meu pai me contara em uma carta. Fiquei zangada ao ler aquilo: apesar de ter aceitado que mantivéssemos uma correspondência periódica e amorosa de pai e filha, acordamos, a pedido meu, que, a menos que descobrissem quem matara Ana, nossa troca epistolar não incluiria notícias minhas, nem deles. Era o nosso pacto, o compromisso de que continuaríamos procurando a verdade. Não queria ler nada que me remetesse ao que deixara para trás, nem estava disposta a revelar como havia construído minha nova vida. Só desejava continuar em contato com o meu pai, precisava da voz dele, mesmo que fosse por escrito. Apesar de saber que Carmen se casara com Julián, nunca havia associado ao nome da minha irmã a esse sobrenome: Carmen Albertín. Nós éramos as irmãs Sardá. Carmen, Lía e Ana Sardá. Ana, a linda, a dos olhos azuis, a que ficava corada quando meu pai a chamava de "pimpolha" na frente de estranhos e escondia o rosto atrás de seu cabelo castanho.

Ángela esperava uma resposta. Eu fiquei sem palavras, não sabia o que dizer. Ela insistiu:

– Quando ela se identificou, eles disseram que eram parentes seus.
– Eles? Carmen e quem mais?
– O marido dela, imagino. Ela não me apresentou, mas tive a impressão de que são um casal. Se quiser, eu pergunto.

Não era necessário, não havia dúvida. Eram eles, minha irmã decidira voltar a falar comigo trinta anos depois e eu devia resolver se aceitava o jogo dela. Carmen, desde criança, definia a nossa brincadeira: quando aconteceria, qual seria e que papel cada uma desempenharia. Não havia nenhuma chance de que Ana e eu reclamássemos da decisão dela. Se nossa irmã mais velha havia aceitado passar algum tempo conosco, já era o suficiente, e tínhamos que agradecer, por mais que sempre me mandasse ser a "tia solteira". Mudar os planos dela, quaisquer que fossem, não existia em sua cosmovisão: o mundo de Carmen era "Carmencêntrico". Se suas irmãs mais novas ousassem modificar alguma de suas instruções, a insubordinação era punida com silêncio, zombaria ou exílio infantil aos lugares mais solitários e escuros da nossa casa. Durante a infância e parte da adolescência, nós a obedecemos quase reverencialmente. Carmen não era só a mais velha, mas a pessoa que Ana e eu mais temíamos naquela casa. Um medo que não sentíamos dos nossos pais, nem sequer da nossa mãe, que fazia muitas coisas para nos incutir temor. Fora de casa, minha irmã era outra coisa. Nunca entenderei como conseguia ser carismática, agradável e sedutora assim que cruzava a porta. Tenho certeza de que se perguntasse à Ángela que impressão Carmen causara nesse primeiro encontro, teria me respondido: "Muito simpática!" Essa habilidade da minha irmã mais velha de ser duas Carmens muito diferentes, uma conosco e outra com o resto do mundo, era o que mais me despertava raiva.

Mas quando Carmen apareceu em meu novo mundo, nossa infância ficara para trás. E meus medos e raivas também. Ou foi o que pensei.

– Deixo entrarem, Lía? Ou prefere vê-los no salão?

2. Ángela abriu a porta outra vez e ficou de lado, para permitir que Carmen e Julián entrassem em meu escritório. Minha irmã agradeceu ao passar com um gesto amável, e o sorriso de Ángela confirmou que ela a achava, como eu temia, "muito simpática". Estava preparada para recebê-los, quase em guarda, mas no momento em que os vi, fiquei sem fôlego. Me levantei atrás da mesa enquanto eles avançavam na minha direção, ainda sem falar nada. Uma perna tremeu e tentei controlá-la, levantando-a um pouco do chão e flexionando o joelho. Fiquei brava com o meu corpo, que continuava reagindo das maneiras mais insólitas à presença de Carmen. O silêncio, que havia sido natural entre nós durante os últimos tempos juntas, agora, no meu pequeno escritório e com Julián ali, era constrangedor. Imagino que os três, cada um à sua maneira, estávamos medindo quem daria esse primeiro passo depois de tantos anos sem nenhuma palavra.

– Oi, Lía! Que livraria linda você tem – comentou Julián, finalmente. Talvez presumindo que, por ser o homem, devia tomar a iniciativa. Essa atitude e seu jeito conciliador, em vez de me causar alívio, me irritaram.

– Oi – respondi, seca, amarga.

– Quanto tempo... – acrescentou Carmen, uns poucos segundos depois, com seu tom discreto, mas pedante que, conforme percebi, nunca havia esquecido.

Sem acrescentar outra palavra, fiz um gesto para que nos sentássemos e evitássemos os cumprimentos formais. Julián puxou a cadeira de Carmen e esperou parado atrás dela para acomodá-la. Minha irmã, nessa cadeira de escritório sem graça que herdei dos donos anteriores, parecia uma rainha.

Não houve beijos ou abraços. Nem sequer apertamos as mãos.

Carmen continuava sendo Carmen.

Seu cabelo mantinha a cor graças à tintura mensal, mas havia perdido o brilho da juventude. Os quadris estavam mais largos. O queixo duplo pendia solto atrás de um lenço de seda que não conseguia escondê-lo. Ainda assim, eu a teria reconhecido no meio de uma multidão. Seu olhar altivo, a cabeça ligeiramente inclinada para a esquerda, a careta em sua boca a meio caminho entre o sorriso e a reprovação. E a cruz de prata, larga, grossa, que foi da minha mãe, caindo no meio do decote.

Por outro lado, eu não reconheceria Julián se o encontrasse por aí, sem esperar. Não só porque não usava mais aquela roupa cinza, preta ou azul sem graça que, mesmo sem batina ou colarinho branco, indicava que seria padre, mas porque se tornara um homem. E isso, ser um homem, definitivamente o transformava em outra pessoa. A pele do rosto parecia áspera, opaca. Tinha cabelos brancos atrás das têmporas e duas rugas profundas na testa que não correspondiam à idade. No entanto, o que mais afastava esse senhor – que agora ficava em silêncio, sentado na minha frente, depois de elogiar a minha livraria – daquele jovem que conheci na paróquia de Adrogué eram seus olhos castanhos, que não tremiam mais. Não tinham aquela oscilação involuntária que fazia com que fossem únicos, dispostos a se entrecerrar primeiro de forma estranha, como se não tivesse entendido bem, para depois se abrir com surpresa quando Ana ou eu dizíamos uma imprudência ou até uma besteira diante do nosso "padreco". Muitas vezes fazíamos isso só para vê-lo repetir aquele gesto e para que seus olhos vibrassem.

Acho que Ana estava apaixonada por Julián. De alguma maneira todas estávamos, como uma fantasia inconfessável, descobrindo o erotismo do proibido e deslumbradas por um homem que não enfatizava sua condição de macho em uma época em que os papéis de gênero eram divididos de forma clara. Mas suspeito que Ana tinha se apaixonado seriamente. Estou convencida de que era isso que queria me contar uma noite, dois dias antes de sua morte, quando pediu para se deitar na minha cama para me revelar um segredo e eu disse que não, que estava cansada, quase dormindo, e que era melhor deixarmos para o dia seguinte. Às vezes, não há um dia seguinte. Como saber? Ana não insistiu, o que foi estranho: sempre insistia quando queria alguma coisa. Ela se sentia mal, disse, mas nem a dor de estômago mais forte poderia tê-la impedido, se quisesse contar. Talvez não estivesse tão segura a ponto de confessar. Talvez até tenha se sentido aliviada quando pedi que deixássemos para depois. No meio da noite, tive a impressão de que a ouvi chorando. Olhei para onde dormia e ela estava totalmente coberta, tremendo sob as mantas. Porém, depois de um tempo, começou a respirar mais profundamente e se acalmou. Tentei voltar a dormir, pois me levantaria muito cedo para fazer minha primeira prova na universidade e teria exames todos os dias daquela semana. Mesmo sabendo que minha irmã estava mal, decidi dormir. Não me pareceu tão grave que tivesse se apaixonado, aos dezessete anos, por um homem que seria padre e nem sabia o nosso nome. Pior era se apaixonar por alguém livre para te amar e que, mesmo assim, olhava para o outro lado, como acontecia comigo naquela época. Poderíamos ter conversado, mas acabaríamos dormindo tarde e eu precisava descansar. "Amanhã", pensei alto, antes de fechar os olhos. Me sinto culpada até hoje, talvez escutá-la não mudasse o fato de que, pouco tempo depois, ela seria assassinada, mas a lembrança do meu último momento com ela seria outra. Em lugar de um pedido que recusei, teria sido um abraço, sua mão sobre meu ombro – ou talvez brincando com meu cabelo –, ela aninhada atrás de mim, quente, sussurrando no meu ouvido algo que ninguém naquela casa deveria saber.

– Deve estar surpresa de nos ver – falou Carmen, e claro que estava surpresa, não apenas de vê-los ali, mas de vê-los juntos.

– O assassino da Ana apareceu? – perguntei sem vacilar, e ela levantou o peito, endireitou a cabeça, me olhou fixamente, mas não respondeu.

Não precisava que respondesse, sabia que não era esse o motivo pelo qual estava no meu escritório. Falei aquilo para incomodá-la, para que soubesse que a única coisa que poderia me interessar em sua visita era uma resposta para a pergunta: "O assassino da Ana apareceu?" Não conseguia imaginar por que minha irmã tinha vindo. Lembrei que Carmen sempre escolhia caminhos sinuosos para chegar ao tema que queria tratar, e o quanto me incomodava essa sua maneira de abordar um assunto quando já estava cansada de ouvi-la falar besteiras. Desde criança, Carmen se vangloriava, adorava se ouvir e que a ouvissem. Parecia interessante que, para nos contar o que ia fazer à noite, seu relato começasse pela forma como escovara os dentes naquela manhã. Naquele encontro, não seria diferente. Finalmente, depois de um silêncio irritante, repetiu minha pergunta baixinho: "Se o assassino da Ana apareceu." E prosseguiu:

– Lía, a morte da Ana, a esta altura, é um capítulo encerrado, ninguém procura mais esse suposto assassino. Você continua nessa? Trinta anos depois?

– Eu continuo nessa. Trinta anos depois.

O clima entre nós continuava estranho. Julián se sentia constrangido, deslocado, quase sobrando. Reconheço que eu não estava facilitando, mas quem tinha que se esforçar para melhorar o clima, em todo caso, era Carmen. Ela tinha vindo me ver; se fosse por mim, ela não estaria sentada no meu escritório. Não estava interessada em saber nada sobre eles ou do lugar que havia deixado para trás trinta anos antes. Meu único elo vivo com aquele mundo era meu pai. E nesse elo não eram permitidas notícias, somente presença, palavras, carinho. Havia recebido sua última carta três ou quatro semanas antes, e respondera poucos dias depois. Em uma semana ou duas chegaria sua resposta.

Um gesto brusco de Carmen – um movimento sobre a cadeira, que Julián interrompeu pousando uma mão sobre a coxa dela – revelou que, se minha irmã não precisasse de mim, teria se levantado e ido embora após me ouvir dizer: "Eu continuo nessa. Trinta anos depois." Carmen teria saído, prepotente, confusa, já sem dissimular, arrastando o marido ex-seminarista com ela. Se ficara era porque precisava de mim – e muito. Minha irmã finalmente se acomodou na cadeira toda pomposa, como se pretendesse que, depois desse movimento, tudo recomeçasse. Julián abaixou a cabeça e suspirou. Ficou um instante olhando para o chão, depois levantou o rosto e olhou bem nos meus olhos, sem tremer, pedindo uma trégua. Eu sustentei o olhar. Também não disse nada, mas fiz um gesto de que pretendia aceitar esse pedido. Por ele, não pela Carmen. Então, Julián, sentindo-se autorizado, foi direto ao assunto que os trouxera até ali.

– Temos um filho. O nome dele é Mateo, acabou de fazer vinte e três anos.

Não me importava que tivessem um filho. Não me importava nem queria saber. Mas não me surpreendeu que tivessem escolhido esse nome, o de um apóstolo, ou Jesus, ou Maria Imaculada, se fosse uma menina. Não falei nada e muito menos perguntei por esse garoto sobre o qual não tinha conhecimento até aquele dia. Não me alegrei, nem me assumi tia de ninguém. No entanto, naquele primeiro momento, interpretei de forma errada o comentário de Julián: achei que tinha sido apenas uma tentativa de aliviar a tensão, sem perceber que o filho era exatamente o tema da visita. Ainda assim, francamente não me interessava nem isso, nem nenhuma outra coisa da vida da minha irmã; se Julián e ela não estavam ali para me dizer quem assassinara Ana, não entendia o que faziam na livraria, nem como tinham descoberto onde me encontrar. Estava convencida de que meu pai guardara o meu segredo. Ele havia prometido. Meu remetente era uma caixa postal para que ninguém conseguisse me rastrear. Ele não revelaria meus dados, nem sequer o nome da cidade onde me estabelecera. Deviam ter chegado por algum outro caminho.

Tentei ser um pouco mais paciente. Carmen, com suas voltas para dizer as coisas, continuou de onde Julián parou.

– Mateo viajou para conhecer algumas catedrais. Estuda Arquitetura, mas desde pequeno tem uma grande admiração pelas obras construídas para adorar a Deus. Nós o educamos em um profundo catolicismo, como o que praticamos. E na Europa há catedrais maravilhosas. Então, decidimos que era importante que fizesse esta viagem que unia sua profissão e nossa fé.

Minha irmã fez uma pausa grande depois de dizer a palavra "fé". Não tive dúvidas de que fazia isso de propósito, com o objetivo de apontar o que mais nos separava. Por um tempo, ficamos novamente em silêncio. Se Carmen queria marcar, com sua pausa, algo que achava ser incômodo para mim, eu não demonstraria nenhum desconforto, muito menos contribuiria para a conversa com frases feitas ou lugares-comuns para evitar o vazio. Julián, desta vez, não tentou preencher o silêncio. Acho que, em algum momento, decidiu não intervir mais nesse jogo de irmãs que pareciam medir o poder com cada palavra dita. Eu me levantei, servi café a eles, levei para a mesa. Em silêncio. Depois de mexer o açúcar, Carmen continuou, era evidente que precisava de mim.

– Mateo deixou de entrar em contato conosco. Já faz um tempo. Seu celular está desligado. Primeiro pensamos que havia desativado o chip ao sair da Argentina, para não gastar tanto dinheiro. Que se comunicaria quando estivesse instalado e encontrasse um wi-fi. Mas o primeiro alarme soou quando não se conectou no dia do aniversário. E logo descobrimos que também havia fechado as contas de e-mail e os perfis nas redes sociais. Desapareceu dos ambientes virtuais pelos quais poderíamos nos comunicar com ele. Não sabemos nada desde... – parou. Embora tenha parecido que sua voz havia falhado, não me comoveu.

Carmen não conseguiu continuar. Levantou os olhos e procurou uma janela para onde voltar seu olhar, mas no meu escritório só há uma janela muito pequena, que não deve ter parecido suficiente para ela. Fez um gesto me pedindo um copo d'água. Eu me levantei, trouxe para ela e esperei que continuasse. Depois de beber, minha irmã ainda não conseguia falar. Julián, então, tomou a palavra e a liberou daquela angústia, uma fraqueza inesperada nela, pelo menos para mim. Começava a conhecer minha irmã na qualidade de mãe.

– Contratamos um especialista para investigar o que poderia ter acontecido. Sabemos que está vivo e isso é o mais importante. Estamos preocupados com a possibilidade de que tenha tido algum tipo de transtorno. É um menino muito sensível. E, às vezes, as pessoas sensíveis demais transitam por um limiar muito tênue entre a realidade e seus pensamentos. Vivia em casa e supostamente voltaria ao terminar a viagem pela Europa. Não é normal que corte toda a comunicação conosco sem dar uma explicação. Não houve nenhuma briga antes, nem sequer uma discussão.

– Seria estranho mesmo se houvesse dado uma explicação – explicou minha irmã, um pouco recuperada. – Nós três somos muito unidos, vivemos felizes, não há lógica neste desaparecimento.

Eu me permiti duvidar. Ninguém autenticamente feliz anuncia sua felicidade, muito menos no meio de um drama. Por outro lado, minha irmã alardeava uma maravilhosa vida familiar, sem perceber o inverossímil de seu relato. Não duvidei de que a intenção dela não era me enganar, mas a si mesma. Mais do que uma descrição, parecia um álibi que respondia à própria necessidade de se eximir de culpa. Se os pais são responsáveis pelo que se tornam os filhos e Mateo se tornara um jovem disposto a abandoná-los, Carmen queria deixar claro que nem ela, nem Julián assumiriam a responsabilidade por tal atitude. Era algo que lhes parecia antinatural, descabido, doloroso e injusto, e que, sem dúvida, estavam dispostos a reverter.

– E como chegaram aqui? O que tenho a ver com tudo isso?

– O investigador conseguiu acessar o extrato do cartão de crédito de Mateo. As últimas três transações foram compras nesta livraria. Até então, sabíamos que Mateo estava em Santiago de Compostela, algo que não nos chamou a atenção, considerando o propósito de sua viagem – explicou Julián.

– E que comprava livros, algo também normal para ele, que lê de forma quase doentia – disse Carmen, e me perguntei o que seria, para ela, "ler de forma quase doentia". Quantas horas por dia? Quantos livros por mês? Estaria ela ciente de que falava aquilo para mim, uma livreira?

– Nossa surpresa foi maior – continuou Julián – quando o investigador quis descobrir por que só fazia compras nesta livraria. E então soubemos que a dona do local é você – disse, e notei que minha irmã soltava fogo pelos olhos, como se eu, ignorante do que me contavam, tivesse culpa de algo.

– E daí? – perguntei.

- Sabe onde está nosso filho? – perguntou Carmen, agora sem rodeios.

– Acabei de saber que você tem um filho. Se veio a esta livraria, nunca disse quem era. Talvez nem saiba que este lugar pertence à irmã da mãe dele. Ele pode ter vindo até aqui por acaso.

– Claro, avaliamos essa possibilidade – disse Carmen. – Que Deus o tenha colocado no seu caminho.

– Talvez Deus quisesse que nos encontrássemos de novo, Lía – acrescentou Julián.

– Não acredito em Deus, como sabem.

– Talvez...

– Não acredito em Deus – repeti antes que acrescentassem qualquer coisa. E não foi preciso nem uma terceira, nem uma quarta negação, porque fui enfática e decisiva. Por isso, não insistiram.

Carmen mexeu em sua bolsa. Apoiou algumas coisas sobre a minha mesa para procurar melhor. Embora tivesse que mover alguns papéis e livros para abrir espaço, não pediu licença, o que só confirmou que Carmen continuava a mesma. Finalmente, me entregou uma foto do filho. Olhei para a imagem: era um rapaz de uma beleza que chamava a atenção, quase insolente. Tinha certeza de que nunca o vira, pois, se tivesse estado na minha frente, eu me lembraria, sem dúvida.

– Não o conheço – confirmei.

– Se puder revisar seus registros e dizer quais livros comprou, talvez a informação nos ajude a chegar a alguma conclusão – disse Carmen, acrescentando algo incomum para ela: – Por favor, Lía.

Durante um instante, achei que talvez houvesse sinceridade no pedido da minha irmã. Quase conseguiu me comover, quase conseguiu ser, na minha frente, a Carmen que costumava ser na frente dos outros. Mas, então, sacou um lenço e assoou o nariz de uma maneira falsa, desnecessariamente exagerada, como fazia quando éramos crianças e queria que acreditássemos, Ana e eu, que tinha ficado chateada, que devíamos ceder aos caprichos dela porque estava sofrendo. Lembrei de todas as vezes em que minha irmã, depois de conseguir que eu baixasse a guarda, me dera um golpe no meio da cara e jurei que, naquela ocasião, não permitiria que a dinâmica se repetisse. Foi um juramento em vão, porque Carmen me acertou pouco depois. E como.

– Vou tentar, mas levarei algum tempo revisando as notas de compra até aparecer a do seu filho.

– Achamos que vai voltar... – interrompeu Julián. – Vamos ficar pela região, tentando localizá-lo. E, claro, se o vir, se conseguir falar com ele, agradecemos qualquer informação que puder obter. Não acreditamos que esteja em perigo real, ameaçado por alguém ou algo do gênero, nada disso. Mas, às vezes, a própria cabeça é a pior ameaça e nos leva a acreditar em coisas imprudentes, loucuras.

– Ou a não acreditar – comentei com ironia, pensando mais em mim do que no rapaz que não conhecia. Sem dúvida, Carmen e Julián, que ainda não namoravam na época do velório de Ana, concluíram que eu estava louca quando me declarei ateia.

– Está confuso. Já vai passar. Confio na educação que demos a ele, mas, sobretudo, confio no poder da fé – sentenciou Carmen e, antes que eu pudesse responder "eu não", acrescentou: – Vou deixar os dados para que você possa entrar em contato conosco.

Minha irmã pegou um porta-cartões entre as coisas que havia colocado na mesa. Abriu, tirou um cartão azul e me entregou.

– Fique com a foto, fiz várias cópias. Talvez possa mostrar às suas funcionárias. Quem sabe elas não o viram... Não queríamos mostrá-la, não gostamos desse tipo de escândalo. Somos gente discreta, você sabe...

Outra vez senti o fogo em seus olhos. Imaginei que esse fogo somava ódios diversos, que o escândalo de me declarar ateia no velório de Ana deve ter sido seguido pelo escândalo de ter ido embora de Adrogué para não voltar mais. Sem dúvida, o assassinato de Ana não entraria na categoria de "escândalo familiar" da Carmen, porque esse fato não acrescentava nada ao bom nome e à honra da família. Apenas nos tornava protagonistas de uma tragédia.

Finalmente, Carmen enfiou suas coisas na bolsa, uma a uma. Com certa parcimônia, se levantou e fez um gesto para que Julián fizesse o mesmo. Ele hesitou, parecia disposto a ficar um pouco mais, como se tivesse outras coisas a dizer depois de trinta anos sem notícias. Mas Carmen não tirou os olhos dele até que se levantasse e a seguisse.

Nossa despedida aconteceu com cada uma de um lado da mesa. Sem abraços, sem toques, como quando chegaram. Apenas um gesto e um movimento de cabeça. Notei que minha irmã estava esquecendo uma caixinha de metal sobre a mesa e avisei.

– Não, é para você – respondeu. – São as cinzas do papai.

– Como? – perguntei, confusa. Eu tinha baixado a guarda e minha irmã me dera um golpe no meio da cara. Senti que me desfazia.

– É só metade. O restante, espalhei pelo túmulo da mamãe. Como católica, quis ser enterrada, essa foi a vontade dela. Ele pediu cremação e assim fizemos, apesar de não querermos. Achei que gostaria de ficar com elas. Ou não?

Não respondi. Quase não conseguia me manter de pé. A notícia me deixou atordoada. Senti tontura, voltei a me sentar. Meu pai tinha morrido e minha irmã me contara só quando se despedia, quando eu já tinha descartado que a visita tivesse a ver com ele. Mencionou de passagem, como se todo o resto que falara sentada na minha frente fosse mais importante do que a notícia de que nosso pai estava morto. Minha mãe havia morrido para mim muito tempo atrás, não me importava que não soubesse quando. Mas meu pai estava vivo. Eu a odiei, odiei minha irmã, e esse ódio – diferente da soma de ódios antigos –, esse um sentimento novo, fresco, recém-nascido. Não perdoaria nunca a maneira displicente com que anunciara uma notícia que me destruiria.

Apesar da dor pela morte do meu pai e do ódio pela atitude da minha irmã, reconhecia a sua coerência: Carmen continuava a mesma. Ela não viera falar do nosso pai, mas do filho, e trouxera as cinzas como quem trazia alfajores da Argentina para um anfitrião, quase uma gentileza pelo tempo que dediquei a ela.

– Quando o papai morreu? – perguntei quando consegui reagir.

– Há dois meses, uns dias antes que Mateo começasse sua viagem – respondeu Julián, e eu, fazendo contas, percebi que havia lido a última carta dele quando já estava morto. – Viveu mais do que os médicos e todos nós esperávamos.

– Estava doente, não sabia? – perguntou Carmen.

– Não, não sabia – respondi.

— Câncer. Um tumor na cabeça que o matou muito rápido e, o que é pior, fez com que não fosse o mesmo nos últimos tempos — disse minha irmã.

— Como assim, "não fosse o mesmo"?

— Delirava, dizia coisas sem sentido, mentia. Não era de propósito, era o tumor.

— Não sabia. Sinto muito.

— Claro, como saberia? É o que acontece quando alguém vai embora e corta laços. Há coisas que, para o bem ou para o mal, não fica sabendo — concluiu.

Julián observou nossa conversa com uma atitude que eu não conseguia entender. Por um lado, parecia reprovar, como se quisesse que Carmen ficasse quieta. Por outro, parecia afetado, tive até a impressão de que seus olhos se encheram de lágrimas. Não fazia ideia de como era a relação de Julián com meu pai, talvez realmente gostasse dele e sua morte o entristecesse. Talvez chorasse por não aguentar mais a agressividade de Carmen. O certo é que tinham um objetivo nesta visita e os comentários dela não ajudavam em nenhum sentido. Tinham vindo até uma livraria, a milhares de quilômetros da casa deles, pedir um favor para mim, mas Carmen não era capaz de conter uma repreensão, de evitar me ferir, mesmo precisando de mim. Aquele gesto da minha irmã finalmente havia revelado sua intenção. Quis que ela fosse embora, que os dois fossem embora, não havia mais nada a conversar. Eles devem ter sentido o mesmo, pois poucos minutos depois, Carmen e Julián saíram. Eu fiquei sozinha, sentada na frente da minha mesa, sem poder me mover, com a vista cravada na caixinha que continha as cinzas.

O telefone tocou e o som estridente me ajudou a voltar a mim. Guardei as cinzas do meu pai e a foto de Mateo na gaveta da mesa. Joguei o cartão da minha irmã no lixo.

Só então, atendi.

3. Por uns dias, me esqueci de Mateo. E de quase tudo. A única coisa em minha cabeça era a morte do meu pai, sua solidão durante a doença, embora estivesse rodeado de pessoas, sua dor ou raiva pela consciência do fim iminente. Eu me repreendia por meu egoísmo ao proibir que contasse notícias que não fossem sobre a descoberta do assassino da minha irmã. Deveria estar ao lado dele ou, pelo menos, ter acompanhado seu padecimento com as cartas que mandava, a cada quinze dias, deste lado do oceano. Revisei suas respostas várias vezes. Não havia referências nem indícios relacionados ao câncer que o matava em nenhuma das cartas que me enviou. Nem frases que me alertassem sobre os delírios que Carmen mencionou. Talvez um traço mais vacilante, quase imperceptível, que só notei comparando uma carta à outra. Depois da minha raiva na resposta àquela carta em que contara que minha irmã e Julián tinham se casado – onde anunciava a interrupção de nossa correspondência –, meu pai deve ter ficado com medo de que eu desaparecesse novamente. Não insistiu, esperou com paciência que eu voltasse a entrar em contato. Me conhecia, apesar dos anos e da distância, e sabia que forçar o diálogo poderia me levar a mergulhar no silêncio para sempre.

    Fiquei vários meses sem escrever, até que um dia, numa tarde de primavera, entrou na livraria um senhor com o cheiro exatamente igual ao dele – até onde eu podia lembrar. Quando aquele homem passou por mim, senti um peso no estômago. Eu me tranquei no escritório, com vontade de chorar, mas meus olhos continuavam secos, como sempre. Então, voltei a escrever para ele. De todos os modos, a partir dessa nova troca epistolar, nossa correspondência se limitou a breves ensaios da vida cotidiana. Fomos precavidos, temerosos, como se falássemos com um vizinho ou com um amigo que víamos de vez em quando, alguém que apreciávamos e não queríamos incomodar. Dissimulávamos, com essa cordialidade distanciada, nosso verdadeiro vínculo, fingindo que não éramos pai e filha e que o oceano Atlântico não estava entre nós. Um tema trazia o seguinte, com naturalidade. Ali, naqueles textos, aprendemos a nos sentir perto um do outro, sem o risco de nos machucarmos. Ali continuávamos nos amando, longe de testemunhas. Tocar as cartas que me chegavam era acariciar um papel que meu pai havia segurado em suas mãos e a mesma coisa acontecia com ele. Talvez por isso, em tantos anos, nenhum de nós tenha sugerido que nos falássemos por e-mail ou por telefone.

    Lembro que um dos primeiros temas em que mergulhamos foram as catedrais. Antes de pararmos de escrever, eu havia contado que a catedral de Santiago de Compostela vinha passando por uma restauração que já durava meses e que muitos peregrinos, quando chegavam exaustos para se sentar ou simplesmente se ajoelhar diante dela, ficavam desiludidos ao vê-la coberta. Acho que, se vendi vários livros de fotos naquela época, foi porque os visitantes precisavam saber como era aquela igreja por trás dos andaimes e dos panos que a cobriam. Em sua primeira resposta, depois que retomei a correspondência, meu pai pediu que descrevesse a catedral da minha cidade detalhadamente: "Para que possa vê-la como se estivesse na frente dela com você. Não me engane mandando uma imagem, foto ou desenho. Quero palavras." Ele me pedia o que eu podia dar, palavras. Sabia que, por outro lado, eu nunca fora uma boa desenhista. Ana era a artista entre nós – herdara esse dom do meu pai. Carmen a invejava por isso, porque se parecia com ele em algo. A mais velha tinha talento com cerâmica e escultura metálica – ferro, cobre, bronze. Havia investido seus primeiros salários de professora de Teologia em um forno e uma esmerilhadeira, e montara, em nosso depósito, um espaço que chamava de "oficina". Lá, criava o que não passava de uma tentativa pretensiosa e pouco graciosa de cópias de trabalhos dos outros, especialmente anjos, virgens e santos. Por outro lado, Ana teria sido uma artista reconhecida, sem dúvida. Mas tento não pensar no que minha irmã mais nova poderia ter sido, porque cada vez que permito que meu pensamento voe para esse lado, acabo arrasada. Ana conseguia desenhar o retrato inconfundível de qualquer pessoa, mesmo sem o modelo diante dos olhos. Nunca soube se, como eu, meu pai se lembrava das vezes em que desenharam juntos. Talvez escondesse algumas lembranças que preferia não evocar, por isso nunca as mencionei.

    Tal como papai havia pedido, na carta seguinte não trapaceei. Só tomei uma licença. Não enviei uma foto, mas também não mandei minhas palavras, usei as de outro: fiz uma cópia do conto *Catedral*, de Raymond Carver, e marquei alguns parágrafos. No verso, escrito de próprio punho, acrescentei: "Tal como escreve Carver, não dá para descrever uma catedral com palavras. Teríamos que desenhá-la juntos, um guiando a mão do outro, e nossas mãos estão longe demais." O conto termina com uma cena na qual o narrador precisa descrever uma catedral para um cego, mas o homem não encontra nenhuma forma de fazer isso. Então, se desculpa deste modo: "O certo é que as catedrais não têm nenhum significado especial para mim. Nada. Catedrais são algo que vemos na televisão, na última hora da noite. Só isso." No entanto, o cego não está disposto a desistir e propõe um método: que a desenhem juntos, uma mão sobre a outra, guiando o traço. Meu pai – professor de História que sempre lia ensaios de qualquer tipo, mas nunca fora um grande leitor de ficção – adorou o conto de Carver. Escreveu: "Eu o senti próximo de mim. Há muita gente que não é cega e, de todos os modos, não quer ver. Quem sabe, se segurarmos suas mãos, elas consigam." E me contou que ele mesmo começara a desenhar catedrais depois de ler o conto que eu tinha mandado. Lembrou na carta que fazia muito tempo que não desenhava e que recuperara o prazer disso. Nessa frase, sem nomeá-la, estava Ana. Com ela, ele desenhava pessoas, cada um de nós tinha um retrato dedicado. Perguntei-me, ao ler isso, onde estaria o meu, por que não havia trazido quando fui embora. Teria o meu retrato sobrevivido à minha ausência?

Graças a esse primeiro entusiasmo por *Catedral*, passamos para as cartas em que falávamos totalmente de livros, mas não só do conteúdo. Eu contava a ele quais autores havia descoberto, que livro estava relendo, a quem dava uma nova oportunidade depois de não ter conseguido terminar o romance anterior, aqueles que não lia mais, como organizava os livros nas estantes da livraria, quantos meses de crescimento aguentariam essas estantes, de que material e cor encomendara as novas. Depois de uma carta na qual mencionei as qualidades da madeira de cerejeira, meu pai me respondeu com um detalhado inventário das árvores de seu jardim – aquele que havia sido meu, que abrigara a minha infância. Em uma carta posterior, descreveu como organizava a horta – que não existia na casa de Adrogué quando eu vivia com eles –, o que plantava em cada estação, quais cores surgiam primeiro, qual semente, entre as mais esperadas, havia resultado em decepção na hora de germinar. Às vezes, era difícil entender a qual espécie ou planta meu pai se referia, porque não me lembrava mais do nome na Argentina, e o que se usava na Espanha era outro, bem diferente. Então, quando perguntava, ele respondia. "Para que soubesse qual é, teria que desenhar segurando sua mão, como o homem das catedrais."

Acho que ambos tínhamos a esperança de que algum dia faríamos isso, somaríamos as nossas mãos, desenharíamos juntos, mas não deu tempo. Eu havia prometido que voltaria quando o assassino de Ana fosse descoberto. Foi uma promessa injusta, já que, de alguma maneira, tornava-o responsável pelo andamento de uma investigação que não dependia dele. Reclamava porque, como eu, meu pai era o único membro da família que parecia querer saber quem havia matado minha irmã e por quê. Minha mãe e Carmen só rezavam para tentar aceitar o "plano de Deus". Meu pai, por sua vez, nunca desistiu: ele ia ao tribunal revisar o processo todas as semanas e contratou o melhor advogado que suas modestas economias permitiam. Apesar do esforço, cedo ou tarde, todas as linhas de investigação acabavam estagnando. Assim foi, pelo menos até o momento em que decidi ir embora. Depois, não soube mais, como não fiquei a par de tantas outras coisas, apesar da nossa correspondência. Meu pai também não sabia de mim: ignorava a existência de Luis, com quem sou casada há quinze anos. Muito menos que decidimos não ter filhos, que dormimos abraçados, que temos um gato chamado Poe, que Luis vai me buscar na varanda quando me levanto no meio da noite e sabe que, se fiquei acordada, é porque sonhei com Ana. Já eu não soube que mamãe tinha morrido, meu pai não me contou. Talvez tenha pensado em contar, deve ter sido estranho não mencionar aquilo, mas assim eram as regras de nossa troca, como havíamos combinado. Como foi o dia em que descobriu que tinha câncer? Minha mãe ainda estava com ele? Quem o acompanhou ao médico até o último dia? Quem segurou sua mão antes de partir? Com quem tinha desenhado catedrais? Dói pensar que talvez tenha sido com Carmen, ela e papai nunca se entenderam bem. Mas com quem mais poderia ser?

As últimas cartas que trocamos foram conversas sobre meu jardim, não o dele: o Parque da Alameda de Santiago de Compostela. Na minha casa tenho apenas uma varanda, mas abro a janela e ali está o parque, todo meu. Eu o atravesso a caminho da livraria, na ida e na volta. Leio sentada em algum dos bancos. Ali, debaixo de um carvalho da Carballeira de Santa Susana, Luis costuma me esperar lendo, se termina na universidade antes que eu saia da livraria, para chegarmos juntos em casa. Ou nos encontramos na metade do caminho, quando nossos tempos coincidem. Meu pai me fez milhares de perguntas sobre as espécies do parque. Conservo todas as suas cartas e cópias dos rascunhos das minhas, que depois transcrevia com a letra caprichada para que ele não tivesse que sofrer com a minha caligrafia tortuosa. Em uma das últimas, meu pai mencionou que as "santarritas" de casa tinham florescido, e me perguntou se havia alguma no Parque da Alameda. Fiquei na dúvida. Queria fechar os olhos e vê-las, mas não podia me lembrar qual planta era a "santarrita"; a forma como damos nomes às plantas, flores, frutos, ainda que usemos o mesmo idioma, revela nossa origem tanto ou mais do que qualquer sotaque. Dali somos, de onde floresce ou dá fruto cada palavra. "Fecho os olhos e não consigo vê-las, papai, como se estivesse cega para essas lembranças." Meu pai as descreveu em detalhes na carta seguinte, "já que não posso pegar sua mão e desenhá-las". "Cerdas afiadas, caule áspero que parece velho, desejo de uma videira que se agarra à outra planta, em uma parede ou em uma coluna, como fazem em nossa casa, flores brancas, agrupadas em três e rodeadas de folhas roxas ou fúcsia, segundo a forma como bate o sol." Fiquei confusa que falasse de flores brancas porque eu, como muitos outros, confundia as folhas roxas com a flor. Logo descobrimos que o que ele chamava de "santarrita", na minha nova vida se chamava buganvilla.[1] Meu pai dedicou uma de suas cartas aos vários nomes pelos quais a planta é conhecida: na Espanha, buganvilla; no México, Peru, Chile e Guatemala, *bugambilla*; no norte do Peru, *papelillo*; *napoleón* em Honduras, Nicarágua, Costa Rica e Panamá; *trinitaria* em Cuba, Panamá, Porto Rico, República Dominicana, Venezuela; *veranera* na Colômbia e El Salvador; e buganvília, no Brasil. O Parque da Alameda, esse que sinto ser meu jardim, também as ostenta com orgulho. Mandei ao meu pai um mapa com a localização exata das buganvillas[1]. "Santarritas", ele me respondeu. Eu tinha perdido a palavra pela qual eram conhecidas no lugar em que nasci e vivi até os vinte e um anos, e ele queria que eu a recuperasse.

Quantas outras palavras perdi? Em que lugar da memória vão parar as palavras esquecidas? Antes que meu pai enfatizasse, eu nunca tinha parado para pensar nessa. Em todas as cartas posteriores, inclusive na última, houve alguma menção às santarritas - buganvillas. E, exatamente nessa carta, a última, meu pai confessou, como quem fez uma travessura: "Obs.: Me sinto culpado e preciso te contar algo. A lista de nomes não foi feita por mim, pedi a um grande amigo (Mateo), que procurou na internet as várias opções. Ele me ditou, uma a uma. Se houver erros, não são nossos, mas dessa nuvem onde os jovens procuram verdades. Você e Mateo seriam bons amigos. Eu, a esta altura, continuo tendo problemas com a tecnologia."

Depois reli as cartas, já sabendo que estava morto, e foi somente na terceira ou quarta leitura que percebi que o nome desse amigo coincidia com o do filho de Carmen. Comentei com o Luis, sem dar maior importância. Ele descartou a coincidência.

---

[1] Como Lía e Alfredo estão na Espanha e na Argentina, adotaremos os nomes usados em cada país: buganvilla e santarrita.

– Aposto que é o filho da sua irmã. Seu pai não se atreveria a mencionar um neto, mas deixou uma pista para que você soubesse que existe alguém chamado Mateo, que é confiável, que é amigo e que se dariam bem. Talvez seja por isso que o garoto está na nossa cidade. Você devia tentar encontrá-lo. Não pela sua irmã. Por você e por ele.

Não respondi. Luis sabe que, quando não respondo, é porque fico pensando. Tenho uma personalidade impulsiva, se não gosto de algo, digo no momento e, no geral, de uma maneira ruim. Por isso ele me chama de "pólvora", "minha pólvora" ou "pólvora minha". Se fico calada significa outra coisa. Diante do meu silêncio, sorriu e se sentou ao lado da janela para ler.

No dia seguinte, assim que entrei na livraria, fui pegar a foto de Mateo na gaveta. Mostrei para Ángela.

– O bonitão argentino! É claro que já vi, não dá pra esquecer – falou.

– Parece um lindo rapaz.

– Lindo é pouco: parece um modelo da Calvin Klein.

– Faz muito tempo que não aparece?

– Faz sim, infelizmente. Ele vinha direto. Não comprava sempre, mas passava por aqui quase todos os dias. E ficava muito tempo. Engraçado, agora que parei pra pensar, teve uma coisa estranha, talvez seja coincidência e não tenha importância.

– Diga.

– Você se lembra de quando aquele casal veio te ver? Como era o nome...?

– Sim, a Carmen.

– Exato, a Carmen e o marido. Bom, o bonitão tinha entrado na livraria uns poucos minutos antes. Eu estava justamente entregando dois livros que ele tinha encomendado havia três ou quatro dias, e que estavam em falta no estoque. De repente, quando essas pessoas se aproximaram do caixa, tive a nítida impressão de que ele tentou se esconder. Deu um giro muito estranho, depois deixou os livros sobre o balcão e se enfiou atrás de uma estante, como se procurasse alguma coisa. Não mencionei porque não foi nada e eu perdoo qualquer coisa desse argentino de tão bonito que é, mas na hora foi esquisito. Enquanto isso, com ele ali escondido, entrei para te avisar das visitas. Depois pedi que entrassem e, quando voltei ao salão, ele tinha ido embora. Deixei os livros de lado, porque achei que ele viria buscar, mas até hoje não voltou.

Perguntei para Ángela se os livros ainda estavam separados e se poderia mostrá-los. Falou que um estava, mas o outro tinha sido vendido com o passar dos dias. Ela me entregou o que ainda estava lá: um exemplar de *Deus, um delírio,* de Richard Dawkins.

– Você se lembra de qual era o outro?

– Sim, claro, *Catedral*, do Carver – respondeu e a menção me deu um nó no estômago idêntico ao que senti naquela tarde em que um cliente que tinha o mesmo cheiro que o meu pai entrou na livraria.

– Por favor, se o rapaz aparecer por aqui, não deixe de me avisar – quase implorei.

– Alguma coisa que preciso saber? – inquietou-se Ángela.

– Nada importante. É filho de pessoas que conheço e que estão atrás dele.

– Tudo bem, pode deixar, eu aviso, Lía.

Voltei para a minha mesa e trabalhei o dia todo com a foto de Mateo ao lado do telefone. No final da tarde, quando juntei minhas coisas, resolvi guardar o retrato na gaveta. Ao abri-la com alguma força, a caixa com as cinzas do meu pai deslizou até a ponta. Eu a peguei e a levei comigo, porque pareceu que era o momento de fazer algo com as cinzas. A caminho de casa, atravessando o Parque da Alameda, desviei para onde ficavam as buganvillas. Àquela hora, os vestígios de uma tarde ensolarada emprestavam uma luminosidade especial aos caminhos. Escolhi um banco para me sentar e deixei que meus olhos se perdessem em meio às plantas. Tentei me lembrar do rosto do meu pai: os olhos castanhos – como os meus –, o sorriso amplo, a pele bronzeada. Não importava a estação do ano, ele sempre lia sob o sol. Quis me lembrar da voz dele; não consegui, tinha me esquecido. Tirei a caixa com as cinzas da minha bolsa e a segurei por uns minutos, sem me atrever a espalhar o conteúdo. O metal começou a esquentar, recebendo a temperatura do meu corpo. Com o olhar perdido nas buganvillas em flor, esperava reunir a coragem necessária para me despedir para sempre do meu pai. Tive vontade de chorar, porém, mais uma vez, não consegui. Pensei que talvez fosse melhor deixar a cerimônia para um dia em que Luis pudesse me acompanhar. E estava a ponto de tomar essa decisão, guardar a caixa com as cinzas e ir embora. Porém, no exato momento em que abri a bolsa para fazer isso, senti o peso de uma mão no meu ombro. Não duvidei de que fosse ele, meu marido, como se o tivesse chamado com o pensamento, e me virei sorridente, aliviada pela coincidência. No entanto, quem estava parado ali, atrás de mim, não era Luis, mas Mateo, que me fitava sem se atrever a falar nada. Era tão bonito quanto nas fotos, muito mais alto do que eu havia imaginado. Parecia tímido, morto de vergonha e um tanto instável em seus quase dois metros.

Esperei, dando tempo para que ele finalmente reunisse coragem e falasse.

– Oi, Lía – conseguiu dizer, depois de alguns segundos intermináveis.
– Oi, Mateo – respondi. – Que bom ver você.

Mateo

*Para que viver de obras de arte
antigas e de outras pessoas?
Que cada homem construa a sua catedral.*
JORGE LUIS BORGES

1. Cheguei a Santiago de Compostela em um domingo. Trazia três cartas na mochila: uma aberta, a minha. Outra que devia entregar à Lía, em nome do meu avô Alfredo, o pai dela. Uma terceira para os dois, com a tarefa de lermos juntos se, e somente se, os dois decidissem fazer isso. Também trazia comigo um anel com uma pedra turquesa.

Depois de me instalar em um hostel, saí para conhecer a cidade. Era estranho caminhar com essa liberdade desconhecida, sem prestar contas a ninguém, sem me sentir observado. Apesar das várias semanas desde a minha saída da Argentina, só agora começava a me sentir livre. Como se tivesse pela frente a promessa de uma vida diferente, que começaria a qualquer momento, nessa mesma tarde ou no dia seguinte, não tinha certeza quando, mas logo. Ao chegar a Santiago, ainda não sabia qual era a livraria da Lía. Vovô não tinha dados exatos, ela sempre escrevia com o remetente de uma caixa postal. De qualquer maneira, não foi difícil localizá-la. Assim que achei um wi-fi, combinei algumas vezes o nome dela com as palavras "livraria" e "Compostela" no buscador de internet do meu celular. Entre as primeiras opções, apareceu uma matéria na imprensa sobre o lançamento do romance de um escritor espanhol que eu não conhecia. E na legenda de uma foto do evento – que mostrava um homem e uma mulher segurando o livro – apareciam o nome do escritor e o da minha tia com a seguinte descrição: Lía Sardá, proprietária da livraria The Buenos Aires Affair. Pesquisei no *Google* o nome da livraria e a busca me levou a uma página de *Facebook* bastante precária, que, no entanto, trazia o endereço do local mencionado na matéria. Passei por lá naquela mesma tarde. Naquele domingo, como muitas outras lojas, a livraria de Lía estava fechada.

Embora não pensasse em entrar em contato com ela imediatamente, pelo menos queria estudar o terreno. Tinha decidido rondar pelo lugar alguns dias, espiá-la, ver quem era, como se movia, sentir se podia existir alguma conexão entre nós. E só depois falar sobre as cartas. Se não me sentisse à vontade na presença dela, entregaria sua carta sem me apresentar e rasgaria a nossa, a que o avô tinha escrito para os dois. Diante da possibilidade de que Lía e eu não tivéssemos sintonia, aquela carta deixaria de fazer sentido. Fui várias vezes à livraria até finalmente vê-la. Fiquei impressionado ao notar como era parecida com meu avô e nada parecida com a minha mãe. Não tinha percebido nas fotos que ele me mostrara, nas quais minha tia era mais jovem do que sou agora. Tampouco em um retrato a carvão feito pela minha tia Ana. Nem na foto em que ela aparecia ao lado daquele escritor no lançamento do romance. Esperava me encontrar com uma versão suavizada da minha mãe, que pudesse reconhecê-la como sua irmã. O que – declaro que sou covarde – me intimidava.

Minha mãe me intimida. Ainda hoje.

Há uns 30 anos, o corpo da minha tia Ana, a mais jovem das irmãs Sardá, foi encontrado esquartejado e queimado em um terreno baldio. Ana tinha dezessete. Lía, dezenove. Minha mãe, vinte e três, a idade que tenho agora.

Lía se revelou uma mulher ágil e bem-disposta. Vê-la subir e descer escadas íngremes para encontrar o livro pedido por algum cliente, estimulá-lo em sua busca, indicar outras opções, rir no meio da conversa e de repente, sem aviso, descobrir que alguns de seus gestos eram idênticos aos do meu avô, me encheu de esperança. Quando cheguei ao hostel, me olhei demoradamente no espelho do banheiro. Procurei semelhanças entre o meu rosto e o de Lía. Olhei para ela outra vez na foto que achara na internet. Talvez a cor do cabelo, talvez os olhos puxados. Embora eu tenha olhos azuis, como tinha Ana. Cada vez que alguém falava isso, eu me lembrava da imagem dos olhos dela em uma cabeça que havia sido separada do corpo ao qual pertencia. Os da minha mãe são claros, mas diferentes, mais frios, quase transparentes. De qualquer maneira, sempre me disseram que sou a cara do meu pai. Seria um alívio encontrar a prova de que não sou, ou, pelo menos, de que não sou apenas isso.

Não me limitei a observar Lía na livraria. Eu a segui pelo Parque da Alameda algumas vezes. E vi quem imaginei ser seu marido ou namorado. Fiquei entusiasmado com a forma com que se olhavam quando percebiam o outro vindo na sua direção; o carinho que ele fazia no rosto dela assim que se encontravam, o sorriso que ela devolvia. Senti esperança, pois sabia que éramos família e que, morto o meu avô, o que restava dessa estranha instituição composta por membros que não escolhemos, e à qual estamos condenados por nascimento, não se resumia apenas àquilo que representava seu lado mais sombrio: meus pais. Assim, poucos dias depois de chegar a Santiago de Compostela, eu já havia decidido: ia me apresentar à Lía. Diria: "Oi, sou Mateo, seu sobrinho, tenho uma carta para você e outra para nós dois, se tivermos coragem." E, estimulado pelo sorriso dela, acrescentaria que me sinto órfão, que não tenho amigos, que tenho muita dificuldade em me relacionar com as mulheres, ainda mais quando gosto delas.

Não, é melhor deixar tudo isso para mais tarde.

Tinha certeza de que me atreveria a ler a terceira carta. E, só de ver como se movia, apostava que Lía também. Mas apareceram meus pais e, com eles, a sombra, o que está errado, a mentira. Vê-los entrar na livraria fez a minha pressão cair. A visão ficou turva e as pernas amoleceram, como quando terminava uma corrida de resistência no colégio. Eu me escondi deles. E me sentia como um menino depois de quebrar uma janela com uma bola. Com a minha altura, não é fácil me esconder sem chamar a atenção. Fingi que procurava algo no chão para poder me agachar. Fiz o melhor que pude. "Você continua sendo um adolescente", teria dito minha mãe, caso me visse. E como desafio, advertência ou maldição, teria esclarecido que eu não estava preparado para sair de casa, que precisava amadurecer, que já chegaria o dia, com paciência e esforço, "se Deus quisesse". No entanto, rezaria para o seu Deus para que esse dia não chegasse e para que ele jamais quisesse. Se minha mãe tivesse me descoberto na livraria àquela tarde, teria me levado pela mão para o hotel, ou pela orelha, se minha altura permitisse, diante do olhar esquivo do meu pai – que, concordando ou não, obedeceria – e para a minha vergonha.

Muitas vezes senti vergonha dos meus pais. Sei que isso não é bem-visto, que os mandamentos condenam, que devemos amá-los e respeitá-los como são e acima de todas as coisas. Ou é a Deus que devemos amar acima de todas as coisas? Nunca me lembro. Entendo que para muitos seja possível obedecer a qualquer preceito pela força da vontade. Mas só eu sou filho dos meus pais.

Eles precisavam de mim. Por isso, me educaram para que eu fosse o mais dependente possível. Assim, garantiriam a minha presença no mundo que tinham inventado. Eu era uma peça-chave do plano familiar deles.

Fiquei espiando por detrás das estantes de livros de autores latino-americanos. Me mantive agachado até sentir cãibra nas coxas. Eu me ajoelhei e continuei observando por um buraco onde faltavam alguns livros. Vi como estavam agoniados, cinzentos. Se era pelo meu suposto desaparecimento, não me importava. Mas me senti um covarde por não conseguir enfrentá-los. Tão covarde que, ali, atrás daquela estante, quase urinei. Assim que vi meus pais entrarem no escritório de Lía, fui embora sem dar explicações. A vendedora provavelmente ficou esperando com os livros que eu encomendara alguns dias antes e tinham acabado de chegar.

Eu gostava daquela vendedora.

Não sabia por que meus pais estavam em Santiago de Compostela e naquela livraria. Mas era fácil adivinhar. A hipótese mais provável era que tivessem descoberto que eu estava na cidade e vieram atrás de mim. Minha mãe desprezava Lía e não falava com ela desde que deixara a casa familiar. Ou desde que assassinaram Ana; meus pais discordavam nesse ponto. Raramente mencionavam minha tia morta na minha frente. Nem Lía. Se não fosse pelo meu avô, elas teriam sido, na minha vida, apenas parentes que partiram e sobre as quais era proibido falar, sob pena de exílio por traição. Mas lá estavam meus pais, traindo a si mesmos, em Santiago de Compostela, na The Buenos Aires Affair. E ficou claro, pela presença deles, que tinham decidido voltar a falar com a única irmã viva da minha mãe. Diante dessas evidências, concluí que não seria mais eu quem daria a notícia à minha tia de que era seu sobrinho, que havia cruzado o oceano para conhecê-la. Não seria mais possível surpreendê-la em La Alameda[2] com as cartas do avô, como eu imaginara. Meus pais sempre arruinavam tudo.

Por que alguém decide ser pai ou mãe? No caso dos meus pais, a parentalidade parecia estar vinculada a uma questão de propriedade, "ter um filho", ser dono dele. Quando perguntei à minha mãe por que estudara teologia, ela me respondeu: "Porque queria ser mãe." Não entendi a relação entre teologia e maternidade, até que percebi que, para ela, o oposto a ser mãe era ser freira, e fiquei arrepiado.

Não sei por que meus pais não tiveram mais filhos. Quando perguntava, diziam: "Porque Deus quis assim." E evitavam outra resposta. Pela minha condição de filho único, não tive com quem dividir a intensidade excessiva do nosso relacionamento. Eles temiam exageradamente que algo pudesse acontecer comigo, sempre, em qualquer circunstância. Nunca permitiriam que eu saísse de casa, mesmo que já tivesse atingido a maioridade.

O fato de não querer entrar no seminário para ser padre foi um duro golpe no poder que exerciam sobre mim. Estavam convencidos que eu realizaria, algum dia, aquilo que meu pai não quis ou não conseguiu. Não entendo o desejo de que um filho seja padre. Meus pais tinham esse desejo. Não sabia se quando chegaram em Santiago já estavam cientes de que eu havia largado a Faculdade de Arquitetura. Eu não contei. Claro que, a essa altura e diante do meu desaparecimento, estariam convencidos de que algo estava acontecendo, algo estranho,

---

2 Como é chamado o Parque da Alameda pelos moradores e turistas de Santiago de Compostela.

incompreensível segundo a lógica deles. Devem ter rezado muito, em casa e na igreja; devem ter pedido, em suas orações diárias, por algo tão concreto quanto a minha volta, até algo tão abstrato quanto a salvação da minha alma, distante da religião e do Deus deles.

Não sou simpático. Também não sou pedante, embora possa parecer. Minha mãe, por outro lado, é a pessoa mais pedante que conheço. Sabe fingir muito bem na frente de terceiros e o mundo inteiro gosta disso. Consegue produzir no outro a sensação de que é alguém inteligente e importante, que está à sua altura e que se interessa por ele. Mas é tudo falso, é a forma dela de manipular. Até me disseram: "Sua mãe tem um tom de voz muito bonito." E para mim o tom dela parece desafinado. No meu caso, pedantismo é confundido com a distância que crio, sou tão inseguro que fico paralisado. É um pedantismo involuntário. Preciso me proteger. Especialmente dos olhares. "O inferno são os outros." Tenho a frase de Sartre tatuada no pulso esquerdo, como se fosse uma pulseira.

Prefiro assustar a agradar. Corro menos riscos.

O caso da minha mãe é indecifrável para mim.

Meu avô morreu na cama, numa terça-feira de julho. Não lembro o dia, só que estava de férias, não tinha aula na universidade e, por isso, ficara a tarde toda com ele. Não tenho dúvidas de que fez um esforço para não morrer na minha frente. Sorriu quando fui embora, estava muito magro, quase nem conseguia falar, o sorriso dançava em seu rosto. Pouco depois que cheguei em casa, tocou o telefone. Minha mãe atendeu. Era Susana, a senhora que cuidava dele, para anunciar que havia morrido. Minha mãe desligou e simplesmente disse: "Morreu." Sem explicar quem. Não precisava. Senti que ficou aliviada e isso me incomodou. Suspirou depois de receber a notícia, como quem tira um peso dos ombros. Mas devo reconhecer que a doença do meu avô, depois de meses de agonia, tinha se transformado em um suplício. Principalmente para ele. Sofria e o fim do sofrimento tinha algum valor. Talvez fosse até egoísta desejar que continuasse conosco por mais tempo. Saí correndo para a casa dele. Só quando cheguei, percebi que estava descalço. Susana abriu a porta e entrei sem que ela tivesse tempo de falar nada. Fui até o quarto dele, dei um abraço e chorei sobre o seu corpo. Ainda estava quente. Depois de um tempo, meus pais chegaram. Susana disse que o avô tinha deixado três cartas para mim. Estavam com ela, o avô dera instruções para que me entregasse em mãos assim que morresse. Meus pais ouviram com atenção, embora Susana não estivesse falando com eles. Ela pediu licença, foi até o seu quarto e voltou com as cartas. Minha mãe quis pegá-las quando Susana me entregou, viradas para baixo. Imagino que tenha feito assim para que não vissem a quem estavam dirigidas. Mas a mulher adivinhou sua intenção e esticou o braço um pouco mais até entregá-las na minha mão. Enfiei as cartas no bolso sem vacilar.

Acho que Susana sabia dos nossos planos, talvez o avô tivesse contado, há segredos que são difíceis de guardar.

Carbonização e esquartejamento, duas palavras que aprendi muito cedo. As crianças não falam de familiares que aparecem mortos, nem de corpos carbonizados, nem de restos de uma tia. Eu falava. Talvez tenha sido criança por pouco tempo. Se dependesse dos meus pais, nunca teria deixado de ser.

A morte do meu avô não me surpreendeu quanto ao fato em si, mas quanto à oportunidade. Tínhamos consciência absoluta da proximidade de sua morte: sabíamos que morreria, não sabíamos quando. Porque morrer vamos todos. Eu também, mas como tenho pouco mais de vinte anos, posso não pensar nisso. De qualquer modo, não aceito essa licença, penso na minha morte. Não como algo iminente, mas certo e imprevisível. Meus pais adoram a frase "você tem a vida inteira pela frente". Uma vida de quanto tempo? Essa é a questão. Horas, dias, semanas, anos?

Diante de uma doença como a de que sofria meu avô, não era mais possível fingir que ainda havia tempo. Tinha um tumor inoperável na cabeça, então todos sabíamos que não haveria cura. Claro que naquela tarde não passou pela minha cabeça que seria a última que passaríamos juntos, ou eu teria ficado com ele, esperando, ao lado da cama, segurando sua mão. Eu vinha me enganando, durante a doença do meu avô me peguei várias vezes pensando: "Ainda não, por enquanto ele não vai morrer." No entanto, mais cedo do que tarde, veio a ligação indesejada me avisando que ele me traíra. Embora presumisse que algum dia eu ficaria sozinho em nosso peculiar sistema familiar, não sabia exatamente quando havia provocado uma falsa ilusão em mim. Até aquela noite em que tocou o telefone da minha casa, eu vivia como se o diagnóstico do avô não incluísse uma certeza de morte, apenas uma ameaça. E as ameaças, em algumas ocasiões, servem somente para amedrontar, não para serem cumpridas.

Eu estava errado.

Acho que minha solidão iminente preocupava mais o meu avô do que a mim; ele, suspeito, também não achava que eu fosse capaz de me virar sozinho. Claro que sua preocupação não era igual à que eu provocava nos meus pais, sempre alarmados por uma suposta deficiência permanente, provocada e alimentada por eles. Para o meu avô, por outro lado, minha timidez, as dificuldades para me relacionar, a fragilidade e a nerdice eram características transitórias e solucionáveis com o adequado treinamento. E nunca deixava de esclarecer: "Sempre que você quiser mudar." Ele parecia consciente de que, se dependesse da minha mãe, eu ficaria preso em sua teia para sempre. Por isso, desde que se resignou com os poucos dias que lhe restavam, fatalmente contados, começou o meu treinamento para sobrevivência. Algumas vezes, seu treinamento era explícito; outras, tácito. Por isso, tive uma percepção tardia de que muitas coisas que meu avô fez em seus últimos momentos, quando ainda estava bem, foram ações deliberadas para que eu aprendesse a sobreviver.

Há lugares onde é mais difícil sobreviver: em um deserto, em uma ilha desabitada, no alto de uma montanha, em Marte, em um país em guerra, na selva. Com a minha família.

Somos uma cicatriz. Minha família é a cicatriz deixada por um assassinato. Uns anos antes do meu nascimento, esquartejaram e queimaram – nessa ordem – minha tia Ana. Embora não a tenha conhecido, embora não haja fotos dela pela casa, embora meus pais evitem mencionar aquele fato brutal com a ridícula ideia de que não se deve falar do que não existe, desde que soube que minha tia havia sido esquartejada e queimada, eu me convenci de que, ao falar com alguém, deveria contar isso imediatamente, avisar ao outro que, na minha família, havia ocorrido uma morte violenta, selvagem. Eu tinha me acostumado a mostrar minha cicatriz familiar quase como uma carta de apresentação. Ainda mais se fosse uma garota e em seus olhos descobrisse que gostava de mim. Nesse caso, sentia que não apenas deveria contar, mas avisar: "Cuidado, porque não sou o que você está vendo. Quer escutar a minha história?" E se ela dissesse que sim – elas sempre diziam que sim –, descrevia em detalhes a cicatriz familiar. Não porque isso pudesse resultar em qualquer risco para terceiros, mas por sentir que não havia maneira de evitá-la ao falar de mim. Não podia calar nem a cicatriz, nem a história que se escondia por trás dessa marca. A morte de Ana é irremediavelmente parte do que sou. Do que somos. Talvez meus pais não me criassem com tantos medos se a vida de Ana não tivesse terminado daquele modo. Talvez minha avó não tivesse sido o ser amargo e nocivo que foi até seus últimos dias se sua filha não tivesse morrido. Talvez meu avô não carregasse aquela luz triste nos olhos se sua filha mais nova ainda vivesse e a do meio não tivesse ido morar em outro continente. Sem a nossa cicatriz, também não teriam existido as três cartas que eu carregava na minha mochila no domingo em que cheguei a Santiago de Compostela disposto a encontrar Lía.

Pela força das rejeições, aprendi a fingir. Pouco a pouco, consegui adiar o anúncio, não contar sobre a morte de Ana logo no começo. Sobretudo depois daquele encontro com uma ex-colega de colégio de quem eu gostava muito, muito mesmo. Tinha demorado bastante tempo para convidá-la pra sair, fiquei corado ao fazer isso. Porém, quando convidei, ela respondeu "Sim, vamos sair", quase sem pensar, e fiquei feliz. Eu a convidei para tomar uma cerveja, e antes que o garçom trouxesse os copos, em lugar de tentar dar um beijo nela, como teriam feito alguns dos meus amigos, mostrei minha cicatriz sem nenhum tipo de aviso, amortecimento ou rodeio. "Minha tia Ana foi esquartejada e queimada aos dezessete anos. Até hoje não se sabe quem fez isso, nem por quê." Não conseguia ficar na frente dela e não contar. Ficar em silêncio fazia com que me sentisse sujo. Por um momento, pensei que seus olhos estavam ficando mais verdes, que algo fazia com que ganhassem intensidade até um tom que poucas vezes eu tinha visto tão de perto. Mas não eram os olhos da minha amiga que ganhavam cor, era a pele do seu rosto que empalidecia. A garota ficou lívida, o suor brotou na sua testa. Ela se levantou sem jeito, disse que ia rapidinho ao banheiro e não voltou mais. Então fiquei lá a noite toda com as duas cervejas na minha frente, sem tomar a minha, nem entender o que tinha feito de errado.

Crescer rodeado de adultos que tiveram a vida alterada por uma morte com esquartejamento e incineração não pode ser igual a crescer em outro sistema familiar. A família é um sistema. "Um objeto complexo cujas partes ou componentes estão relacionados com, pelo menos, alguns dos outros componentes", como é definido um "sistema" no *Dicionário de Filosofia* de Mario Bunge. Eu me relacionava com o meu avô, até que ele morreu. Meus pais se relacionavam um com o outro. Meu avô se relacionava com todos, ainda que, nos últimos tempos, a relação dele com meus pais tenha sido cada vez mais distante. Naquela época, pensei que era porque o avô guardava energia para ele e para mim, para as cartas que trocava com Lía e nada mais. Após sua morte, o sistema ficou truncado, faltavam conexões e começou a dar "defeito". Meus pais estavam em um *loop* entre eles. E eu desconectado, *out of system*, excluído.

Sou filho de um ex-seminarista e uma professora de Teologia. É preciso soltar essa pipa no ar. A renda que nos permite ter uma vida mais confortável vem da loja de eletrodomésticos que meu pai herdou da família. Os dois são ativistas católicos e estão intimamente relacionados com a Igreja de muitas maneiras: retiros, cursinhos, novenas, coletas, cozinhas comunitárias, missionários – o que significa convencer os outros a acreditarem naquilo que eles acreditam. Durante muito tempo ministraram cursos pré-nupciais nos quais explicavam como ter um casamento que durasse a vida toda, condição *extra large* que parecia definir o sucesso do sacramento. Na verdade, eles ainda devem achar que seu casamento é bem-sucedido. Por outro lado, para mim, se estar casado é viver como eles, parece um fracasso absoluto, o maior a que se pode aspirar.

Nunca tive um diálogo real com meus pais. Quando conversávamos, fazíamos isso com lugares-comuns e frases feitas. "Como foi no colégio?" "Bem, obrigado." "Tem muita coisa para estudar?" "Não muita." "Está frio, vista um agasalho." "Estou levando um cachecol, não se preocupe." Foi meu avô quem me ouviu sem se alterar quando fui suspenso por três dias por discutir com o padre: a hóstia pode até ser um símbolo, mas não é o corpo de Cristo, nem de ninguém, e o vinho consagrado é de uva, não de sangue. Ou quando me advertiram por ligar para a polícia, depois que três de meus companheiros desmaiaram em um retiro espiritual onde nos alimentaram com pão, água e arroz, sentindo que "Cristo estava entrando em seus corpos", enquanto nosso tutor gritava: "Deixem-no entrar, deixem Cristo entrar!" Eu era só um adolescente quando meu avô me deu meu primeiro livro de Richard Dawkins, *O gene egoísta*. "A religião é um delírio sofrido por milhões", citava vovô, batendo com o dedo indicador sobre o nome do autor na capa do livro que tinha acabado de me dar. "É ele quem diz, não eu." A partir de então, sem declarar, sem me dizer que duvidava e sem entrar em conflito abertamente com meus pais ou a Igreja, meu avô me educou para considerar a possibilidade de ser livre.

Isso também fez parte do treinamento dele.

Assim cheguei a Freud, que sustentava o conceito de religião como um delírio coletivo muito antes de Dawkins. E ao livro de ensaios de Fritz Erik Hoevels: *Religião, delírio coletivo*, ao qual acrescentei a leitura de algumas obras de quem o ama e outras de quem o odeia. E finalmente, no *Seminário 11* de Lacan, especialmente sua classe 5, "Tiquê e Autômaton": "Porque a verdadeira fórmula do ateísmo não é *Deus está morto* [...], a verdadeira fórmula do ateísmo é: *Deus é inconsciente*." Por causa de Lacan acabei mudando de curso: troquei a Arquitetura pela Psicologia. Pelo menos era isso que estudava quando saí da Argentina e imagino que continuarei estudando onde quer que finalmente me instale. Quando decidi que não queria ser arquiteto, hesitei um pouco entre mudar para Psicologia ou Filosofia e fiz matérias dos dois cursos. Mas finalmente decidi aprender os processos mentais individuais, que me pareciam menos abstratos do que o próprio pensamento. Não contei aos meus pais: superada a decepção de não terem um filho padre, tampouco arquiteto, teriam feito o impossível para que eu estudasse Psicologia numa universidade católica. Se a questão é erguer um edifício, não importa muito, mas entrar na cabeça de outra pessoa sem um olhar "cristão" teria parecido vergonhoso para eles.

"A técnica dela (da religião) consiste em reduzir o valor da vida e distorcer de forma delirante a imagem do mundo real, medidas que têm como pré-condição a intimidação da inteligência", escreveu Freud em *O mal-estar na cultura*. Queria compartilhar essa leitura com meu avô. Ele repetiu a frase de memória, era difícil surpreendê-lo com um texto. Embora tenha se formado como professor de História, seu campo de interesse era muito mais amplo, e ele passava o tempo lendo ensaios sobre diversos temas: Filosofia, Psicologia, Antropologia, Biologia, Teologia. Meu avô se interessava por tudo. Já minha avó, por outro lado, reclamava que, depois que se aposentou, ele perdia tempo e se escondia dela atrás de um livro. Eu teria feito o mesmo.

Herdei dele a minha voracidade por leituras.

"Tente ser feliz sem mentiras nem delírios", escreveu meu avô na carta que me foi endereçada, a que eu podia ler sozinho. Que tivesse escolhido o verbo *tentar* foi fundamental para mim: não exigiu que eu "fosse feliz", pediu que tentasse ser. Naquela carta ele também me falou sobre o amor. E prometia que, na carta compartilhada com Lía, voltaria ao assunto. Mas para falar dele, não de mim.

Saí da Argentina com a sensação de que não existia nenhum sistema ou vínculo que me unisse a alguém. Meu sistema familiar deu defeito e, depois de pouco tempo, parou de funcionar. Era um satélite sem órbita.

2. Meu avô e eu montamos nosso próprio Caminho de Santiago. Combinei com ele que começaria pela Polônia e terminaria em Santiago de Compostela. Mas o final do percurso traçado não era naquela cidade por causa do suposto túmulo do dito santo. Nem porque Santiago era e é a Meca dos peregrinos. O verdadeiro motivo descobri mais tarde, quando soube que tinha que entregar aquela carta: Lía morava lá. Uma das "Sardá", a irmã do meio. Minha única tia viva. Deixara Adrogué por aquela cidade, antes de eu nascer. E não tinha voltado. Outra consequência da nossa cicatriz.

O avô me obrigou a prometer que, quando não estivesse mais aqui, eu seguiria o caminho que traçamos juntos, o das catedrais mais bonitas da Europa. Esse caminho me levaria aonde ele queria que eu fosse: até a filha de quem mais sentia saudade. Sentia mais saudade dela do que de Ana, talvez porque sentir saudade de alguém vivo faça mais sentido do que de alguém morto. A morte exige resignação. A ausência, não. Nunca consegui obrigar meu avô a reconhecer que Lía era sua favorita. "Para um pai, todas as filhas são iguais." Não era verdade, a minha mãe nunca teria conseguido competir pela preferência dele. Nem pelo amor. Minha mãe era outra coisa.

O percurso começava na Polônia. Trapaceamos, porque a Basílica de Santa Maria, na Cracóvia, não é uma catedral. "Eles são mais trapaceiros do que nós, e muito mais nocivos. Por que não nos atrevemos a uma trapaça ingênua?" Era assim que meu avô chamava: "trapaças ingênuas", pequenos atalhos para conseguir algo em um mundo que os dois sabíamos que era hostil. Quando falava "deles", dos trapaceiros, estava se referindo aos padres. Embora nunca tenha deixado de se autodenominar católico, ao longo dos anos foi desenvolvendo uma profunda antipatia pela Cúria e pelas instituições da Igreja. E perceber esse descontentamento foi o que me permitiu ser sincero com ele quando surgiram minhas primeiras dúvidas sobre a fé. Meus pais, por outro lado, tentaram reverter essas preocupações com psicólogos – formados em universidades católicas, uma condição *sine qua non* –, como se minhas perguntas fossem obscenas ou típicas de um surto psicótico. Desde aquele momento, tenho certeza de que prefeririam que eu fosse psicótico, em vez de ateu.

Meu avô declarou que Santa Maria de Cracóvia era uma catedral, pegou minha mão e, com a dele por cima, começou a desenhá-la.

Nosso sonho de um Caminho de Santiago personalizado não era um projeto relacionado à religião católica ou a qualquer misticismo. Era mais uma busca do porquê, uma reafirmação da própria sanidade em meio àquele delírio coletivo e generalizado que nos rodeava, principalmente na nossa própria família. E uma aposta na felicidade que pequenos atos de resistência nos produziam, mais do que grandes batalhas. Também um encontro final, o verdadeiro ponto de chegada, que não se limitava apenas a conhecer a minha tia, mas a entender por que meu avô queria que estivéssemos juntos. Ele tinha algo mais reservado para nós, a revelação de uma verdade que dava um golpe brutal na nossa cicatriz, para abri-la e, depois, deixar que cicatrizasse melhor. Mas deve ter considerado a possibilidade de que, com aquela ferida aberta, se estivéssemos sozinhos, não poderíamos continuar vivendo. Eu me pergunto se reservou algo para ele. Eu o imagino hesitando diante da difícil decisão de nos contar ou não a verdadeira história. Será que se convenceu de que um dia acabaríamos sabendo de tudo e garantiu que estivéssemos unidos no momento de receber aquele golpe? Foi corajoso. E apostou que o sistema "família" voltaria a funcionar se dois de seus objetos – Lía e eu – conseguissem se relacionar, reparando, assim, o "defeito". Mas para isso era preciso desmantelar a mentira, diante dela não havia nenhuma trapaça ingênua que valesse a pena.

"Se Picasso disse que o retábulo de madeira de Santa Maria de Cracóvia é a oitava maravilha, é claro que merece ser a primeira catedral do nosso percurso." Nós a desenhamos a partir de uma foto que encontrei no blog de um polonês que oferecia visitas guiadas em espanhol e imprimi. Quando finalmente cheguei lá, depois de muitas horas de voo transoceânico, achei superestimada. Santa Maria fica na Praça do Mercado de Cracóvia, considerada por guias e blogs de viagens uma das melhores praças do mundo. Tem estrelas e comentários positivos nos sites de viajantes em que entrei. Saí do hotel por uma rua de paralelepípedos e, ao chegar, me deparei com o edifício mais impressionante da região, o Sukiennice, ou Mercado dos Tecidos. Parei ali, olhei ao meu redor. A praça, no final daquele verão, transmitia a alegria de quem tomava uma bebida nos seus terraços enquanto conversava ao sol. Debaixo das arcadas havia lojas, edifícios antigos, palácios. Mais ao longe, uma pequena igreja, Santo Adalberto, uma construção medieval em pedra. De lado, a torre da Prefeitura. Tinha lido que, embaixo da praça, havia porões e passagens que ligavam os prédios entre si e senti algo se mover sob mim, como se formigas caminhassem pelas solas dos meus pés. Então começou a soar uma trombeta. Olhei para o lugar de onde vinha o som e vi as duas torres desiguais de Santa Maria. Uma música me levou até lá. A melodia parou pouco antes da minha chegada, no meio de uma nota. Mais tarde soube que o corte abrupto é uma homenagem a um trompetista que foi atingido na garganta por uma flecha tártara. A morte chegou enquanto ele executava, na torre mais alta, a *Hejnal Mariacki,* uma canção polonesa que era tocada para abrir ou fechar os portões da cidade todos os dias, ou diante de ataques de outros povos. Ninguém em Cracóvia conseguiu confirmar se a história é real ou mito, mas a achei valiosa e a adotei. Anotei na minha caderneta várias histórias como esta, que fui encontrando durante a viagem, narrativas de lugares diferentes que ninguém sabe se são verdadeiras ou não, e que são transmitidas de um para o outro da mesma forma que uma receita de cozinha é passada de geração em geração. Cenas que fazem parte da história comum e até da identidade de algum povo, mas não de uma religião. Se a religião fosse aceita como uma soma de histórias que transmitimos uns aos outros ao longo dos séculos, talvez eu não fosse ateu. Prefiro histórias a qualquer religião. O fato de meus pais quererem me converter tão veementemente à religião deles selou meu destino como renegado. Se tivessem sido como aquelas pessoas que se dizem católicas, mas nem vão à missa, eu não teria que fazer tantas perguntas. Talvez até continuasse dizendo que era católico, o que sem dúvida teria evitado problemas. É sempre mais fácil ser parecido com os outros. Foi ação e reação, e agradeço a eles. Uma das poucas coisas pelas quais agradeço. Porque diante do fanatismo, tive que resistir. Eu me tornei um *outsider*, um estranho. Desde criança fui alguém "diferente", não só no que diz respeito às questões religiosas. Um alien. Não importava o lugar: na escola paroquial que os meus pais escolheram para mim, no clube em que me obrigaram a praticar esportes, nas reuniões da igreja, que me forçavam a frequentar aos domingos.

Fui até a Basílica de Santa Maria acompanhando a música, ainda sentindo as formigas sob os meus pés. Fiquei um tanto decepcionado: a primeira catedral que desenhei com meu avô, vista de fora, não me pareceu nada excepcional. Mas assim que entrei e me aproximei daquele retábulo de madeira, entendi tudo. O impacto de sua beleza me surpreendeu. Duzentas esculturas talhadas por Veit Stoss entre 1477 e 1489. Tinha lido sobre ele antes de viajar, inclusive quando o avô ainda estava vivo, e conversamos sobre minhas leituras. Em uma daquelas últimas tardes, ele me disse: "Todo mundo esconde um segredo que um dia será um opróbrio." Ele gostava de usar essa palavra: opróbrio. Não a conhecia, ele me explicou o significado. E depois acrescentou: "Devemos estar preparados para o dia em que o descobrirmos, saber o que faremos com esse segredo, nosso e de quem nos rodeia." "Você não, avô, o que pode ter escondido?", respondi. "Eu também", respondia ele, "um que me dói mais que esse câncer", e não dizia mais nada.

Ele se fechava, ensimesmado, não conseguia nem olhar para mim, não tinha como continuar perguntando.

Veit Stoss teve seu opróbrio. O escultor alemão viveu vários anos com a família em Cracóvia, onde realizou a obra-prima *Altar da Dormição*. Diante desse altar, fiquei realmente comovido. Ainda hoje me sinto assim ao pensar como uma mão que esculpe a madeira consegue transmitir tanta verdade nas dobras de um vestido. Mas quanto ao "opróbrio" de Veit Stoss, isso não aconteceu em Cracóvia, mas no seu regresso a Nuremberg, anos depois. Um dia, descobriram que ele havia copiado o selo e a assinatura de um empreiteiro que cometia fraudes. Em sua cidade, foi condenado a receber tapas em público e a não sair mais de seu perímetro sem autorização da justiça. Proibição que ele desrespeitou, como percebemos pelas peças de sua autoria em outras cidades, após a data da sentença.

Ninguém diria, diante daquele retábulo de madeira que beira a perfeição, que quem esculpiu tal maravilha falsificou depois o selo de um empreiteiro e acabou levando tapas em público. As contradições das pessoas. Os opróbrios.

Por diversos motivos, às vezes com razão, outras, não, descartamos catedrais importantes que poderiam ter integrado nosso percurso pelas mais belas da Europa. O avô disse que podíamos pular a Catedral de São Basílio, na Praça Vermelha de Moscou, porque, apesar da sua beleza e cores incomuns, é um templo ortodoxo e não católico. O argumento dele parecia lógico; mesmo que não fosse, agradeci em silêncio: tinha pavor de ir a Moscou, ser encontrado com um baseado no bolso e acabar na prisão, como havia lido na internet que acontecera com um turista argentino alguns meses antes. Como se diz "baseado" em russo? E "consumo pessoal"? Se alguém era candidato a ir para a prisão por duas tragadas de maconha em um país onde se fala uma língua desconhecida, esse alguém era eu.

Meu avô me proibiu de ir à Basílica de São Pedro, no Vaticano: "Não quero você tão perto do *establishment* católico." Por outro lado, e apesar do que muitos acreditam, São Pedro não é uma catedral. E, nesse caso, não precisávamos abrir uma exceção, como fizemos em Cracóvia.

Notre-Dame de Paris estava na lista, mas quando passei pela cidade, a catedral acabara de ser vitimada por um incêndio. E alguém que pertence a um sistema familiar onde uma mulher foi esquartejada, e o seu cadáver, queimado, não quer ouvir falar de incêndios. Fiquei caminhando pelas margens do Sena, mas nem cheguei perto para ver como ficou Notre-Dame depois do fogo. Preferi ficar com a imagem que desenhei com meu avô, uma imagem resistente às chamas. Substituí aquela Notre-Dame por outra, também gótica e francesa: a de Amiens. Tinha certeza de que ele teria aprovado minha decisão. Tive que desenhá-la sozinho, não estava na nossa pasta. Tracei pela primeira vez o contorno de uma catedral sem sentir sua mão na minha, sem sua orientação. E ali, sentado no chão, na frente daquela igreja, numa tarde ensolarada, tomei consciência de que meu avô não estava mais comigo. Parei na rosácea da entrada principal e passei muito mais tempo nela do que no resto da igreja, fiquei obcecado por cada curva. Enquanto desenhava, chorei.

As outras paradas no meu caminho, antes de entrar na Espanha, foram na catedral de Santo Estêvão, em Viena, na Áustria; a catedral de Colônia, na Alemanha; e, no circuito italiano, Santa Maria del Fiore, em Florença, Nossa Senhora da Assunção, em Siena, e o Duomo, em Milão. Algumas eram mais bonitas do que nossos desenhos, outras não, mas todas tinham algum detalhe mágico a ser descoberto: os azulejos esmaltados coloridos de Santo Estêvão, as listras verdes e brancas desenhadas pelo mármore na catedral de Siena, os doze sinos da catedral de Colônia, o meridiano que atravessa o Duomo de Milão, com os signos do Zodíaco de cada lado. Diante de qualquer uma delas, eu me senti pequeno; não era um sentimento religioso, era existencial. É a intenção deste tipo de arquitetura — no que é bem-sucedida. O efeito não é causado apenas pela altura dos tetos, que parecem subir até o céu, mas pela luz que entra de uma forma peculiar, envolvente, produzindo uma atmosfera em que a nossa presença, como pessoas, é minúscula. Uma montagem pré-concebida para que quem a contemple tenha a certeza de que existe algo muito maior do que o ser humano: algo exterior, que não pode ser englobado, mas é real. Ficção, sugestão, fé, não sei qual é a palavra certa. Parado diante de algumas delas, consegui entender o que os outros sentem. Mais ainda, na frente da

Santa Maria del Fiore, cheguei a desmaiar. Aquela igreja tem uma beleza brutal. Recobrei os sentidos ajudado por alguns turistas que diagnosticaram síndrome de Stendhal; eles falavam um inglês que não era a sua língua materna e, graças a isso, ao fato de falarem tão mal quanto eu, consegui compreendê-los melhor do que outras pessoas. Eles me contaram que foram os mesmos sintomas que sentiu o escritor francês ao sair da Igreja da Santa Cruz, também em Florença: palpitações, tonturas, confusão, vertigens. Intolerância a tanta beleza, uma beleza que oprime. Seria impossível sentir o mesmo ao desenhá-la, só era possível sofrer diante dela.

Algo assim acontece comigo quando estou na frente de uma mulher, principalmente se gosto muito dela. Foram poucas, até agora. É difícil para mim deixar que meu corpo sinta na frente delas. Tenho medo. Em algum momento, pensei que talvez fosse gay. Eu me forcei a pensar nisso. E não, pelo menos até hoje, quem me atrai sexualmente são sempre mulheres. Elas me atraem, mas me enchem de medo. Não sei como falar com elas. Como se estivesse prestes a mergulhar num túnel que me levará não sei para onde e não terei como voltar. Em geral, quando suspeito que algo assim pode acontecer com uma mulher, interponho uma barreira entre nós. Mais do que uma barreira, é um vidro blindado que a menina não vê e que me deixa seguro. Não dela, mas do sentimento. Nas poucas vezes em que não consegui me blindar a tempo antes que meu corpo latejasse, me senti confuso, tonto e incapaz de me aproximar de quem causou esse efeito em mim. Do mesmo jeito que me senti em frente à catedral de Florença. Outras vezes, elas se aproximaram de mim e acabou da mesma forma. Nas poucas ocasiões em que estive na cama com uma menina, os dois nus, excitados, a grande ereção inicial foi seguida pela impossibilidade de penetrá-la e pela decepção. Fim. Então, fiquei assustado por um longo tempo, a ponto de não ter vontade de tentar novamente. Às vezes, tenho medo de que, um dia, cansado de tentar e falhar, eu pare de tentar de vez.

Não sei o quanto meus pais têm a ver com essa dificuldade, não sei o quanto a religião que abandonei ou a cicatriz têm a ver com isso. É importante saber por que sofremos o que sofremos?

Depois que o avô morreu, notei que, ao menos três vezes, alguém vasculhara no meu quarto. Só poderia ter sido minha mãe. O que estava procurando? Baseado? Pornô? Revistas gays? Garrafas de álcool? Manifestos terroristas? Tudo era possível em seu mundo frenético. Não tinha ideia de que fantasia poderia levá-la a uma busca inútil. Havia um baseado, mas estava tão bem escondido que minha mãe não conseguiria encontrá-lo. Do resto, nada. Fiquei com raiva de aceitar que ela estava mexendo nas minhas coisas e, ao mesmo tempo, gostei de saber que estava perdendo tempo. Até que, um dia, entendi o que ela procurava: durante o jantar, ela e meu pai me perguntaram sobre as cartas. Por que havia mais de uma? A quem estavam endereçadas? O que diziam? Se o avô falava sobre eles. Se mencionava a Lía. Que achavam egoísta e irresponsável que não contasse nada para eles. Se eu tinha noção de que o avô, nos últimos tempos, dizia incoerências. Não respondi a nenhuma das perguntas, nem aceitei nenhuma das exigências. Mas fiquei feliz por terem feito isso, porque finalmente soube o que minha mãe procurava quando vasculhava o meu quarto. Nunca as teria encontrado, as cartas sempre estavam comigo, na mochila. Não me separei delas desde o momento em que as recebi de Susana. Depois daquele jantar, confirmei que não queria ficar mais nenhum dia na casa onde morávamos juntos. E comecei a organizar minha viagem.

 Antes da minha partida, Marcela, amiga de infância de Ana, veio me ver. Na verdade, não veio me ver em casa, mas se encontrou comigo, andando de bicicleta, uma tarde, quando fui à casa do meu avô procurar algumas lembranças que queria guardar. Minha mãe, uma semana depois do velório, viera com a ideia de que a casa deveria ser arrumada e posta à venda o mais rápido possível, então fui resgatar alguns objetos assim que pude. Eu já tinha visto a Marcela duas ou três vezes na casa do avô, ele mesmo a apresentou e, em cada oportunidade, parecia que era a primeira vez para ela. Como nesses encontros ninguém me explicou por que ela se esquecia, concluí que era uma mulher muito distraída. Mas naquela tarde, quando Marcela se encontrou comigo, pude trocar algumas palavras com ela e percebi que tinha dificuldades de memória. A mulher repetia o que já havia dito momentos antes e parecia não gravar o que eu estava respondendo. Na cesta da bicicleta carregava uma caderneta onde anotava algumas palavras enquanto falava. Parecia uma escrita taquigráfica. Dessa caderneta ela leu: "Entregar o anel ao neto de Alfredo para que ele leve para a Lía." Bisbilhotei a lista e me pareceu que embaixo estava escrito: leite, *blazer*, lavanderia. Para minha surpresa, tinha uma foto minha dentro da caderneta; na verdade, era uma cópia de uma foto que estava na casa do meu avô, num porta-retratos, em cima da lareira. Ficou chateada quando me viu bisbilhotando a caderneta e a fechou. Imediatamente, me deu um anel com uma pedra turquesa e repetiu: "É para a Lía." E foi embora. Não me deu tempo de perguntar como sabia que eu me encontraria com a Lía. Entrei na casa do meu avô um tanto confuso. Susana ainda estava lá, a minha mãe tinha pedido que esvaziasse a casa antes da venda. Contei a ela sobre o encontro com aquela mulher. Ela a conhecia mais do que eu. Contou que meu avô gostava muito dela, mas, acima de tudo, era muito paciente. "Apesar das dificuldades de comunicação com alguém assim, eles se entendiam." Disse que eles se entendiam e que, se Marcela sabia que eu ia ver a Lía, era porque o avô não só havia contado, mas pedido que anotasse. "Confie no julgamento do seu Alfredo", me aconselhou. E confiei, sem perguntar nada mais. Ela me contou que, quando eram meninas, Marcela e Ana eram amigas próximas. E que Marcela, após a morte de Ana, teve um episódio psiquiátrico. Ou neurológico, Susana não se lembrava; sim, que havia deixado sequelas na memória curta. "Amnésia anterógrada", disse eu, e Susana me olhou sem conseguir confirmar o que não sabia. Não quis ser pedante, mas tinha visto isso numa das matérias que cursara na Faculdade de Psicologia, antes de suspender os estudos por causa da viagem. O professor nos fez assistir ao filme *Amnésia* para entender o quadro, embora nunca tivesse conhecido ninguém que realmente sofresse com isso. Até aquele dia. Susana, sem saber o nome da síndrome, sabia que Marcela conseguia se lembrar de coisas do passado anterior à morte de Ana, e que, a partir de então, não conseguia mais guardar lembranças: a memória posterior estava vazia. "Dizem que foi por causa de uma pancada, mas, pra mim, foi por causa do que sofreu com Ana." Também me contou que, com tempo, medicação e treino, Marcela melhorou muito. Parte desse treinamento deve ter sido a caderneta que levava na cesta da bicicleta. Anotar permitia que mantivesse um registro, uma memória escrita que substituía a memória ausente.

Não perguntei mais e aceitei a encomenda. Precisava levar um anel, não era nada de outro mundo. Juntei numa sacola alguns livros do meu avô, o relógio dele, uma foto em que me segurava nos braços quando bebê, o lápis com que desenhamos as catedrais. Guardei na bolsa o anel de pedra turquesa entregue por Marcela.

Saí da casa do meu avô pronto para o nosso Caminho de Santiago.

3.   Fiz vinte e três anos em Barcelona, última parada no meu caminho pelas catedrais antes de chegar a Santiago de Compostela. O avô disse que, mesmo não sendo uma catedral, abriríamos também uma exceção para a Sagrada Família, a famosa igreja que Gaudí deixou inacabada. Mas ele me avisou que, apesar da grande fama do monumento mais visitado de Barcelona, sua preferida naquela cidade era a Catedral del Mar, uma igreja do século XIV construída por quem morava perto do porto. "E não eram da nobreza, nem da monarquia, nem do alto clero, mas a população da região, especialmente os carregadores do cais ou *bastaixos*. Passavam o tempo carregando pedras enormes de Montjuïc ou do porto, levando-as nas costas. Essa é uma igreja que vale a pena ver." Fiquei com vontade de conhecê-la por outro motivo: uma igreja que não tem nome de virgem nem de santo, mas do mar, me deixava bem mais entusiasmado. No entanto, logo descobri que "o mar" era apenas uma abreviação de "a Senhora do Mar". Em outras palavras, a virgem está ali. Quis poder contar ao avô que a porta principal é uma homenagem àqueles *bastaixos* que ajudaram a construí-la. Deve ser a igreja mais austera que desenhamos; a mais próxima ao Cristo que me ensinaram na escola, aquele que desenhava na minha cabeça enquanto me sentia católico.

Passei aquele dia andando por El Born, rodeado de pessoas que não tinham nem ideia de que era meu aniversário. De muitas pessoas, muitíssimas pessoas. Era o começo das festividades de La Mercé. Aconteciam concertos por toda parte, em todas as praças. Em Barcelona não havia espaço para mais ninguém. E uma cidade como esta, transbordando de gente, não era um lugar ruim para passar despercebido, como eu queria. O dia parecia lindo, mas ao sair do hostel, o homem da recepção me cumprimentou: "Moltes felicitats!" Imaginei que fosse costume do lugar anotar os aniversários dos hóspedes e cumprimentá-los. Devo ter olhado para ele de forma estranha, porque repetiu em inglês: "Happy birthday!" A língua inglesa me confundiu. Não porque ele falasse, mas porque imaginou que eu a falava, e não espanhol. Deixei a chave sem responder e ele acrescentou, também em inglês, que prenderia um anúncio no quadro de avisos, entre as notícias diárias. Pedi para que não fizesse isso, não expliquei, apenas disse "Don't do it", na língua que ele tinha me atribuído, para não entrar em discussões ou confundi-lo. Falei com a maior firmeza possível, para que não ficassem dúvidas. Mas fui embora disposto a só voltar muito tarde, não tinha certeza se, por mais que o homem entendesse minha afirmação, ele daria bola. No check-in, paguei um pouco mais para não ficar em um quarto compartilhado. Passava pela recepção sem olhar nem falar com ninguém. Barcelona fazia festa para La Mercé e nada me entusiasmava mais do que caminhar sozinho entre milhares de pessoas completamente desconhecidas.

Depois de muita música e fogos de artifício, voltei para o hostel, tarde, depois da meia-noite, para que fosse outro dia e ninguém, alertado pelo possível anúncio no quadro de avisos, me cumprimentasse. Foi tudo bem na entrada. Mas logo depois de apagar a luz da mesa de cabeceira, um cara entrou no meu quarto. Um cara um pouco mais velho que eu, que já tinha visto algumas vezes no banheiro compartilhado; meu quarto privado não incluía serviços. Não sei se entrou por engano ou se foi de propósito. Não entendia como tinha conseguido abrir a porta. No meio da confusão, pensei que ele estava tentando me dizer parabéns em um idioma que eu desconhecia. Falava uma língua gutural, com sílabas cortadas, que eu nunca tinha ouvido na vida. Tinha uma garrafa de cerveja na mão, aberta, pingando espuma. Estava de cueca e seu pau estava duro. Deu uns passos em minha direção. Sentei-me na cama e disse a ele: "Pare, o que está fazendo?" Ele não parou. Repeti com um pouco mais de veemência: "Pare, maluco!", acrescentando aquela palavra – "maluco" – que ele certamente não conhecia, mas me ajudou a reafirmar o que estava dizendo. Finalmente gritei: "Stop!", que presumi ser uma palavra universal. "Stop!" Também não funcionou: o intruso nem se alterou. Em vez disso, soltou uma gargalhada. Antes que chegasse à minha cama, como um reflexo, arremessei em sua direção o livro que estava lendo antes de dormir. Era de capa dura. Acertei na testa dele. Acho que o homem xingou na língua dele. Pegou meu livro e jogou-o contra a parede. Então saiu, batendo a porta.

    Nasci em 21 de setembro. Data ruim para nascer. Na Argentina, marca o início da primavera e é o Dia do Estudante. Com tantas festividades, não há lugar para a minha. Sempre achei que ninguém se importava que eu fizesse aniversário naquele dia. Embora a coincidência incomodasse, mais do que a qualquer um, a minha mãe. Se eu decidisse comemorar e ela quisesse a garantia de que meus amigos viriam, não tinha escolha a não ser fazer a festa um dia antes ou depois da data. Porque, no próprio dia 21, meus amigos iam fazer piquenique em algum parque, tomando sol, tocando violão e, quando chegaram à adolescência, bebendo. Às vezes, no meio da comemoração estudantil, alguém se lembrava que eu fazia aniversário. Longe de ser um benefício, eu me tornava o centro das atenções por um tempo, e meus companheiros me dedicavam algumas piadas banais acompanhadas de pancadas. Aquela saudação, que era uma espécie de código "entre homens", me irritava. Ninguém levava presentes para um piquenique no parque, nem bolo, nem velas. Na escala dos piores dias para fazer aniversário na Argentina, 21 de setembro compete com 24, 25 ou 31 de dezembro e 1º de janeiro. Estar sozinho em Barcelona, mesmo no meio da agitação pela festa de La Mercé, era muito melhor.

Por ter nascido em 21 de setembro, tenho o nome que tenho: Mateo. Minha mãe tinha na carteira o santoral de setembro completo, junto com o cartão do plano de saúde, caso o nascimento a surpreendesse na rua. Nunca me chamaram por nenhum nome durante a gravidez porque só souberam qual seria no dia em que nasci. Se tivesse nascido um dia antes, me chamaria Andrés, se tivesse nascido um dia depois, Maurício. Meu nome não é consequência de um desejo, mas de uma imposição. E do acaso. Eles devem acreditar que foi "o desígnio de Deus".

Meus pais atribuíam tudo ao desígnio de Deus. Não passavam dois dias sem falar algo assim. Se algo de bom acontecesse com você, era desígnio de Deus. Se algo ruim acontecesse com você, também. Como se pode pensar que o nome de uma criança seja definido apenas no dia do parto e com o santoral na mão? Pouco importava à minha mãe que esse Mateo, considerado santo pela Igreja Católica, fosse o padroeiro dos banqueiros, que aqueles que nele acreditam rezassem para ele pedindo prosperidade nos negócios, e que alguns o representassem com um saco de dinheiro na mão. Se eu nasci no dia 21 de setembro, meu nome seria Mateo e eu seria protegido pelo santo homônimo. "Foi apóstolo e profeta, um dos quatro evangelhos é dele, é representado com asas. Não blasfeme", minha mãe respondia quando eu reclamava. Sua estrita adesão à religião católica e seu conhecimento de teologia a levaram a cometer diversos tipos de arbitrariedades, superando minha avó e se tornando o exemplar mais conservador e fanático da minha família.

Como não se sentir à parte desse delírio, como não fugir aterrorizado da religião, de qualquer religião, o mais rápido possível?

Minha avó também quis colocar nomes de santos nas filhas, embora não se adaptasse ao santoral, como minha mãe. Quis, mas não pôde, porque meu avô conseguiu distorcer sua vontade com o nome de Lía por meio de uma artimanha. Outra "trapaça ingênua". Minha mãe, a mais velha, chama-se Carmen em homenagem à Virgem de Carmen, ou Santa Maria do Monte Carmelo, antecessora de todas as carmelitas, descalças ou não. Ana recebeu o nome de Santa Ana, mãe da Virgem Maria, padroeira das mulheres grávidas. No caso de Lía, minha avó – convencida de que esperava um menino ao qual pretendia chamar de Jesus – deu ao marido o poder de escolher o nome se, apesar de seu palpite, nascesse uma mulher. Com a única condição de que o nome correspondesse ao de uma santa. Nasceu uma mulher e o avô escolheu Lía sem pensar na Bíblia, só porque era um nome que gostava. Esse era o nome da irmã mais nova de um colega de trabalho e, ao ouvi-lo, pensou como gostaria que uma de suas filhas tivesse esse nome. "Lía" não passou no filtro da avó: "Se não houver nenhuma santa para protegê-la, não." O avô começou a investigar. Quis forçar a barra. Lía era esposa de Jacó, estava na Bíblia, mas não era santa. A avó se manteve firme: "Sem santa não tem nome." Por fim, permitiu que fosse registrada como Lea, encontrara uma santa romana com esse nome. O avô pareceu aceitar; na verdade, disse que sim e foi ao cartório para fazer o registro. Porém, o documento de sua segunda filha saiu em nome de Lía Sardá. Sempre afirmou que houve um erro da funcionária que preencheu os formulários. Acho que mentiu.

O meu avô mentia.

Embora na frente de alguns, por exemplo, a minha avó, ele aceitasse que não era necessário continuar se perguntando o que tinha acontecido com Ana, Alfredo não parou até que a doença o impedisse. Verifiquei isso uma tarde, quando fui até a casa dele de bicicleta. Cheguei com uma roda murcha. O avô me mandou ir ao depósito, onde ele tinha uma bomba de ar. Fui lá, mas demorei para encontrar. Procurei em todos os lugares possíveis. Havia móveis velhos, um forno e ferramentas da antiga oficina de esculturas da minha mãe, latas de tinta velhas, uma caixa de revistas do Automóvel Clube, o cortador de grama, uma pá e outros itens de jardinagem. Encostadas em uma parede, ao fundo, havia três malas. Mexi nelas para ver se a bomba havia caído atrás. Uma das três era bem pesada. As outras duas estavam vazias. Fiquei curioso para saber o que meu avô guardava na mala pesada, então a abri: estava cheia de recortes de jornais relacionados ao assassinato de Ana e fotocópias do processo judicial. Muitas folhas tinham marcas e anotações nas margens. Espalhei os papéis no chão, li meio por cima, sem entender direito. Eu me senti culpado por meter o nariz em algo que não era da minha conta. Mas a cicatriz me tornava parte do que era contado ali. Hesitei, não conseguia definir se tinha ou não direito de bisbilhotar os recortes do avô. Verifiquei mais um pouco e, depois de um tempo, guardei tudo tentando respeitar a ordem em que havia encontrado. Fechei a mala. De vez em quando voltava ao depósito para ver se continuava lá e tinha o mesmo peso. Estava lá, sempre. Eu a abri mais algumas vezes, mas quase não olhava os recortes. A única coisa que queria saber era se o avô mantinha vivo aquele arquivo, se acrescentava material ou se era apenas o produto da sua busca desesperada por justiça logo depois da morte de Ana. Sempre que abria aquela mala, notava um novo pedaço de papel no topo da pilha, ou que a ordem do material guardado havia sido alterada. O fato de o avô manter o arquivo vivo até pouco antes de sua morte significava que nunca parou de se perguntar quem matou sua filha e por quê. E se essas não eram as suas perguntas, talvez tenham sido outras; à medida que sabemos mais, fazemos perguntas melhores.

Depois de ler a carta do meu avô dirigida a mim, aquela que podia ler sem Lía, troquei o chip do telefone e fechei minhas contas no *Instagram* e no *Facebook*. Li na primeira escala do meu voo, em Madri, com conexão para Cracóvia, sentado no chão do aeroporto de Barajas, abraçando minha mochila. Não ousara antes, criando desculpas diferentes; talvez estivesse com medo de que a leitura me fizesse desistir da viagem. Preferia que, se fosse assim, se o avô tivesse escrito algo impactante o suficiente para fazer com que a viagem perdesse sentido, essa inquietação me encontrasse já a caminho. Eu tinha decidido ir de qualquer jeito. Longe de me impedir, a carta era um chamado à aventura e a uma vida melhor. Chorei. Queria que ele estivesse comigo. Eu me sentia totalmente sozinho. Foi a primeira vez que senti, ali, naquele aeroporto, que tinha nascido de pai e mãe desconhecidos. Não tive que cancelar a viagem, como temera. Em vez disso, precisei desaparecer, me perder, que só quem eu quisesse me encontrasse – alguém que, no momento, eu não sabia quem poderia ser. De qualquer forma, fechar as contas nas redes sociais não me causou maiores conflitos, praticamente não usava, subia alguma coisa nos *stories* de vez em quando e nada mais. Mas usava os sistemas de mensagens. E em trânsito para o primeiro destino, não queria receber nenhuma. Menos ainda dos meus pais: quando eu não os respondia no WhatsApp, me bombardeavam em todas as redes possíveis. Se tivessem um pombo--correio ou drone, usariam também. Soube ali, ainda sentado no chão, que não voltaria. Não se tratava apenas de regressar de uma viagem, eu tinha a sensação de que nunca mais seria o mesmo. Naquele choro, além das lágrimas dedicadas ao meu avô, havia uma espécie de despedida: a consciência difusa, mas perceptível, de que não havia volta. Até aquele momento, minhas dúvidas sobre se algum dia regressaria à Argentina eram intuitivas. Sentia vontade de me separar da minha vida anterior, mesmo sem ter lido a carta que meu avô havia reservado para Lía e para mim, aquela que leríamos juntos. Aquela carta terminaria a explicação de quem eu era e quem era nossa família, determinando a origem, a profundidade e a gravidade da nossa cicatriz.

Naquele aeroporto, por outro lado, eu ainda estava na fase inicial de rejeição ao que tínhamos sido. Mesmo assim, se eu pudesse mudar meu nome, teria feito. E certamente não seria o de um santo. Se eu tivesse mudado meu nome, não deixaria nada para trás. Ou teria deixado pouco. Tive amigos no Ensino Médio, mas nenhum deles formou uma conexão forte o suficiente para que esse vínculo continuasse quando não nos víssemos diariamente. Quando entrei na Faculdade de Arquitetura, quase não falava com ninguém, preferia me distanciar dos outros. Entrava por último na sala de aula, esperando que depois da passagem dos meus colegas não houvesse cadeiras livres ao lado das mesas e assim eu tivesse uma desculpa para me sentar no chão. E ia embora primeiro, cinco minutos antes do final da aula, diante do olhar de desaprovação do professor. Cada vez que havia um trabalho em equipe a ser feito, xingava; não estava disposto a me encontrar fora da aula com ninguém. Detestava passar horas trancado com estranhos, tomando mate, fumando baseado, acordado a noite inteira enquanto fazíamos maquetes que, inevitavelmente, o professor reprovaria e mandaria fazermos de novo para temperar nosso espírito. A superioridade universitária parecia entender que uma tolerância ilimitada à frustração era essencial para ser um bom arquiteto. Mentia falando que tinha um trabalho de muitas horas, que trabalhava até nos finais de semana, e pedia aos meus colegas que me designassem alguma tarefa que eu pudesse fazer individualmente e depois adicionar ao grupo. Quando mudei para Psicologia o isolamento não melhorou: na verdade, aumentou. Não havia mais tantos trabalhos em equipe. Por outro lado, naquela faculdade, ser um pouco "esquisito", longe de ser uma deficiência, concedia uma imagem muito compatível com os grandes professores de Psicologia e seus mais renomados seguidores. Também não havia deixado nenhuma mulher, nem relacionamento amoroso na Argentina. De qualquer forma, ainda me sentia envergonhado com a possibilidade de me encontrar com uma daquelas moças que conheciam meus opróbrios sentimentais ou sexuais. Nesse aspecto, o sexual, eu também estava animado para recomeçar.

Foi assim que, durante a viagem após a morte do meu avô, aos poucos fui desaparecendo para me desenhar novamente. A cada parada no nosso caminho para Santiago, dava um novo passo rumo ao momento em que desapareceria completamente da minha vida anterior, varrida por um tsunami. Ou por um incêndio, de acordo com a tradição familiar. Fosse o que fosse, no final, eu seria outra pessoa.

Voltei à livraria três semanas depois da visita dos meus pais. Antes, andei pela área e me certifiquei de que não estavam por perto, nem perambulando pela área, nem em bares, cafés ou restaurantes. Ainda havia algum risco, mas tive que corrê-lo e finalmente tomei coragem, não dava para continuar me escondendo. De qualquer forma, procurei me vestir de forma bem diferente do que costumava fazer quando estava em casa: pus uma bermuda cáqui que chegava até o meio da panturrilha, sandálias franciscanas e uma camiseta regata preta, daquelas que deixam ombros e braços à mostra. Na cabeça, um boné, um *cap* esportivo vermelho com "Santiago Sporting" bordado na viseira. Se tivesse me visto, minha mãe teria desaprovado a roupa. Comprei o boné a caminho da livraria, mas o resto tinha trazido de Barcelona. Comprara em uma loja em El Born, perto da Catedral del Mar, onde voltava de vez em quando porque já tinha se tornado minha igreja preferida, em um dia em que estava morrendo de calor com as roupas que trouxe da Argentina.

Entrei na The Buenos Aires Affair e comecei a olhar os livros nas bancadas de novidades. Ángela, a funcionária da livraria, imediatamente se aproximou de mim.

– Finalmente voltou! Sentimos a sua falta.

– Saí da cidade por alguns dias – menti.

Percebi que a mulher estava olhando para os meus ombros. A princípio pensei que, como minha mãe, achava minha roupa inadequada. Mas imediatamente notei que estava olhando para mim de um jeito que me deixava alerta. Era uma mulher cerca de dez anos mais velha que eu. No entanto, pude sentir que nossos corpos se entenderiam. Talvez tenha deixado transparecer um pouco disso, porque se aproximou alguns passos, até que a senti perto demais. Recuei, me virei e fiquei de costas, com a desculpa de continuar a folhear os livros. Ángela, sem desistir, me seguiu.

– Ouça. Lía, a dona da livraria, me pediu que a avisasse assim que você aparecesse por aqui. Ela quer te ver.

– Eu também quero vê-la.

– Ah, certo, certo. Que boa coincidência! E olha que azar, ela ficou aqui a tarde toda e saiu há poucos minutos. Você pode voltar amanhã? Ela não vai me perdoar se você não voltar.

– Ela foi para casa?

– Ela saiu não faz muito tempo.

– Conheço o caminho. Posso tentar alcançá-la.

– Isso seria ótimo, pode ir! E boa sorte. De qualquer forma, não se perca. Aqui na livraria, já avisei, estamos com saudades.

Não consegui sustentar o olhar sugestivo de Ángela e baixei os olhos. Eu gostava daquela mulher, algo que havia ficado claro mesmo que eu quisesse bancar o idiota. Mas não podia tentar nada naquele momento, porque agora eu tinha outra urgência. Saí da livraria e atravessei a avenida desviando dos carros, sem esperar que o sinal fechasse. Entrei em La Alameda e percorri o caminho que tantas vezes vi Lía fazer. Eu o conhecia de cor, ela repetia o mesmo trajeto todos os dias. Às vezes, fazia um desvio, mas sempre voltava ao caminho principal. Exceto quando ia visitar as santarritas. Como não a vi, fiz um desvio para aquela área do parque. E lá estava ela, sentada no banco diante delas. Eu a observei em sua quietude, mal se movia no ritmo de sua respiração. Segurava algo nas mãos; não consegui ver o que era. Avancei alguns passos até ficar bem atrás dela. Pus a minha mão em seu ombro. Lía virou-se com confiança. Quando me viu, ficou surpresa: não era quem esperava. No entanto, tive a sensação de que ficou feliz em me ver. Não precisei me apresentar, ela sabia quem eu era.

Ia mencionar as cartas e o anel, mas depois dos cumprimentos e de algumas frases sem importância, Lía foi direto ao ponto que nos unia. Mostrou a caixa de metal que segurava na mão.

– Sua mãe me trouxe isso. São as cinzas do seu avô. Do meu pai. Estava pensando em espalhá-las aqui. Esse era o nosso ponto de encontro, embora ele nunca o tenha conhecido.

Lía fitava a caixinha e eu, a mão dela. Fiquei me perguntando em qual dedo ela usava o anel turquesa trinta anos atrás. Depois de um tempo, ela disse:

– Não sabia se devia espalhá-las sozinha. Vamos fazer isso juntos?
– Claro – respondi.

Teríamos tempo para as cartas, para o anel, para as milhares de perguntas sem resposta que faríamos um ao outro, para chorar, para nos abraçarmos. Até para o horror. Agora era a hora das cinzas. Lía abriu a caixa e guiou minha mão de modo que ficasse sobre a dela, como meu avô fazia quando desenhávamos catedrais. Balançamos a caixinha no ar, juntos. As cinzas voaram na tarde úmida e, aos poucos, foram parar nas santarritas da Alameda de Santiago.

Marcela

"É preciso começar a perder a memória para se dar conta que é essa memória que compõe toda a nossa vida. Uma vida sem memória não é uma vida (…). Ela é nossa coerência, nossa razão, nosso sentimento (…)"
LUIS BUÑUEL, *Meu último suspiro*

1.   Ana morreu nos meus braços.
 Não é possível matar uma pessoa morta.
Ninguém morre duas vezes.

A manga do meu casaco ficou presa num canto do suporte de bronze que sustentava a imagem de São Gabriel Arcanjo. Uma estátua de mármore branca, lustrosa, pesada, o santo dando um passo à frente, as asas dobradas nas costas, uma peça que só era exposta na paróquia em ocasiões especiais. Olhei para trás, procurando o que me impedia. Puxei o casaco para tentar me soltar. Então, a estátua balançou e caiu.

Fundo preto, escuridão. Então, uma tela em branco.

Até aí, a lembrança. Antes disso, tudo; depois disso, nada. Ou pouco. E às vezes, por um tempo; depois, o esquecimento. Depois.

( )

O golpe rompeu vasos, células morreram, fui diagnosticada com amnésia anterógrada. O peso do arcanjo que caiu em cima de mim danificou alguma parte do meu cérebro. E a partir daí não consegui guardar nenhuma lembrança nova. Nenhuma. Nem acontecimentos transcendentes, como por quem me apaixonei há algumas horas; nem detalhes da vida cotidiana, como que prato pedi em um restaurante quando o garçom finalmente trouxe a comida, ou o que eu estava vestindo quando cheguei a um lugar no momento de voltar ao guarda-volumes para pedir meu casaco e ir embora. A memória anterior está intacta. Após o golpe, a memória se perde. Desde então, só consigo reter procedimentos que aprendi mecanicamente, percepções sensoriais — uma imagem, um perfume, algo fugaz — e nada mais. Por exemplo, depois do acidente e já velha, aprendi a andar de bicicleta. Se me dizem qual é a nacionalidade de alguém, eu esqueço; mas se puserem seu retrato próximo à bandeira do país em que nasceu, posso associá-lo e depois responder corretamente à pergunta. Me dizem que não "lembro", mas "associo sensorialmente". E entendo e aceito isso, embora depois desapareça. No entanto, apesar da impossibilidade de armazenar situações novas, consigo manter qualquer conversa porque preencho com a imaginação as lacunas que correspondem aos acontecimentos posteriores ao trauma. O que não sei, invento, como todo mundo, com problemas de memória ou não. Meus vazios são lacunas, tela em branco, parênteses sem conteúdo. Procuro material em minhas anotações e, com o que encontro, preencho esses espaços vazios. Penso rapidamente no que poderia ter acontecido e tiro daquela ação o seu caráter potencial: não poderia ter acontecido, aconteceu.

Lembro-me detalhadamente de tudo antes do golpe. Nunca precisei completar essa parte da minha vida, está gravada como um selo indelével que, com o tempo, se torna cada vez mais fixo. De repente, surgem até detalhes que eu achava que estavam perdidos. Antes do golpe, tinha uma vida da qual me lembro; depois do golpe, não.

Ana morreu nos meus braços.

( )

Leio e completo. Naquela tarde, depois do golpe, quando acordei, já tinham me levado para a sacristia e eu estava sentada numa poltrona. Não sei quanto tempo se passou entre o desmaio e o momento em que abri os olhos, mas foi o suficiente para que avisassem meus pais, que correram para lá. Mais de uma hora, segundo os cálculos deles.

Minhas roupas estavam molhadas, tinha entrado na igreja algum tempo depois do pôr do sol, quando começou a chover. Mamãe segurava minha mão, meu pai tinha o semblante preocupado, um médico de emergência tomava meu pulso e o padre Manuel, pároco responsável pela igreja, rezava.

( )

Ninguém mencionou a Ana? Ninguém me perguntou o que aconteceu? Leio: não, ninguém. Juntei as circunstâncias do que não me lembro daquele dia perguntando aos meus pais. Mais tarde, anotei nas cadernetas o que me contaram, e agora a história me pertence, pois posso lê-la quantas vezes for necessário. O que não encontro, completo. Não é tão difícil completar, é questão de dar asas à imaginação. Os momentos posteriores ao golpe devem ter sido muito confusos. Na sacristia, minha memória curta já havia parado de funcionar e eu não sabia. Eu me lembrava perfeitamente o que tinha acontecido antes do golpe: as imagens dos últimos minutos com Ana se projetavam na minha cabeça como um filme que recomeçava toda vez que terminava. Mas ninguém perguntou. Se tivessem me perguntado, eu teria dito: "Ana morreu deitada nos meus braços, estávamos sentadas no último banco da igreja, molhadas. Eu a apoiei com cuidado e saí correndo em busca de ajuda, tentei chegar à sacristia. Ao passar pelo altar, a jaqueta se prendeu no suporte do arcanjo. A estátua cambaleou e caiu na minha cabeça."

Depois, a escuridão. Depois de um tempo, tela em branco.

Ninguém perguntou.

( )

Os meus pais, quando viram que eu acordava com alguma consciência, que sabia quem eu era, que os reconhecia, imaginaram que estava tudo mais ou menos bem e que deviam me levar para casa, para descansar. Neguei e me recusei a ir embora sem Ana, mesmo estando morta. Fiquei perturbada ao vê-los preocupados comigo, enquanto ignoravam o cadáver da minha amiga a poucos passos da sacristia. Isso deve ter me chateado. "Quem cuidou da Ana? Avisaram os pais dela?", devo ter perguntado quase desesperadamente. Gritando, talvez. Ou não, provavelmente não. Não tenho tanta coragem, nunca tive. Devo ter insistido, embora não tivesse gritado.

( )
"Não a deixem dormir", provavelmente avisou o médico que me socorria, não se intimidando com as perguntas sobre a minha amiga, ignorando-as. De acordo com o histórico médico, o profissional indicou alguns estudos posteriores. "Não há pressa", diz a minha mãe que ele esclareceu, "são só para nos acalmar", o que demonstrava que nem remotamente notara a gravidade da minha situação. Eu estava perdida, mas como estava acordada diante dos olhos deles, consciente, não perceberam. Meus pais se concentraram nas instruções do médico e em pedir mais detalhes sobre esses estudos. O padre Manuel se desculpou por ter se ausentado por alguns minutos para ver como estava tudo na igreja. Quando voltou, disse que, se eu estivesse bem, era melhor sairmos para que ele trancasse a sacristia, que já era tarde para a igreja ficar aberta. Foi isso que ele disse, ou é o que meus pais dizem que o padre disse. Por isso, fomos embora. Diante da reclamação dele, fui obrigada a me levantar, o que foi difícil para mim, que estava tonta. Um deles me segurou forte por um braço, o outro pegou minha mão, não sei quem fez o quê, e não me deixaram sentar de novo.

( )
Antes de voltarmos para casa, pedi para passar na igreja. Com certeza, fiz isso. Fomos todos embora, inclusive o médico. O padre se adiantou, guiou o caminho, parecia irritado. "Nunca o vi tão mal-humorado", comentou minha mãe, e anotei assim no caderno em que agora reviso e leio. Fui ao último banco. Procurei a Ana e ela não estava, procurei o corpo dela. Eu procurei por ela? Procurei manchas, suor, as gotas de chuva que nos molharam: o lugar estava impecável. Dizem que o lugar estava impecável. Leio. Teria sonhado? Chorei por Ana. Minha mãe me abraçou. "Coitadinha, o que você passou", deve ter dito, sem ter ideia do motivo do meu choro. O trauma que ela imaginou e o real eram muito diferentes. A estátua de mármore ainda devia estar no chão, com uma asa quebrada. Dizem que o padre veio inspecionar os pedaços e reclamou de uma peça tão importante como aquela ter sido danificada. "Onde está Ana?", devo ter perguntado pela enésima vez, com raiva, ao lado do banco em que ela morreu. Devem ter ficado assustados com a minha raiva. Responderam ambiguidades: meus pais, os médicos e até o padre tentaram me acalmar, todos queriam ir

embora de uma vez por todas. Eles pediram desculpas pelas minhas incoerências, que foram atribuídas ao peso do Arcanjo Gabriel.

( )

Procuro nas páginas das minhas cadernetas.

Minha mãe disse que ela mesma se aproximou do meu ouvido e perguntou: "Ana empurrou você?" "Ana está morta, mãe", respondi, e apontei para o banco. Seus olhos se encheram de lágrimas, ela deve ter pensado que o golpe havia afetado minhas capacidades mentais. E afetou mesmo; mas isso não diminuía o fato de que eu estava dizendo a verdade. "Amanhã você conseguirá pensar melhor", acrescentou meu pai para me tranquilizar. Não era verdade, nunca voltaria a pensar melhor. Para pensar é preciso adicionar conteúdo à memória, e não consigo mais. Meu atordoamento não me permitiu insistir com a firmeza necessária em Ana. A essa altura, devo ter calado a boca e deixado que me tirassem de lá.

( )

Voltando para casa, devo ter esperado em vão que se organizassem as peças de um quebra-cabeça que nunca foi montado. Devo ter esperado que alguém viesse me perguntar sobre minha amiga: os pais dela, os meus, a polícia. Não sei se dormi naquela noite. Mas sei que o dia seguinte começou muito cedo: de manhã, antes que alguém da minha família descesse para tomar o café da manhã, o telefone tocou, era a mãe de uma colega da escola para avisar que Ana tinha sido assassinada.

( )

Leio.

"Ana Sardá foi encontrada esquartejada e queimada." Foi o que a mulher disse. Isso deve ter sido anunciado pela minha mãe, aos gritos, no corredor dos quartos. Isso deve ter sido repetido por todos na vizinhança. Procuro, completo. O boato se espalhou de boca em boca a uma velocidade incomum. Em Adrogué, essas coisas não aconteciam. Minha mãe deve ter repetido isso muitas vezes durante toda a manhã. E deve ter me perguntado: "Você viu quem a matou? Eles jogaram o anjo em você?" Se fez isso, sem dúvida respondi que não, que ninguém a matara, que Ana já estava morta. Devo ter respondido primeiro a ela, naquela manhã, e depois a quem quisesse ouvir. Inclusive, leio, pedi para testemunhar algumas semanas depois na polícia.

Fotocópia do meu depoimento policial.

( )

Até que, aos poucos, cansada de que não prestassem atenção, guardei a verdade para mim. Com o tempo, o que só eu sabia ficou em silêncio. O passado, em silêncio; o presente, no esquecimento; o futuro, vazio.

( )

Fazer parte de um mundo em que não é possível entender o que as pessoas ao seu redor dizem, o que falam e, ao mesmo tempo, esquecer isso quase imediatamente é assustador. Ana havia sido morta, já estava morta nos meus braços. Não era possível. Ninguém morre duas vezes. Devo ter sentido que estava ficando louca. Muitos, mesmo que não dissessem, acreditavam que sim.

( )

Aposto que na sacristia também tive tonturas. Desde então, uma leve tontura é meu estado permanente, como se eu tivesse bebido um pouco demais. Convivo com isso e já não me afeta. Se fosse apenas esse o problema, poderia raciocinar sem dificuldade. A amnésia, por outro lado, me limita quando tento pensar. Só percebi o quanto precisava da memória para pensar depois que a perdi.

( )

Leio.

"O maior dano é na memória verbal e semântica, porque o golpe foi do lado esquerdo", disse o último especialista que vimos algumas semanas após o acidente. Era "uma eminência em neurologia" que havia sido recomendado aos meus pais, que finalmente chegou ao diagnóstico definitivo após vários estudos. Eu poderia ter esquecido para sempre aquela frase com que o neurologista expressou as conclusões do meu caso médico, se não fosse por ele, naquele exato momento, ter tirado uma caderneta roxa e me oferecido. Na capa da caderneta havia uma borboleta preta desenhada com tinta chinesa. Eu ainda a tenho. Quando quero me lembrar dessas cadernetas, a borboleta é o que aparece primeiro; depois a cor das capas; muito mais tarde, as folhas. Inaugurei, então, o sistema de registro. Aquela foi a primeira anotação de eventos prestes a serem esquecidos que fiz. Antes de usar essas cadernetas como se fossem minha própria memória, só havia feito anotações isoladas em vários papéis, sem vontade de lembrar o que esqueceria, mas motivada pela raiva de não entender, pela necessidade de estampar uma frase que queria destacar e repetir como um mantra. Mas, de nenhuma maneira, como uma forma de testar um sistema que me ajudasse a lembrar. Agora sim, agora tenho um sistema. E uso "cadernetas" no computador, método que o meu pai me ajudou a criar e que permite fazer uma pesquisa por palavra, por data e por nome.

( )

Naquele dia, naquele consultório, peguei aquela que seria minha primeira caderneta sem saber por que ou para quê. O neurologista me olhou sério e disse: "Não vou mentir. A partir de agora, o que você não quiser esquecer terá que anotar, está claro? Escreva o que vou te falar", mandou e depois ditou: "Para lembrar, preciso escrever." E eu anotei. "Talvez você consiga recuperar algumas memórias, os caminhos que a informação percorre são diversos, há atalhos. Apenas o caminho principal está quebrado." Assenti como se entendesse o que ele estava dizendo. E de novo escrevi, confusa, tonta e zangada, mas escrevi. "Para lembrar preciso escrever." "Há atalhos." "Não vou mentir." "Caminho principal quebrado." O médico, a caderneta, o diagnóstico, seus conselhos. Posso repetir o que ele disse porque está escrito ali e estou lendo, nas primeiras linhas daquela caderneta roxa com uma borboleta preta, que foi seguida por muitas outras, de diversos tamanhos e desenhos. Há algumas palavras ou frases que também me dei ao trabalho de destacar em uma cor fluorescente – rosa, verde ou amarela –, porque estavam ligadas a questões importantes que talvez eu precisasse resgatar em um futuro próximo. Os destaques do papel tornaram-se, com o tempo, um arquivo de favoritos no meu computador. Destaquei "amnésia anterógrada", "memória semântica", "hipocampo", "lado esquerdo". Também "Ana", "assassinada?", "Lía/anel", "Mateo" (com foto, para associar sensorialmente nome e rosto), "Alfredo". Passo as palavras destacadas de caderneta em caderneta, quando uma termina e começo a seguinte, para não ter que revisar muito para trás. Embora mantenha o sistema de cadernetas, agora essas palavras são copiadas para o arquivo de favoritos. Já falei isso? Foi criado pelo meu pai, permite uma pesquisa mais eficiente e rápida. Uma memória escrita e um procedimento aprendido mecanicamente pela força da repetição: abrir a caderneta todas as manhãs, folheá-la numa revisão rápida e aleatória, parar nos destaques, associar, fingir que penso. Ou inserir uma palavra em um mecanismo de busca e esperar que ele me diga em qual caderneta ela está. Fazer o possível para que o esquecimento não vença o desejo de que a memória perdure.

Ainda amnésica, evocar ou fingir.

( )

O velório da Ana aconteceu no dia seguinte ao acidente que me roubou a memória. Ou foi dois dias depois? Imagino que a polícia tenha demorado para entregar o corpo. Meus pais me perguntaram se eu queria ir ao velório ou descansar. Estava chovendo? Estava chovendo quando Ana morreu. Talvez por isso eu ache que, no seu velório, o dia estava horrível. Eles não insistiram, apenas mencionaram. Tive a sensação de que preferiam que eu ficasse. "Não queriam que eu fosse." Minha mãe diz que eu respondi: "Eu a vi morrer nos meus braços, vou ao velório dela." Completo: mais uma vez não prestaram atenção no meu comentário sobre a morte de Ana. Ninguém me interrogou, nem mesmo eles, para saber por que eu estava dizendo aquilo. Todos descartaram qualquer detalhe que contei sobre minha amiga, atribuíram à situação traumática. Concluíram que, mesmo que eu estivesse presente quando ela foi morta, não era uma testemunha confiável por causa da minha "doença".

( )

"Não, não perguntamos, você estava em *choque*, você falava qualquer coisa, parecia que estava delirando, falava de um jeito incoerente", disse minha mãe nas vezes em que eu pedia explicações. Foi isso que escrevi. Meu pai me deu as mesmas respostas, deve ter usado um tom diferente, menos palavras, do jeito dele. Leio, completo e anoto uma nova versão. Anoto mais uma vez porque quero destacar. Destaco com amarelo. E passo para o arquivo de favoritos. Não preciso anotar as circunstâncias da morte da Ana porque me lembro delas, isso foi antes do golpe, ainda acumulava na minha cabeça os fatos que viraram lembranças. Eu estava com ela quando parou de tremer, chorar, respirar. E estava com ela antes daquele momento. É por isso que sei não só quando morreu, mas também como e por quê. Ana morreu nos meus braços. Ninguém além de mim, entre aqueles que cercavam seu caixão, sabia o que havia causado sua morte. E eu jurei silêncio.

( )

Ou talvez sim, talvez ele estivesse ali ao lado do caixão, não tinha como saber. Não sabia nem seu nome, nem conhecia seu rosto. Devo ter olhado à minha volta, tentando descobrir em algum gesto quem era o homem que Ana esperava naquela tarde e que nunca apareceu. Era provável que ele estivesse lá, é claro. Éramos amigas inseparáveis, quase irmãs; eu teria feito qualquer coisa para ajudá-la, para salvá-la, para poupar sua dor física e do coração, para poupá-la do que teve que passar até chegar àquele caixão de madeira que valia muito pouco para abrigar, a partir de então e para sempre, o corpo da minha amiga. Se pudesse voltar no tempo, teria tentado explicar à Ana que estava errada, que o amor era outra coisa, que eu não conhecia, mas tinha que ser outra coisa. Mesmo que ela insistisse, mesmo que Ana acreditasse que aquele sofrimento era se apaixonar. Não posso voltar no tempo, e nem mesmo naquele momento consegui convencê-la. Tínhamos dezessete anos e sabíamos muito pouco sobre a vida e o amor. Menos ainda sobre a morte.

( )

A partir daquele dia, comecei a olhar para todos ao meu redor como pessoas estranhas, absurdas e egoístas. Dizem que a raiva era meu estado habitual. Cheguei a pensar que meus pais, amigos e colegas de classe tinham sido substituídos por alienígenas, seres que vieram invadir o mundo, extraterrestres idênticos a pessoas que eu conhecia e que eles tinham sequestrado, habitantes de outros planetas que continuariam escondidos sob a aparência de quem não eram até que, em algum momento, tirariam as máscaras perfeitas que usavam e me mostrariam o rosto verde com um único olho no meio da testa. Era assim que preenchia minhas lacunas antes de entender o que estava acontecendo comigo, inventando histórias sobre alienígenas, enchendo-as de imagens e palavras. Tal como num filme que tinha visto quando era muito jovem, do qual me lembrava perfeitamente, cena por cena: alguns homens verdes nos invadiriam, e o mundo seria deles. Lembrava de cor daquele e de qualquer outro filme que tivesse visto antes do golpe que recebi. Depois, não fui mais ao cinema: não conseguiria entender uma história de duas horas contada em uma tela. Poderia até assistir, apreciar a fotografia, desfrutar alguma cena, mas não conseguiria entender o sentido. Acompanhei a história dos novos alienígenas, falei o que eles queriam que eu falasse, parei de falar o que os incomodava. Estava com medo, não ia me voltar contra eles.

Fui ao velório da Ana e me sentei ao lado do caixão. Meus pais me contaram isso muitas vezes, parece que me ver assim teve um impacto neles. Leio o que minha mãe disse — ou já contei? "Você estava muito mal, chorava sentada no chão, acariciava um anel turquesa que Ana tinha te dado." O anel da sorte da Lía, irmã dela, que não a salvou, disso eu me lembro. Na tarde do velório, não repeti que Ana havia morrido em meus braços. Nem que ninguém podia assassinar um morto. Muito menos que Ana, sentada no último banco da igreja, esperava por um homem que não apareceu. Dizem que lá eu não abri a boca. Como dizer alguma coisa, se os alienígenas tinham vindo me pegar? Só podia cuidar de mim e resistir.

( )

Não fiz os estudos indicados pelo profissional da sacristia, mas aquela prescrição médica está fixada na minha caderneta. Atrás da capa, criei o que se tornou uma espécie de "prequela": inclui os papéis com frases raivosas que escrevi antes das minhas primeiras anotações sistemáticas. "São alienígenas." "Ana morreu antes de ter sido morta." "Eles não me ouvem." "Querem me enlouquecer." Também estão ali um cartão que me deram no funeral, com a localização da sepultura da Ana no cemitério; uma carta em que meus colegas de classe diziam que me amavam e desejavam que me recuperasse logo; um bilhete de Carmen, a mais velha das irmãs Sardá, de pouquíssimas linhas, perguntando se eu sabia se Ana mantinha um diário, pois "poderia ser útil para a investigação". Devo ter respondido que não, que Ana nunca manteve um diário.

( )

Procuro, não encontro, completo. Dias, semanas se passaram, até que meus pais perceberam que algo não estava bem na minha cabeça. Era compreensível que a princípio confundissem minha falta de concentração com o trauma causado pela morte de Ana; mas o tempo passava, e os meus sintomas, não. Ligaram para eles da escola e pediram que me levassem a um psicólogo, que obviamente estava muito chateada com o ocorrido. Falaram de estresse pós-traumático. Minha melhor amiga havia sido assassinada e, se eu me perdia, delirava ou não raciocinava direito, era normal, dada a fatalidade que vivi. O que não era normal, segundo meus professores e, mais tarde, meus pais, era que, várias semanas depois, os sintomas, em vez de desaparecerem, pareciam estabelecidos e não havia nada que sugerisse que desapareceriam sem a intervenção de um profissional e do tratamento adequado.

( )

Leio, completo.

O psicólogo recomendou que eu procurasse um psiquiatra. O psiquiatra, um neurologista. Foi assim que cheguei àquele com a borboleta preta. Já mencionei a borboleta preta? Reviso, leio, concluo: já mencionei a borboleta preta. Desculpe. Minha mãe anotou cada uma dessas consultas em sua agenda e, algum tempo depois, quando o panorama ficou mais claro, pelo menos para eles, me entregou as folhas para que eu pudesse adicioná-las à minha própria caderneta. O que minha mãe anotou também está na prequela. Acho que ela fez isso com o intuito de, mais do que conservar parte da minha história clínica, deixar evidências de que ela e meu pai tentaram de todas as maneiras possíveis me ajudar a lembrar. Deve ser duro carregar o vazio dos filhos.

( )

Assim que comecei a entender o que estava acontecendo comigo, pedi para ir à polícia prestar depoimento. Tive que insistir, meus pais interpretaram como mais um delírio, um esforço que não ajudaria nem a investigação, nem a mim. Também não me levaram a sério na delegacia. Um policial provavelmente datilografou o depoimento sem fazer comentários, como se estivesse lidando com uma louca que não deveria ser contrariada. Para eles, mesmo tendo presenciado um crime, minha declaração estava viciada, era inválida por causa dos meus "problemas". Leio: "Declaração viciada." Estavam errados, eu não sabia e não sei o que aconteceu depois do golpe, mas sabia e sei o que aconteceu antes. Tenho cópia do depoimento policial na caderneta roxa. Já falei isso? É claro que ninguém se importou com o que declarei. Acho que meus pais aceitaram que eu fosse à delegacia porque tinham pena de mim e não queriam me contrariar. Aos olhos deles, eu era vítima do mesmo crime que Ana, um dano colateral, talvez cometido por quem, segundo eles, matou a minha amiga. Para os meus pais e para a maioria, havia três hipóteses. A primeira era que, de fato, Ana tenha estado lá comigo naquela tarde, e que a estátua fora jogada contra mim pela mesma pessoa que mais tarde a matou. Que essa pessoa pegou Ana viva e a estuprou, assassinou, queimou e esquartejou no lixão onde apareceram os pedaços do seu corpo. Cada vez que leio essa série de terror em minha caderneta, meu peito se fecha. Sei que Ana está morta, mas a cada leitura descubro sobre o esquartejamento e a carbonização, e é um golpe atroz. A segunda hipótese era a de que eu e Ana estávamos no altar fazendo ninguém sabe o quê, e aí a estátua caiu em cima de mim. Que Ana correu para a rua em busca de ajuda e ali o seu estuprador e assassino a interceptou, abusou dela, matou, queimou, desmembrou. Mais uma vez meu peito se fecha. E a terceira era a de que eu estava delirando, que Ana nunca estivera lá, que enquanto eu sofria um acidente na igreja, ela se encontrava voluntariamente ou por acaso com a pessoa que a mataria poucos minutos depois e que, como eu não poderia tolerar o que aconteceu com minha melhor amiga, minha psique inventou que ela havia morrido em meus braços. A maioria se inclinou para esta terceira hipótese, inclusive os meus pais, que queriam me imaginar o mais longe possível de qualquer abusador e assassino. "Meus pais não acreditam em mim." Minha palavra não valia nada. Não importava nem que o neurologista dissesse que "a amnésia anterógrada é produzida por lesões ou golpes, não por traumas psíquicos", conforme leio. Não foi encontrada nenhuma evidência da presença de Ana na igreja comigo. Então, para eles, ela não esteve lá.

( )

O padre Manuel tinha passado por ali poucos minutos antes do acidente, tinha ido ao altar guardar hóstias no sacrário. Eu me lembro disso porque foi antes do golpe. Poderia jurar que ele nos cumprimentara e vira que éramos duas. Mas ele disse que não, declarou sob juramento que dizia a verdade: que daquele lugar só viu uma menina rezando no último assento, que certamente a menina era eu, que ele não podia confirmar porque sofria de miopia, que estava sem óculos e de longe não conseguia enxergar bem. O padre disse – leio: "Cumprimentei como cumprimento qualquer pessoa que venha rezar na minha igreja, sem reconhecer." Tenho uma cópia da declaração dele. Então se dirigiu à sacristia e só voltou quando foi alertado pelo som da estátua caindo em cima de mim e, depois, se quebrando no chão. Uma única menina, foi o que ele disse ter visto, o que reforçou a hipótese do meu delírio pós-traumático. Cada um, à sua maneira, ajudou a completar minha história com suas invenções.

( )

No meu depoimento descartado não contei tudo, não foi necessário contar o que ou quanto Ana sofreu antes de morrer. Ninguém me perguntou, eu tinha jurado não contar. Declarei que morreu no meu colo, por isso tinha ido, para que aceitassem de uma vez por todas. Parecia estranho, e devo admitir que era. Mas também era verdade. Não havia confusão possível. Minha mãe – aparece textualmente em seu próprio depoimento – alertou que, devido à minha doença, eu havia aprendido a preencher as lacunas com cenas inventadas e a me perder em divagações que não levavam a lugar nenhum. E não estava mentindo, era assim, admito, e ainda é. Ninguém que não tenha sofrido esse desconforto pode me julgar: é desesperador querer contar algo e não encontrar a imagem ou a palavra que faça as peças se encaixarem. Vamos procurar onde antes havia memórias e só encontramos o vazio, uma tela branca em que nada é projetado. Antes, não; antes do golpe, eu sei. Já expliquei? Procuro. Já expliquei isso. Eu me lembro da minha vida antes do acidente com mais detalhes do que qualquer um. Ana morreu nos meus braços, contei várias vezes, consta no depoimento, mas ninguém se interessou pelo fato de que minha amiga já estava morta "antes". O que interessava às autoridades era saber se tínhamos chegado juntas à igreja, se havia mais alguém conosco, se eu tinha visto algum suspeito, conhecido ou não, entrar, se nos seguiram pela rua. Respondi não para tudo. No depoimento diz que respondi não para tudo. E que fui a última pessoa a ver Ana viva. Lá também é refutada a minha afirmação de que ela morreu em meus braços. Diz: "A testemunha afirma que Ana Sardá morreu em seus braços, mas foi encontrada morta, esquartejada e carbonizada dez horas depois. A cena do crime é um terreno baldio que os vizinhos usam para descartar lixo, a poucos quarteirões da paróquia de São Gabriel." E algumas linhas abaixo: "A declarante confunde fantasia e realidade devido a um golpe que causou lesões cerebrais."

Ana foi esquartejada?

A declarante sou eu.

( )

Tela branca. E antes, escuridão. E antes, o arcanjo caindo sobre mim. E antes, a estátua que balança. E antes, a jaqueta que prende. E antes, corro para buscar ajuda. E antes, Ana parando de respirar aconchegada em mim, Ana fervendo de febre mesmo morta; antes, Ana dizendo "ele vem". E antes, "me leva pra igreja". E antes, "se acontecer alguma coisa comigo, dê o anel turquesa à Lía". O que aconteceu primeiro, antes de qualquer "antes", eu não contei, não contei porque prometi à minha amiga que nunca, jamais contaria. E ela me fez jurar de novo, ali, em frente ao altar. Porém, muitos anos depois, embora não tenha quebrado meu juramento, diante das evidências, eu confirmei. Leio: Élmer García Bellomo. Ele finalmente entendeu e explicou a Alfredo. Ele contou, não eu. Então, não adiantava continuar negando: o dano de ficar calada teria sido maior. Porque alguém matou Ana, sim, mas de outra forma, não um assassino. Não sei o que aconteceu entre sua morte no meu colo e seu corpo esquartejado e queimado. Assim que leio, esqueço que Ana acabou assim; gostaria de nunca ter que ler isso novamente. Mesmo que eu me esforce, não consigo preencher essa lacuna, a não ser inventando, porque ali nunca houve lembrança, nunca houve memória, nem curta, nem longa. Minha vida agora é conjugada no pretérito mais-que-perfeito, o passado antes do passado, antes do meu acidente. Fora, vira, estivera. Ela morreu em meus braços. O que aconteceu antes do que está no presente e não poderei lembrar. Meu passado possível é um passado anterior.

( )

Fui ao velório da Ana, queria me despedir. Estou me repetindo? Não entendia nada do que diziam a alguns passos de mim. Sentia como se estivesse em um pesadelo, cada frase que ouvia ao meu redor parecia uma loucura, me deixava com raiva, era incompreensível. Foi o que minha mãe repetiu muitas vezes: "Você estava com muita raiva." Anotei. E meu pai: "Você não queria falar com ninguém, não queria que ninguém te tocasse, se sentou no chão ao lado do caixão e não saiu dali, parecia um cachorrinho ferido." Anotei e destaquei "cachorrinho ferido". "Estão tentando me deixar louca" também está escrito, mas ninguém disse isso, devo ter pensado sozinha. As cadernetas me ajudam a pensar. Quando o velório aconteceu, eu ainda não anotava. Comecei a usar as cadernetas depois que fui ao neurologista, que me entregou a primeira junto com o diagnóstico de amnésia anterógrada. Me deu uma caderneta roxa com uma borboleta preta. Antes da borboleta preta não anotava, antes era lacuna. Se quero saber o que aconteceu entre o golpe e as cadernetas, invento ou pergunto a uma testemunha e registro a resposta. As cadernetas chegaram atrasadas, em certo sentido, porque aquelas primeiras horas foram decisivas e muitas informações importantes devem ter sido perdidas. Quando finalmente fomos consultar o eminente neurologista, os danos ao meu cérebro eram irreversíveis. Ele disse: "O estrago está feito."

( )

A manga do meu casaco ficou presa no suporte que sustentava a imagem do Arcanjo Gabriel. Antes disso, saí correndo em direção à sacristia para pedir ajuda; antes disso, Ana morreu em meus braços. Antes disso, Ana chegou na minha casa com muita febre, o rosto com uma cor muito estranha, um amarelo meio cobre. Ao chegar à igreja, a pele ganhou um tom azulado, minha amiga chorava de dor. Tudo isso não é necessário anotar porque faz parte da minha vida com lembranças, nunca me esquecerei. Nem esquecerei o motivo de sua aflição. Jurei à minha amiga não contar e, por muitos anos, trinta anos, fui fiel ao meu juramento. Mas há alguns meses senti, pela primeira vez, que devia essa verdade ao Alfredo, antes que ele morresse. Fiquei dividida entre a promessa à Ana e a lealdade a ele.

( )

Alfredo morreu? Olho na caderneta. Sim, Alfredo morreu.

( )

"Leve-me à igreja, leve-me à igreja, por favor", ela implorou, sem fôlego. Eu a levei. Nós nos sentamos no último banco. Pediu que a deixasse lá, que fosse embora, "ele já está vindo". E perguntei quem era, mas não me respondeu, apenas repetiu: "Ele está vindo." "Me fala quem, caso eu precise ir atrás dele." "Ele está vindo", ela repetiu. E, ao mesmo tempo em que me pedia para ir embora, me abraçava com mais força, fervendo, tremendo, molhada, deitada no meu colo. Ela me fez jurar, agora diante do altar, que nunca contaria a ninguém o que ela havia feito. E eu jurei. Ana chorou muito, suas lágrimas atravessaram o tecido da calça e molharam a minha coxa. Até que, de repente, percebi que não estava mais chorando, tremendo ou respirando. Eu a balancei, gritei, fiquei com raiva dela. Ana estava morta, não tive dúvidas, não tenho dúvidas. Fiquei sem ar, senti que uma faca atravessava o meu peito. Eu a apoiei o melhor que pude no banco e saí correndo em busca de ajuda. Corri para o altar, saltei os degraus e minha manga se prendeu no suporte da estátua do arcanjo. Eu me virei e tentei me soltar. Puxei, a estátua balançou. O anjo caiu em cima de mim.

( )

O anjo quebrou uma asa. O anjo quebrou uma asa? Leio. "Golpe", "uma asa quebrada". Escuro, branco.

( )

Ana e eu nos declaramos "melhores amigas" poucos meses depois de nos conhecermos, na terceira série do Ensino Fundamental. Tínhamos dezessete anos quando ela morreu e até um minuto, até um segundo antes de sua morte, continuávamos sendo. Teríamos sido a vida inteira. Ana sabia tudo sobre mim. Eu sabia tudo sobre ela, exceto o nome dele.

( )

Fui obrigada a aceitar que ela havia sido esquartejada e queimada; meus pais diziam, os jornais diziam, a polícia dizia, está anotado nas minhas cadernetas. Nunca consegui entender o que aconteceu depois que a vi morta no meu colo. Ninguém pode morrer duas vezes, ninguém pode matar uma pessoa morta. Estavam procurando um assassino que não existia. No entanto, todos tinham respostas. As lacunas foram preenchidas por outros, aqueles que não queriam ver. Não me permitiam inventar, ou permitiam, mas subestimando minha história, porque eu era "a amnésica". Ou "a louquinha".

( )

Uma memória perdida, a nova; uma memória silenciada, a velha. Foi assim até que, um dia, Alfredo, o pai da Ana, apareceu na minha casa. Está anotado na caderneta 4.342. E destacado. "Alfredo Sardá veio me ver." Escrevi "me" porque foi assim e era estranho, ninguém vinha me ver. Se alguém aparecia na minha casa, era para uma visita geral à família ou aos meus pais, por ocasião de uma festa ou aniversário. A minha mãe veio até o meu quarto e disse que o pai da Ana queria falar comigo. "Minha mãe está meu quarto." "Minha mãe diz que Alfredo Sardá está aqui para me ver." Resolvi mudar de roupa, embora tivesse decidido que naquele dia ficaria de pijama fazendo os exercícios que o último fisioterapeuta me passara. Olho para a foto dele fixada no caderno. Era uma mulher. A última fisioterapeuta, então. Apesar de ter gostado muito dela, eu me esquecia me esquecia dela toda vez que a sessão terminava. Por isso, salvei a foto dela junto com os exercícios que me indicou. Deixei minha caderneta e desci para ver o pai da Ana. Devo ter feito isso. Minha mãe nos serviu chá e foi embora. Nenhuma palavra dela aparece no que foi anotado daquela conversa, e se minha mãe tivesse ficado, teria falado. Minha mãe sempre fala, tenta completar o que não consigo lembrar, quer ser a água da minha lagoa; ela acha que isso me ajuda, mas não tenho tanta certeza. Eu me sinto como um gago que tem uma palavra presa na boca e uma testemunha impaciente corre para dizer no lugar dele. Por que não me deixam inventar minha própria memória? Por que se alarmam tanto por eu usar a imaginação? Não me lembro porque não posso, não porque não quero. E associo, sinto, fantasio, minto se for preciso. Pinto a tela branca com as minhas cores.

( )

Alfredo foi muito gentil, primeiro perguntou como eu estava, pediu desculpas por não saber o que se passara na minha vida nos últimos trinta anos. Tomei nota: "O que aconteceu na sua vida, Marcela?" Me contou que, durante muito tempo, doía ouvir notícias das amigas de Ana, de suas conquistas, de suas jornadas pela vida sem ela. "Agora estou forte, me conte sobre você", disse ele. Havia algo para contar? Será que não me lembrava ou não havia nada para contar? Sem memória, fiquei excluída de muitas coisas, de quase tudo. Não se tratava mais de não poder lembrar, mas de não poder viver o que os outros viviam. Nos anos que se seguiram ao golpe, não consegui trilhar uma carreira, não consegui me apaixonar, não consegui fazer novos amigos. Mantive apenas algumas amizades do passado, mas nenhuma que me importasse muito porque a minha amiga, a minha verdadeira amiga, Ana, havia morrido. O que tinha acontecido comigo, Alfredo queria saber. Reabilitação, treinamento, comer, dormir, reabilitação, treinamento. Nada interessante. De qualquer forma, respondi com frases feitas e sorri. Então pedi que me contasse sobre ele. Antes que começasse a falar, pedi desculpas por um momento e fui pegar minhas coisas para poder anotar. "Pronta?", Alfredo me perguntou quando me sentei novamente na frente dele, com a minha caderneta no colo. A que usava naquela época era de capa amarela. Tinha uma borboleta preta, mas fui eu que desenhei: quando as capas são lisas eu desenho borboletas pretas.

( )

Disse a ele que estava pronta para anotar. Alfredo começou a falar e me contou que, poucos dias antes, estava revisando a causa da morte da Ana, como fazia de vez em quando. Que tinha feito isso com muito cuidado, pensando que talvez aquela fosse a última vez que faria isso, que estava muito cansado de sempre andar em círculos sem encontrar nenhuma pista, que aquilo fazia mal a ele, que estava com alguns problemas de saúde. Porém, naquela ocasião, "sabe-se lá por quê", parou no meu depoimento à polícia e o que leu ali deu um novo sentido aos fatos. Pedi que me contasse o que tinha declarado, porque não me lembrava. Fez isso com muita paciência e então pedi – devo ter pedido – alguns minutos para procurar aquela data no computador e assim chegar à caderneta correspondente. Da mesma forma que aprendi a andar de bicicleta, aprendi a procurar fotos, nomes e datas no programa que o meu pai criou, o que encurta muito o caminho para uma memória gravada. Li minha declaração. Quando estava pronta, pedi ao Alfredo que continuasse e se apressasse porque, daqui a pouco, eu esqueceria tudo o que tinha acabado de me contar. Ele queria saber por que eu havia declarado que Ana estava morta, no meu colo, poucos minutos antes do golpe. "Você disse: 'Não se pode matar alguém que já está morto.' Por que você disse isso, Marcela?" "Porque foi assim." Contei o que tinha acontecido, em detalhes, pois já fazia muito tempo que não contava. E ele me ouviu, assentiu, os olhos cheios de lágrimas. Pela primeira vez, alguém ouvia o que eu dizia de verdade e sem preconceitos. Tomei nota: "Alfredo me escuta." "Não quero incomodá-la tanto em uma única tarde. Você acha possível a gente se encontrar algumas vezes para que você me conte o que lembra, com calma, e eu possa anotar?" Leio: "Alfredo pediu para nos encontrarmos algumas tardes." "É possível, claro. Você também anota, Alfredo?" "Eu também anoto, Marcela", respondeu ele, e nós dois rimos. Talvez tenhamos rido, ou nos abraçado, ou mal tenhamos nos olhado sabendo que finalmente estávamos sendo ouvidos. Não me lembro, mas, de qualquer forma, era o que devíamos ter feito.

    Anotei a data e a hora da nossa primeira conversa na caderneta amarela, destaquei com rosa. Dois dias depois, começamos a nos encontrar na casa da Ana.

2. Entrei no Sagrado Coração de Jesus na terceira série. Naquela época, era uma escola só para garotas, mas não é mais, agora há meninos, me dizem. Precisam repetir para mim porque eu esqueço. Não conhecia ninguém. Sentei-me no único banco que ficou livre, depois que todas as minhas colegas se sentaram. O lugar disponível ficava bem no meio da sala. Mais tarde, descobri que esta mesa era usada pela líder do grupo, Nadina, que não estava mais na escola porque tinha ido morar no Brasil. Como toda líder, Nadina era amada por uns e odiada por outros. Embora a sua cadeira estivesse desocupada desde agosto do ano anterior, ainda era a cadeira dela. Nenhuma colega se atrevera a usá-la: algumas, por respeito; outras, por medo de que a líder voltasse e condenasse a usurpadora; outras, por rejeitar qualquer energia que Nadina tivesse deixado impregnada na madeira. Aquele lugar vazio era uma presença ainda mais perturbadora do que ela mesma. Mas não havia mais nenhuma outra cadeira livre, então, timidamente e ignorando as circunstâncias, avancei na direção dela. A cada passo sentia os olhares sobre mim, como quando os fotógrafos disparam as câmeras diante de uma estrela de cinema, um após o outro, vários de cada vez. Não tinha ideia do motivo daqueles olhares de desaprovação. Eu os sentia enquanto caminhava. Apesar deles, tive que continuar até a minha cadeira, parar teria sido pior. Achei que tantos olhares sobre mim se deviam ao fato de eu ser "a aluna nova". De qualquer forma, durante a breve, mas intensa caminhada, verifiquei possíveis erros: se havia calçado sapatos diferentes, se minha saia estava enganchada e minha calcinha estava visível, se havia algum lixo pendurado em meu nariz depois de ter usado o lenço ou pasta de dente nos lábios. Nada.

Durante dias, nenhuma das minhas colegas falou comigo. A que se sentava ao meu lado, quando precisava de alguma coisa, batia nas costas de quem estava à sua frente, ou se virava e falava com quem estava atrás. Comigo, nem por engano. O único olhar que às vezes mirava em mim, e que senti com uma energia diferente, foi o de Ana Sardá. Mas ela estava sentada longe, no último banco. De vez em quando, em algum momento em que sentia que ia explodir em lágrimas, eu me virava, procurava por ela e a encontrava ali, me observando, sem compaixão e sem condenação. Aquilo era suficiente para mim. Uma vez, eu me lembro, sorriu para mim. Ainda no recreio, poderia jurar, ela estava prestes a vir me chamar para que brincasse com ela e sua turma, mas a campainha tocou e tivemos que entrar na sala.

Foi assim que cheguei às férias de inverno, quase sem falar com ninguém. Queria que as férias nunca acabassem, não me sentia capaz de recomeçar, de entrar nas aulas e aceitar que estava destinada àquela cadeira que me condenava a ser uma pária, ainda mais pária do que qualquer novata, em qualquer escola. Na manhã em que finalmente e infelizmente as aulas recomeçaram, entrei no prédio do Sagrado Coração com uma terrível dor de estômago. Queria faltar, mas minha mãe não deixou. No pátio, antes de ir para a sala de aula, vi Ana conversando com a professora, e a atitude dela não era a de uma conversa comum, parecia que tramava alguma coisa. Tive a sensação de que, de vez em quando, as duas olhavam para mim. Eu estava sozinha, como sempre; tinha levado comigo uma revista em quadrinhos que sabia de cor, apenas para folheá-la com fingido interesse e assim evitar prestar atenção ao que me rodeava. Era uma das muitas estratégias que me ocorreram durante as férias para conseguir esconder a minha solidão quando voltasse às aulas e à maldita cadeira. Pouco antes de tocar a campainha para entrarmos, Ana veio me cumprimentar. Ela apenas disse: "Oi, como vai?", e sorriu para mim, mas esse gesto me deu alguma esperança. Entrando na sala de aula, para nossa surpresa – exceto a de Ana, que não só sabia, mas provavelmente foi quem teve a ideia –, a professora pediu que não nos sentássemos ainda. E disse para que permanecêssemos de pé perto da lousa. Quando estávamos todas acomodadas na frente, ela explicou que queria fazer algumas mudanças "no espaço escolar" e nos fez trocar as cadeiras de lugar para que, em vez de fileiras, formassem um semicírculo onde pudéssemos nos ver e ver a lousa na frente, ao mesmo tempo. Ela mesma moveu várias mesas com energia e rapidez. Quando terminamos, ficou muito difícil saber qual cadeira tinha pertencido a quem. Com a nova disposição da sala de aula pronta, a professora pediu que nos sentássemos. Mais uma vez, fiquei de lado esperando que todas escolhessem. De repente, percebi que Ana, sentada no setor esquerdo do semicírculo, havia reservado um lugar ao lado dela e acenava para que eu me sentasse ali. Sem vacilar, fui e me sentei, sentindo, por fim, que era parte daquele grupo, daquela classe, daquele colégio. A partir daí, Ana e eu nos declaramos melhores amigas e nunca mais nos separamos. Até a morte dela.

Na adolescência, quando pensávamos que tínhamos uma longa vida pela frente, nós duas nos apaixonamos diversas vezes. Contávamos tudo o que sentíamos de forma detalhada: o que, quanto, como e quem amávamos. Também o que, quanto, como e por quem sofríamos. Algumas vezes como brincadeira, outras com maior intensidade, aquelas primeiras experiências não passavam de amores ingênuos, esperançosos, um tanto infantis. Estávamos mais apaixonadas pelo amor do que pela pessoa em questão. Mas naquele ano, o de sua morte, Ana conheceu outro tipo de sentimento. Era amor? Eu me perguntava naquela época e ainda me pergunto. No verão, tínhamos nos visto pouco, eu havia ficado quase dois meses na casa da minha família no campo. Vovó estava doente e minha mãe quis passar o máximo de tempo possível com ela. Acabamos nos encontrando novamente em março, alguns dias antes do início das aulas. Ana, então, me confessou que estava apaixonada. "Perdidamente apaixonada", disse ela. E quando perguntei: "Por quem?", e ela se recusou a revelar o nome, comecei a desconfiar que o "perdidamente" não se referia à quantidade, à grande intensidade do sentimento, mas ao seu sentido literal: o amor que Ana sentia a havia deixado perdida. "Ele não ama você?", eu perguntava, indo apenas até onde ela permitia. "Me ama, mas não pode me amar", respondia minha amiga. E eu sofria com ela, embora não entendesse muito bem por que você não pode amar alguém que ama. Várias outras vezes, insisti timidamente na pergunta proibida: "Quem é?" Ana nunca respondia, pedia desculpas, sentia-se mal por não poder contar, tinha prometido a ele que não contaria: "Jurei pra ele." Repetia sempre: "Me desculpe, ele não pode", sem me confiar o nome.

Percebi então, aos dezessete anos, que surgiriam segredos entre nós, que crescer também era isso: cada uma manteria em segredo uma parte do seu mundo particular. A irremediabilidade dessa revelação – a sensação de que, de alguma forma, estávamos começando a nos separar – me fez sentir dor em algum lugar do corpo, da mesma forma que doeu quando me sentei na cadeira de Nadina na terceira série e ninguém falou comigo.

Fiz uma lista de todos os homens casados que conhecíamos e por quem pensei que Ana poderia estar apaixonada. E daqueles que estavam namorando "sério". Professores da escola, irmãos de amigas, primos. Não incluí pais de amigas porque me dava nojo só de pensar que Ana pudesse estar apaixonada por um deles. Escrevi ao lado do nome a numeração que indicava se parecia possível ou improvável que tal pessoa fosse a destinatária do amor da minha amiga. A numeração ia de um a cinco. A maioria tinha os números um ou dois, respectivamente "Impossível" e "Pouco provável". Alguns tinham o três: "Provável." Por exemplo, um professor muito jovem, recém-formado, que trabalhou como substituto por alguns meses e que apelidamos de "Indiana Jones" por causa de sua semelhança com Harrison Ford. Nenhum com quatro ou cinco pontos, que significavam "Muito provável" e "É este".

A relação que Ana mantinha com seu amante secreto nos distanciava diariamente. Não é que nos amássemos menos, a amizade estava intacta, mas deixamos de compartilhar momentos, histórias, gostos, risadas. Não sei se eles se viam muito; ela estava sempre "à disposição dele", esperando uma ligação, alerta caso pudessem se encontrar ou chorando porque não tinham conseguido. Minha amiga ficou com a cabeça tomada pela própria situação. Nada do que eu dissesse a interessava, nenhuma dúvida fora de sua paixão e dos problemas que esse relacionamento secreto trazia era tão importante a ponto de merecer seu foco. Em algumas ocasiões, percebia que Ana me fitava com olhos perdidos enquanto eu conversava com ela: era evidente que fingia prestar atenção mesmo não ouvindo o que eu dizia. Não fazia isso só comigo, também com os professores na sala de aula, com outras amigas nas reuniões e passeios. Eu me perguntava em que ou em quem estava pensando. Sabia que estava pensando nele, mas quem era ele? Nunca me contou. Sem me falar muito mais do que o quanto o amava, Ana fez de mim sua cúmplice nessa relação. De vez em quando, me ligava e dizia: "Se meus pais me procurarem, vou dormir aí." Não sabia o que estava fazendo, se realmente estavam juntos ou se saía pelas ruas procurando por ele, sem rumo, espionando ou se escondendo atrás de uma árvore até vê-lo passar. De qualquer forma, rezei para que os pais dela não a procurassem porque, naquela época, eu não sabia mentir. Agora eu sei, tenho que preencher lacunas. Antes, quando ainda me lembrava, mentir me deixava culpada, e a culpa deixava meu rosto vermelho.

    Pouco antes de morrer, Ana teve um breve período de esplendor, parecia feliz, radiante. Me disse que acreditava que tudo finalmente se resolveria, que ele estava determinado a ser um homem livre, que garantira que não queria continuar vivendo como vivia até então. Não falou com ela sobre compromissos. Ana tinha dezessete anos e entendia, ou pelo menos era isso que dizia. Mas estava convencida de que, se acontecesse como ele havia planejado, poderia me contar – primeiro para mim, depois ao mundo inteiro – quem ela amava. Ana falou sobre o futuro, sobre ir morar longe, talvez estudar em outro país, algo em que eu ainda nem tinha pensado.

    Porém, em pouco tempo, o que parecia uma comédia romântica se transformou em um drama. A menstruação da minha amiga atrasou. Não percebeu de imediato, porque seu ciclo era irregular. Tinha sido a última da turma a ficar indisposta. Já eu menstruava desde os onze anos e tinha sangramentos intensos exatamente a cada vinte e oito dias. A menstruação sempre a pegava de surpresa. Quando percebeu que não ficava indisposta há algum tempo, já estava com amenorreia havia vários meses. Quando o atraso e o inchaço nos seios se tornaram muito preocupantes, contou para ele. Esperaram. Os dias seguiram seu curso e o sangramento não apareceu. Enquanto isso, tentaram alguns testes caseiros. Não queriam se arriscar a uma análise de laboratório em que eram solicitados o nome e o número do documento. Naquela época, os testes rápidos de gravidez eram novidade e não estavam ao nosso alcance. Um dos métodos caseiros que tentaram foi separar o primeiro xixi da manhã em um recipiente com vinagre e deixar descansar por vinte minutos: se permanecesse igual, ela não estava grávida. Se tivesse espuma, estava. Ficou com muita espuma. Fizeram o mesmo, mas com sabão. O método, a espera e o resultado foram parecidos: novamente houve espuma. Aquela meia certeza, baseada numa espuma pouco confiável, deixou os dois angustiados. Então, ele conseguiu levar Ana até um hospital onde uma enfermeira conhecida dele trabalhava e o exame de sangue poderia ser feito com um nome falso. A espuma não tinha falhado: Ana estava oficialmente grávida.

Ela só me contou sobre seu estado, aos prantos, após a confirmação laboratorial, em uma tarde em que estudávamos juntas na minha casa. Contive as lágrimas, embora também estivesse com muita vontade de chorar. Minha cabeça girava em alta velocidade, enquanto tentava assimilar o que acabara de ouvir: minha amiga, quase uma menina como eu, estava grávida. "Mas vocês...?", não consegui completar a pergunta. Só depois de descobrir que ela estava grávida fui perceber que Ana começara a ter relações sexuais e nunca havíamos conversado sobre isso. Por um momento, fiquei mais preocupada ao me dar conta de que nossa nova amizade adulta incluiria segredos, que não contaríamos mais tudo o que fazíamos detalhadamente. "Sim, transamos, Marcela", Ana respondeu, sem que eu precisasse completar a pergunta. "Quando?" "Muitas vezes." "E não tomaram cuidado?" "Tomamos, mas falhou." "Como?" Ana não respondeu. Apenas repetiu: "Tomamos cuidado", e não acreditei nela. Eu a abracei. Então, sim, depois de nos abraçarmos, choramos juntas, por muito tempo, quase a tarde inteira.

As horas passaram e não me atrevi a perguntar o que ela ia fazer, quando contaria aos pais, se ele finalmente se separaria ou se planejava ter duas famílias. Nem me atrevi a perguntar se era gostoso transar, se doía, se o prazer era maior que a dor. A gravidez da minha amiga eliminara a possibilidade de falar sobre como é estar na cama ao lado de outro corpo. Em circunstâncias diferentes, eu teria perguntado. Mas Ana passou tão rapidamente da descoberta do sexo ao horror da gravidez que isso pareceu uma facada. Justamente quando pensei que não tocaríamos no assunto do prazer, antes do anoitecer, durante uma pausa das tarefas de casa, deitada na minha cama e sem mais lágrimas para derramar, Ana me confessou: "Eu o amo tanto, tanto, que penso nele e meu peito dói. E ele me ama do mesmo jeito. Você não sabe como é bom ser amada assim." Eu a ouvia em silêncio, queria ficar com aquilo, com o amor, mesmo que doesse no peito, mesmo que machucasse, e por um momento achei que tudo ficaria bem. Me enganei, a calma não durou muito e, depois de um tempo, Ana voltou a chorar. "Como vão fazer?", perguntei. "Vou tirar." Não entendi. "Não vou ter o bebê, Marcela. Vou fazer um aborto", disse, para que não houvesse confusão. A palavra "aborto" me impressionou, tive medo. "Abortar" era uma palavra que não usávamos. Uma palavra suja. Eu nem sabia como se escrevia: nunca tinha visto a palavra aborto escrita em nenhum livro, em nenhuma revista. Nunca fora mencionada por uma professora na escola. Se tivéssemos perguntado, teriam nos dito que era pecado e, sem maiores explicações, teriam nos enviado para a diretoria ou para rezar o Pai Nosso. Mas quem poderia pensar em perguntar algo assim às freiras? "E como se faz um aborto, Ana?", perguntei. "Não sei. Ele vai descobrir os detalhes, vai me explicar e vai me dar o dinheiro, não tenho tanto. Mas me deu liberdade de decisão, não quer decidir por mim." "Não deixe que ele decida, mas que te acompanhe na decisão", ousei dizer. "Ele não pode", respondeu Ana. Ele nunca podia, nem se mostrar, nem dar seu nome ou decidir. Aquela suposta liberdade que ele dava à Ana me irritou. Daquela forma, a responsabilidade ficava exclusivamente com ela. E a culpa, se é que ele também sentia. Falei isso para a Ana e ela ficou brava comigo: "Você não o conhece, ele faz isso por mim." "Se você quisesse ter o bebê, o pai se separaria? Ele ao menos assumiria a criança?" "Ele não pode, quantas vezes tenho que te dizer? Além disso, eu não quero. Então essa opção não existe. Tenho dezessete anos, estou menstruando há dois anos, nem sei se quero ser mãe algum dia. Você quer ser mãe, por acaso?" "Não sei, nunca pensei nisso de forma séria." "Marcela, estamos sozinhas nisso, você não entende? Você também estará sozinha quando isso acontecer com você." Não, não entendia, não sabia se Ana se referia ao amor, ao sexo, ao aborto ou à maternidade. Sozinhas quando? Sozinhas sempre?

Um tempo depois, cansadas de pensar nisso, fingimos que nos concentrávamos – mais uma vez – em fazer a lição de casa. Parecia que as horas não passavam, intermináveis; nem um fio de luz entrava mais pela janela, então não havia dúvida de que escurecera. Ana me perguntou se podia dormir lá em casa e respondi que claro que sim. Ligou para a casa dela para avisar os pais. Comemos no meu quarto, eu disse para minha mãe que estávamos atrasadas e queríamos continuar trabalhando enquanto lanchávamos. "Quando você vai saber como isso é feito?" "Acho que amanhã, ele me disse que se eu decidir fazer isso, devo fazer rapidamente, porque depois é uma bagunça completa." "Ele te disse 'bagunça'? Que palavra boba para se referir a isso." Mais uma vez, Ana ficou irritada com o meu comentário. Novamente tentou desculpá-lo: "É que, no fundo, é difícil para ele falar sobre o que acontece conosco. Acima de tudo, do que vou ter que fazer, dói nele." Demorou alguns minutos antes de continuar. "Me dá muita pena. Não concorda com o aborto, é muito católico, para ele é algo proibido. Pecado. Mas está disposto a fazer isso por mim, me acompanha em tudo o que eu decidir", disse, e tentei incorporar todas as informações que me dava sobre aquele homem que eu odiava: vítima, católico, irresponsável. "Se você quisesse ter o bebê, ele não te apoiaria", insisti. "Quem não quer sou eu", concluiu Ana, em tom brusco, e encerrou a discussão.

Eu o odiava, sem conhecê-lo eu o odiava, como era fácil se dizer católico e deixar a decisão para Ana, uma menina de dezessete anos que até poucos meses era virgem. Enquanto isso, o cara vivia uma mentira, e isso não parecia ruim para ele, como católico. "Ele vai com você? Quando fizer isso, ele vai te acompanhar?", perguntei depois de um tempo, quando presumi que a irritação de Ana diminuíra. "Sim, claro, ele vai me acompanhar", respondeu. "Não vá sozinha", insisti, duvidei do real comprometimento daquele homem, duvidei até o último minuto. Nós nos abraçamos novamente. No abraço, choramos. "Se você precisar que eu te acompanhe, ou algo assim, me avise, eu posso." "Obrigada, sei que posso contar com você. Mas não será necessário."

Pouco antes da meia-noite fomos dormir. Eu me revirei muito antes de adormecer. Ana, por outro lado, estava quieta; eu não sabia se estava dormindo ou apenas ausente. Antes que o sono me vencesse, eu a chamei: "Ana..." "Hum... quê?", ela gaguejou; acho que a acordei. Virei-me para o lado dela e me aproximei de seu ouvido. Falei baixinho: "Se eu estivesse no seu lugar, faria o mesmo." Ana suspirou e se aninhou em mim. Disse: "Te amo, amiga." E assim, abraçadas, adormecemos.

No dia seguinte fomos juntas da minha casa para a escola. Caminhamos os quarteirões em silêncio. Agora minha cabeça também estava dominada, também não conseguia pensar em mais nada além da gravidez da Ana. A vida não era minha, era dela, mas sofria como se estivesse acontecendo comigo também. As horas de aula foram intermináveis e, ao mesmo tempo, eu não queria que acabassem porque, com o passar do dia, o aborto se tornaria iminente, como se alguém tivesse virado uma ampulheta e só faltasse esperar até que caísse o último grão de areia. Depois da escola, fui para casa e Ana foi encontrá-lo para que contasse o que havia descoberto. Pensei em segui-la, andar escondida atrás dela e assim descobrir quem era esse homem que tinha mudado a vida da minha amiga para o bem ou para o mal. Mas não fui, nossa amizade valia mais que a minha curiosidade. No final da tarde, Ana me ligou: "Será amanhã cedo, é isso, acabou." Parecia aliviada, fiquei feliz por ela e por mim. Queria que o sofrimento da minha amiga acabasse. E mesmo que a nossa amizade não fosse como antes, pelo menos encontraria um novo equilíbrio. "Ele vai com você, né?", quis confirmar. "Sim", ela me disse, "ele vai comigo."

Naquela noite dormi muito mal, acordei várias vezes assustada, tive dificuldade para voltar a pegar no sono. Levantei-me e dei uma volta pela casa. Queria ir para a casa dos Sardá de camisola e chinelos, tinha certeza de que Ana também não estava dormindo. Todas as vezes em que acordava, rezava por ela: pedia a Deus que a protegesse, que nada acontecesse com ela, que tudo fosse muito rápido, que não doesse. E que ninguém notasse depois. "Será que dá pra perceber quando uma pessoa faz um aborto?", perguntei-me em meio à insônia.

"Deixará uma marca que a denuncie?" Não fazia ideia. Não sabia como era feito o procedimento que aconteceria com a minha amiga, onde seria, nem quanto tempo duraria. Ele iria, o que era bom, embora eu o odiasse. Ela me contaria depois, para que eu soubesse, para compartilhar sua experiência, caso um dia acontecesse a mesma coisa comigo.

Eu me levantei um pouco mais cedo do que de costume e me vesti, não adiantava ficar acordada na cama. Quando estava prestes a sair, tocaram a campainha. Minha mãe veio e me disse que Ana estava me procurando. Tentei esconder o espanto e a angústia em pensar por que ela tinha vindo à minha casa, quando devia estar fazendo "aquilo". Corri, peguei minhas coisas e saí como se estivéssemos indo para a escola juntas. Ana também estava vestida com o uniforme. "Foi adiado?", perguntei a ela. "Você pode ir comigo?", ela perguntou ao mesmo tempo. Seus olhos estavam inchados, era evidente que havia chorado a noite toda. Rezar por Ana não tinha funcionado. Às vezes, rezar funciona apenas para acalmar os nervos, repetindo uma oração que ajuda a não pensar em mais nada. Minhas pernas cederam, não sou corajosa, mas falei: "Sim, vou com você." E fechei a porta atrás de mim.

Caminhamos lentamente, de mãos dadas. "Está com medo?", perguntei. "Sim", ela respondeu, e apertei sua mão com mais força. Ana procurou o endereço do lugar que ele havia conseguido em um *Guia Filcar*[3] de seu pai e arrancara aquela folha. Estava com ela, me deu para que eu pudesse nos guiar como se fosse um mapa. Ficou chateada por ter arruinado o guia do pai, mas estava tão nervosa que tinha medo de confundir o caminho. Analisei o percurso a seguir: dava para ir a pé, embora não fosse tão perto. Ficava a cerca de quatro quilômetros de nossas casas. Demoraríamos uma hora para chegar lá, não havia ônibus que nos deixasse por perto. Talvez uma hora e meia. O local ficava numa área à qual nunca íamos, algumas ruas ainda não tinham asfalto. À medida que avançávamos, surgiam mais cães soltos do que em nossa vizinhança, os carros estacionados pareciam velhos e deteriorados. Não perguntei por que ele não a acompanhou, não sabia como fazer isso sem xingá-lo. No meio do caminho, Ana começou me contar.

---

3   Criado na Argentina em 1948, o *Guia Filcar* traz mapas, melhores rotas e conduções para circular pela grande Buenos Aires.

"Decidimos que seria melhor que ele não viesse." "Por quê?" "Caso alguém o veja comigo e o reconheça. Não é bom que seja visto entrando naquela clínica." "E você?" "Para mim não é tão grave, ninguém me conhece", disse. "E se alguém nos vir e contar para sua mãe ou para a minha? Para mim também não é fácil." Não era uma reclamação, queria que ela percebesse que perdoava tudo dele, que não exigia dele o que exigia de todos os outros. "Se você não quiser, vá embora", respondeu Ana, com raiva. "Sim, eu quero, só me incomoda que ele não tenha vindo." "Quer, mas não pode", repetiu mais uma vez a ladainha. E fiquei calada, cansada de ouvir aquela frase que funcionava como salvo-conduto de um homem que eu não conhecia e, naquele momento, nem queria conhecer. Não adiantava amargurá-la com o que pensava dele e confirmava a cada passo.

 Ana me contou que tinham resolvido na noite anterior, bem tarde. Ele mandou chamá-la, não perguntei como; ela saiu escondida de casa e eles se encontraram em algum lugar seguro, ela também não me disse onde. Ele expôs suas dúvidas, o que fariam se alguém o reconhecesse, que se isso acontecesse a mais prejudicada seria ela, que Ana poderia passar despercebida sozinha, que na idade dela ninguém imaginaria que ia fazer algo assim. Seu "algo assim" me deixou ressentida com ele, "algo assim" era do que ele queria se proteger. Caminhamos um pouco em silêncio, devagar, estávamos muito próximas e ambas sabíamos disso. Os últimos grãos de areia caíam na ampulheta. Ana trazia na mochila um envelope com o dinheiro, as instruções e o endereço do lugar que ele dera na noite anterior. "Ele estava pensando em trazer hoje. Felizmente estava com ele, e quando decidimos que era melhor não vir, ele me deu." Pedi silenciosamente para que não o mencionasse mais. Voltei a odiá-lo, com força, já era um ódio contínuo. Ficou claro para mim que este homem, a quem não podia colocar nenhum nome, procurara Ana decidido a não a acompanhar. Mas ele a manipulou para que Ana achasse que os dois tinham resolvido juntos. Senti muita pena que este fosse o primeiro amor da minha amiga. Não sabia que também seria o último.

 Quando chegamos ao endereço indicado no papel, mostrei a ela e guardei no bolso a folha que servia de mapa. A clínica não passava de um chalé malconservado, com grama alta e pintura descascada.

Ana pediu que déssemos uma volta no quarteirão antes de tocarmos a campainha, caso alguém estivesse nos seguindo ou nos espionando de uma janela. Eu queria entrar o mais rápido possível e acabar com aquilo de uma vez por todas, mas estava claro que Ana precisava reunir coragem. Fiz o que ela pediu sem nenhum comentário, apenas a segui. Depois de darmos toda a volta em silêncio, tive medo de que ela ainda não estivesse pronta. Entretanto, minha amiga, resignada, não pediu mais tempo. Como se naquela curva Ana tivesse aceitado que não havia outra escolha senão entrar, foi até a varanda e tocou a campainha com decisão. Alguém abriu uma fresta da porta, não consegui ver quem, mal ouvi o que disse: "Entrem pela garagem." Depois dessa frase, desapareceu, batendo a porta na nossa cara. Ficamos um pouco desorientadas, à mercê do que fizessem aqueles que estavam dentro daquele chalé e que ainda não tínhamos visto. Poucos minutos depois, a porta da garagem se abriu e entramos. Não havia nenhum carro. Apenas uma mesa estreita, com um plástico por cima. E um lençol rosa, dobrado, na cabeceira, ao lado de uma pequena almofada. Numa mesinha lateral, ao lado da maca improvisada, havia instrumentos médicos, cujos nomes desconhecia. E curativos, muitos curativos. No chão, uma bacia metálica. Várias fileiras de prateleiras – com ferramentas e outras tralhas – presas a uma das paredes, como se também usassem o local de depósito. Na outra, um crucifixo de madeira, sem Cristo crucificado, apenas a cruz.

 A médica que nos esperava – se é que era uma – mandou que Ana se despisse, vestisse uma bata surrada que já devia ter sido rosa como o lençol e se deitasse na mesa. "Mas primeiro, querida, me dê o dinheiro, para que, se depois você ficar um pouco confusa com os calmantes, as coisas não se compliquem. Ou está com a sua amiga?" A mulher olhou para mim, não esqueço o rosto dela: estava séria, sem nenhum gesto que transmitisse outra mensagem além do que tinha acabado de dizer; cada movimento que fazia era evidentemente mais um passo num processo que repetia com frequência. Ana tirou o dinheiro da mochila e entregou a ela. A mulher contou e guardou no bolso da camisola. Então minha amiga se despiu e se deitou sobre o plástico. A mulher mandou que se cobrisse com o lençol enquanto preparava "o material". Foi assim que chamou. "Você quer esperar lá fora?", me perguntou.

"Disseram à pessoa que ligou que deveria vir acompanhada", respondi. "Isso é para depois, caso sua amiga fique tonta, para não ir embora sozinha", esclareceu ela, enquanto passava um algodão embebido em álcool nos instrumentos. Olhei para Ana, que olhava para mim. Ela já estava deitada na mesa, tensa. Havia súplica em seus olhos. "Vou ficar aqui dentro", respondi. A médica me indicou um banco de madeira e disse que, se eu quisesse, poderia me sentar ali de costas, "para não ficar impressionada, se você desmaiar aqui, não tem ninguém para cuidar de você". Não respondi. Fui até a maca, parei na cabeceira, peguei a mão da Ana e fiquei ali, ao lado da minha amiga, de frente para ela, de costas para a médica e para o que ela ia fazer. Meus olhos nos olhos de Ana até que ela adormecesse. Assim que a anestesia fez efeito, olhei para cima e encarei o crucifixo. Fiquei assim, sem me mexer, durante todo o procedimento. Não rezei, fiquei controlando aquele deus que, mesmo ausente do crucifixo, não falharia comigo. Nem comigo, nem com Ana. Enquanto isso, com a mão livre amassava a folha do *Guia Filcar* que tinha no bolso. Não vi nada do que aquela mulher fez com ela, mas ouvi. Antes de começar, entrou alguém, provavelmente uma assistente. A médica falou para ela: "Passe-me a sonda, Patrícia" e então: "Como essa garota está fechada", e então: "A garotinha está me obrigando a empurrar mais do que o necessário", e então: "Caralho" e então: "Tudo bem, querida, é aí que começa a contração", e então: "Agora o sangramento, excelente. Quanto, meu Deus, que quantidade. Já vai sair tudo." E então silêncio.

Não sei como fiquei tanto tempo ali parada, não sei como não desmaiei, não sei como não agarrei Ana e a tirei daquele lugar assim que ouvi a palavra "sonda". Mas não fiz nada disso. E quando minha amiga abriu os olhos, eu ainda estava impávida, quieta, parada na cabeceira daquela maca improvisada, segurando sua mão. A médica orientou que se levantasse com cuidado, que se vestisse. Deu a ela um monte de curativos e algumas instruções. Quando estávamos saindo, avisou que ela continuaria sangrando por alguns dias: "Calma, vai sair até o restinho, vai dar tudo certo."

Fomos caminhando. Eu não tinha me tocado que ir até lá implicava a mesma caminhada na volta. No estado em que Ana se encontrava, voltar a pé foi épico. Tivemos que parar várias vezes, demoramos o dobro do tempo que levamos para chegar até lá. O sangue manchou suas roupas. Propus que fosse para a minha casa, meus pais não estariam, os dois saíam para trabalhar no meio da manhã. Ana não quis, disse que ia tentar localizá-lo, que precisava vê-lo. Senti muita raiva; aquele cara não estava lá, eu tinha suportado aquela manhã horrível com ela e tudo que Ana queria era estar com ele. "Isso é amor?", me perguntei. Não tinha nenhuma resposta, não sabia o que era o amor. Mal conseguia imaginar isso graças às minhas poucas "paixões" adolescentes. Ou por causa do que tinha visto no cinema ou lido em algum romance. Mas sabia que se a resposta fosse sim, se aquilo fosse amor, então havíamos sido enganadas. Porque assim, como vivia Ana, o amor não tinha nada de virtuoso.

Minha barriga doeu o dia todo. À situação que estava passando, somava-se a minha preocupação de que meus pais descobrissem que eu não tinha ido à aula. Fui para a cama. Quando minha mãe chegou, disse a ela que quando voltei da escola tinha ido dormir porque me sentia mal. Mediu minha febre, claro que não tinha, "é verdade que está com cara feia, deve estar incubando alguma coisa". Fez uma sopa de arroz para mim, minha mãe curava tudo com sopa de arroz. Adormeci cedo, estava exausta. No dia seguinte, Ana não foi à escola. Não me preocupei com a falta dela, parecia lógico que vinte e quatro horas depois de fazer um aborto ela não pudesse ir para a escola. Mas de qualquer forma, quando o dia acabou, fui até a casa dela. A mãe me contou que estava deitada, dormindo, que se sentia mal: "Passou o dia inteiro assim, com muita dor de estômago e uma cor ruim. Assuntos femininos. Também pode ter pego um vírus, não estou dizendo que não. É melhor que você não a acorde, que durma o máximo que puder." Fiquei sem palavras, preferi isso a dizer algo inconveniente. Não conseguia nem assentir, sabia que qualquer hipótese que Ana tivesse levantado sobre seu mal-estar era mentira. Nem me surpreendeu que se sentisse tão mal; naquele curso de aprendizagem acelerada e solitária de aborto precário, tinha aprendido que enfiam uma sonda em você, provocam uma contração, fazem sangrar e o que está dentro sai; mas também que, quando você vai embora, continua sangrando muito, sua barriga dói, você tem dificuldade para andar e acha que vai desmaiar ou morrer. Concordei com a mãe da Ana que era conveniente deixá-la dormir; e se dormisse até o dia seguinte, melhor ainda.

Fui para casa, quis contar para a minha mãe o que estava acontecendo. Olhei para ela duas ou três vezes durante a tarde com os olhos marejados, fiquei com ela. Embora não pudesse contar nada, esperava que talvez adivinhasse. Minha mãe costumava sentir o que havia de errado comigo, e o aborto da Ana estava acontecendo comigo também. Mas naquele dia ela teve uma discussão com o diretor da escola onde lecionava Geografia. Além disso, tinha uma pilha enorme de provas para corrigir. Mamãe estava muito zangada com o mundo para perceber que tinha algo de errado comigo.

Pouco antes do final da tarde, a campainha tocou. Da cozinha, minha mãe gritou: "Marcela, você pode atender?" E eu fui. Atrás da porta estava Ana, irreconhecível. Seu rosto estava com uma cor muito estranha, uma cor suja, amarelada em algumas áreas. Estava suando. Eu a toquei e fervia. "Você pode me acompanhar? Tenho medo de não conseguir chegar lá sozinha." "Aonde?", perguntei. "Vou me encontrar com ele." "Você está mal, Ana, precisa ver alguém que saiba o que fazer." "Ele vai me levar, disse que se eu estou tão mal, preciso consultar um médico." Isso, de certa forma, me tranquilizou. Ana precisava ser atendida com urgência, era evidente, e que este homem que nunca podia fazer nada se encarregasse da situação e a levasse a um hospital me parecia a melhor opção para ela. "Tenho que encontrá-lo em meia hora, mas não tenho forças para ir sozinha, me sinto muito mal." "Eu te acompanho", falei. Peguei meu casaco, dei uma desculpa para que minha mãe não me procurasse por um bom tempo. Não mencionei Ana: não queria que ela ligasse para casa da minha amiga perguntando por mim se acabasse ficando muito tarde. Falei algo de um trabalho em equipe e que estaria com vários colegas na biblioteca. Ela não prestou muita atenção em mim, ainda preocupada com sua pilha de provas. Saí. Ana estava sentada no chão, não sei se por vontade própria ou se havia caído. Eu a ajudei a se levantar, fez isso com dificuldade. Caminhamos devagar, de braços dados, alguns passos, até que percebi que não sabia para onde íamos. Perguntei a ela. "Para a igreja, vamos nos encontrar lá", respondeu. Quando me contou, achei estranho que uma igreja fosse o ponto de encontro. Mas, pensando bem, para um católico praticante com um amor clandestino, a casa de Deus poderia ser um bom álibi.

Tive que ajudar Ana a subir os primeiros degraus da entrada da paróquia de São Gabriel. E quase carregá-la nos dois últimos. Não conseguia dar um passo sozinha. Eu conseguia, mas estava muito assustada e o medo, embora não paralisasse meus movimentos, me deixava sem reação. "Não quer que eu conte para minha mãe? Você precisa consultar um médico agora", sugeri. "Não, por favor, você me prometeu que não contaria a ninguém o que eu fiz." "Ana...", comecei a dizer. "Jure", implorou, "jure aqui." E eu jurei, jurei com os olhos fixos naquela cruz solitária que preside o altar da paróquia e que, naquela tarde, me pareceu maior. Uma cruz parecida com aquela que olhei enquanto faziam o aborto em Ana. Mas não jurei por Deus, jurei por ela. "Não vou contar o que você fez, juro, Ana, para ninguém." Ana acariciou minha perna e acrescentou: "Não importa o que me aconteça, não conte. Nem agora, nem nunca. Mesmo que eu morra", pela primeira vez, a morte surgiu como uma possibilidade e ficou presa no meu peito. Senti que não era uma frase feita. Ana realmente estava pensando que poderia morrer. Fiquei apavorada com essa sensação.

"Não quero que meus pais saibam. Carmen não me perdoaria", acrescentou depois de um tempo. A frase pareceu estranha, achei que era por seu desespero. Estava falando dos pais, mas o suposto castigo seria imposto pela irmã. Ana não costumava mencionar Carmen. E quando fazia, era para transmitir um respeito reverencial que terminava em raiva ou fúria. Acho que sentia um medo excessivo de Carmen que não era próprio entre irmãs. Tinha mais medo dela do que dos pais, ou de qualquer outra pessoa. Me chamava muito a atenção, pois comigo Carmen sempre fora encantadora. Era assim também com as outras meninas da escola, todas brigavam para fazer parte do grupo de Ação Católica que ela liderava. Ana, não. Quase faltou ao acampamento de verão para não ser comandada pela irmã. Por outro lado, o resto do grupo comemorou que a catequista principal não pôde ir e Carmen a substituíra. Todas se sentiam protegidas por ela. Principalmente depois daquele dia em que uma garota da minha turma bateu em uma porta de vidro e sofreu vários cortes: ninguém sabia o que fazer, nem mesmo a professora responsável pela série. De algum lugar,

Carmen veio correndo. Assim que chegou ao lado dela, pediu lenços e toalhas, e imediatamente retirou delicadamente os vidros de cada ferimento e, depois de limpos, apertou-os com os panos que trouxemos, para que não saísse tanto sangue. Até que finalmente a ambulância chegou. Carmen nunca perdeu a calma, permaneceu mais tranquila que a professora. Desde então, ela se tornou uma heroína na escola. Recebeu uma medalha e publicaram uma nota no jornal local. A manchete dizia: "Jovem de Adrogué atende colega ferida e sonha em ser médica." Pelo que sei, Carmen estudou outra coisa: Teologia, ou História, ou Filosofia. Não me lembro, mas não foi Medicina. Ana dizia que Carmen tinha duas caras: fora de casa era boa em manipular todo mundo; dentro, era um ogro. E que a única coisa que importava para a irmã era manipular o mundo, com a técnica que funcionasse. Segundo Ana, ninguém – exceto sua família – conhecia a verdadeira Carmen. Aquela descrição carregada de rancor me divertiu e até me deixou com um pouco de inveja: eu não tinha irmãs. Gostaria de ser uma das irmãs Sardá.

Esperamos sentadas no último banco da igreja, não adiantava ir até o altar. Quando ele chegasse, sairiam juntos em busca de um médico, com urgência, então era melhor ficar perto da porta. Assim que nos sentamos, o padre Manuel apareceu, cumprimentou de longe, organizou algumas hóstias no sacrário e foi embora. "Precisa de mais alguma coisa? Quer rezar?", perguntei a Ana. "Não, Marcela, obrigada, você pode ir agora, vou esperar sozinha, fique calma." "Vou ficar um pouco", respondi, "não tenho pressa." E, para a minha surpresa, ela não insistiu como das outras vezes, o que mostrava o quanto se sentia mal. Não repetiu: "Você pode ir agora." Apenas disse: "Eu te amo", e meus olhos se encheram de lágrimas. Para Ana, o mais importante naquele momento, quando sabia que estava à beira da morte, era que não a deixasse sozinha. Já não importava se eu visse ou não o seu amor secreto. Tentei conter o choro, o nó na garganta era intolerável. "E se eu ligar para a Lía?" Lía era a irmã que Ana amava, falava dela com frequência; se tivesse a nossa idade, certamente também teria sido nossa amiga. "Não. Não quero preocupar mais ninguém. Ele está vindo, prometeu que me pegaria aqui", foi difícil falar, engasgou-se no meio da frase. E depois acrescentou: "É isso", e caiu de lado para se aconchegar no meu colo. Eu a acariciei, ela estava fervendo, respirava com dificuldade. Seu rosto parecia azul, e isso me assustou. Não consegui mais me conter e comecei a chorar: não sabia como ajudá-la, não podia fazer mais nada além de acariciá-la.

"Ele está vindo, ele está vindo", disse após alguns minutos de silêncio, e parecia que Ana estava dizendo isso para me confortar, para que eu não chorasse mais. "Você acha que Deus vai me perdoar?", ela me perguntou em voz baixa. E a pergunta dela, sussurrada, me machucou. O que ela sentia que Deus tinha que perdoar? Ana era minha melhor amiga e grande colega de todas, sempre levava o outro em consideração, me salvara quando ninguém falava comigo ao entrar na escola. Ela era alegre, divertida, gentil, sincera, fiel. Por que estava pedindo perdão? Por ter se apaixonado aos dezessete anos por alguém que não soube cuidar dela? Por ter feito sexo? Por interromper a gravidez? Por que ele era um homem proibido? Por ter escolhido uma médica que fez errado o que tinha que fazer? Por não ter contado aos pais? Eu realmente não entendia. Apesar das minhas reservas, quis ser muito concreta na minha resposta, para que Ana não tivesse dúvidas. "Se havia alguma coisa pra perdoar, sim, Ana, Deus já te perdoou", falei, mas não sei se ela me ouviu, porque não falou mais. Tremeu. Eu a abracei forte, fiquei com medo de que caísse no chão com o movimento, tentei acalmá-la. Ana não parava de tremer. Eu me agachei e a abracei; fiz um esforço para que meu choro fosse silencioso. Trememos juntas. Até que, de repente, Ana ficou parada, imóvel, e senti que estava mais pesada do que antes. Como se a vontade tivesse deixado seu corpo.

É que minha amiga, finalmente, havia feito aquilo: deixara de ser quem era, partira.

Ana estava morta.

3.

( )
E um dia voltei à casa da Ana, trinta anos depois.

Não tinha voltado lá desde a sua morte. Foi o que minha mãe disse, que era a primeira vez em trinta anos. Embora não possa garantir que nunca passei pela por ali, andando de bicicleta, porque se tivesse, não me lembraria. Ali, naquela casa, Ana estava viva. Ir até a casa dela e não a encontrar lá confirmava sua morte. Hesitei, mas tinha o encontro com Alfredo anotado na minha caderneta. Tinha que ir.

( )
Eu me arrumei com o melhor vestido que encontrei no armário; pedi à minha mãe que me ajudasse a pentear o cabelo e a adicionar um pouco de cor ao rosto. Ela, como sempre fazíamos, tirou uma foto minha com uma câmera Polaroid que meu pai me dera; colei na caderneta e abaixo anotei: "Reunião com Alfredo Sardá." Procurei uma pulseira de prata com que Ana me presenteara no meu aniversário de

quinze anos, mas o fecho estava quebrado, então enfiei na casa do botão da camisa, como se fosse um pingente ou enfeite, e dei um nó. Pedi à minha mãe que tirasse outra foto minha agora que estava pronta, também colei na caderneta. Queria me lembrar de como estava vestida naquela primeira reunião com Alfredo.

( )

A foto está guardada. Viro a página. Leio.

Esperei na porta de casa que Alfredo viesse me pegar. Foi muito pontual, chegou na hora exata que eu havia anotado. Tínhamos combinado que ele viria me pegar. Alfredo, como eu, parecia desconfortável com o processo que estávamos prestes a iniciar. Devia estar inquieto. Ele me deu a mão, do jeito que a Ana me dava, e fomos caminhando assim até a casa dele. Ele abriu o portão da frente. O jardim estava exatamente como eu lembrava, assim como tinha visto antes do golpe, muitas vezes, o mais verde que já conheci, com árvores antigas, salpicadas de cores distribuídas em canteiros bem-cuidados e organizados de acordo com as variedades de flores. Reconheci o carvalho em que contávamos quando brincávamos de esconde-esconde, a tília que nos perfumava na primavera quando enfiávamos gravetos entre as mechas de cabelo, as santarritas fúcsia que tínhamos que evitar quando corríamos brincando de pega-pega porque nos machucavam com seus espinhos. Estava tudo lá, exceto Ana.

( )

O que senti não foi amargo como tinha imaginado. Em vez disso, me vi protegida, mimada. Foi o que escrevi na caderneta. "Na casa do Alfredo me sinto em casa." Estava de volta à minha infância, a fase mais feliz que já vivi. Não seria justo permitir que a morte de Ana apagasse aquela felicidade anterior. Não haverá outra etapa mais feliz pela frente e, mesmo que haja, a menos que eu anote, vou me esquecer.

( )

A partir desse primeiro encontro, Alfredo veio me buscar pontualmente, duas tardes por semana, para ir à casa dos Sardá conversar sobre sua filha mais nova, minha melhor amiga. Minha mãe parecia feliz, leio "Mamãe está feliz", deve ter sido um alívio para ela descobrir que eu poderia ocupar algumas horas com atividades sem depender da companhia dela. Naquela época, meu pai não morava mais em casa. Ficava surpresa cada vez que perguntava por ele e minha mãe me respondia: "Eu e papai nos separamos já faz algum tempo, ele vem te buscar no domingo para passear." Como é que minha mãe e meu pai tinham se separado? Quando? Por quê? Eles me contavam e depois de um tempo eu esquecia. Anotei muitas vezes nas minhas cadernetas. Destaquei. E guardei também no arquivo de favoritos. Mas sempre que minha mãe me dizia "eu e o seu pai estamos separados", experimentava a mesma surpresa que sentia quando alguém me contava que Ana, depois de morta, tinha sido queimada e esquartejada.

( )

Alfredo e eu tiramos várias tardes para conversar sobre a Ana que conhecíamos antes do drama que nos mudou para sempre. Por um tempo, não falamos sobre a morte dela, mas sobre ela. Precisávamos trazê-la de volta conosco; recuperar essas memórias e compartilhá-las fez muito bem aos dois. Aquele mundo estava intacto em minhas memórias, não precisava me ajudar com anotações ou invenções. Ele falava da filha como se ela fosse uma criança que pudesse descer pela escada a qualquer momento para conversar conosco. Eu, como ela foi para mim, não só minha melhor amiga, minha companhia adorada naqueles anos em que conseguia guardar lembranças, mas a única pessoa que escolhi amar. Amava minha mãe e meu pai e os amo; é claro que nesse amor não há escolha. Eu escolhi amar Ana. O amor que está na base dessa amizade é todo o amor que eu poderia conhecer. Por outro lado, sei que ter um relacionamento nunca será possível para mim. Apaixonar-se leva tempo e nesse tempo minhas memórias evaporam. Para se apaixonar é preciso ter memória. Às vezes, finjo que estou apaixonada pela fisioterapeuta, ou pelo psicólogo que vem duas vezes por semana me treinar com exercícios comportamentais para compensar a memória que não tenho. Mas nem sei se essas pessoas são sempre as mesmas porque cada vez que as vejo precisam se apresentar e dizer quem são, como se nunca tivessem feito isso antes. Quantos treinadores, psicólogos, fisiatras ou terapeutas passaram pela minha vida nestes anos sem que eu percebesse a diferença entre eles? Não sei. O que sei é que meu relacionamento com os assistentes médicos foi o mais estável que já tive com alguém.

( )

Apenas duas semanas depois do nosso primeiro encontro, começamos a falar sobre as circunstâncias da morte de Ana. Está anotado na caderneta 4.345. A primeira coisa que fiz foi avisá-lo de que não usaria a palavra assassinato porque não ocorreu. "Não foi assassinato." Não sei se Alfredo acreditou em mim desde o início, mas ele nunca questionou que Ana tinha morrido na igreja, como eu disse. Eu escrevia na minha caderneta e ele na dele, é claro que também não confiava na sua memória. Ele me ouvia com atenção, sem querer me corrigir, mesmo que eu duvidasse, errasse ou entrasse em contradição. Depois de muitos anos, voltei a contar o que aconteceu naquela tarde. Pelo menos o que podia contar, o que não havia jurado a Ana manter em silêncio para sempre. Contei que ela veio me procurar pedindo que a acompanhasse até a igreja, pois lá ela se encontraria com alguém com quem tinha uma relação sentimental. A referência de que Ana estava apaixonada o surpreendeu. Alfredo nunca imaginara Ana apaixonada? "Alfredo não sabia que Ana estava apaixonada." Pediu licença para pegar dois cafés. "Alfredo trouxe dois cafés." Acho que era o momento que ele precisava para receber a notícia de sua filha e amor. Depois, enquanto bebíamos, disse a ele que ninguém tinha vindo, pelo menos antes da morte de Ana. Que, no meio da sua agonia, Ana parou de tremer. Que Ana parou de chorar. Que Ana parou de respirar. Que morreu nos meus braços. Que a acomodei no banco aterrorizada. Que corri para a sacristia. Que a manga do meu casaco ficou presa no suporte que sustentava a estátua do Arcanjo Gabriel. Que eu puxei, que a estátua balançou e caiu em mim. Devo ter contado a ele sobre a escuridão e a tela em branco devido ao esquecimento permanente do que aconteceria comigo a partir de então. Devo ter repetido o que escrevi em alguma das minhas consultas médicas: "Não me esqueço de tudo. Dependendo do caminho que o evento vivido deve percorrer para ser armazenado como memória, às vezes ele encontra um atalho que não foi danificado e consegue uma localização. Mas é muito de vez em quando. Há um padrão que não consigo entender: pensamentos que se originam de um lugar no cérebro ao qual você pode chegar sem cruzar pontes quebradas." Eu li isso. Estou lendo agora. Não sei se o texto me pertence ou se foi ditado. Também me ditam memórias.

( )

Leio. Completo. Invento. Alfredo respondeu: "Sinto muito." "Não se desculpe, Alfredo. Se há uma emoção envolvida, é mais fácil evocá-la. Talvez esta conversa me faça lembrar. Ou me faça lembrar que me senti bem nesta cadeira, conversando com você, mesmo que não me lembre do que dissemos, a menos que leia na minha caderneta."

( )

Leio: "Quando converso com Alfredo, me sinto bem." Alfredo abriu um lindo sorriso, acho que estava prestes a me abraçar e se conteve.

( )

Segundo os meus médicos, eu "compenso" o raciocínio com a emoção. Mas não conseguiram descobrir o padrão, e não colaborei para que decifrassem: eles queriam me usar como estudo de caso. Fui algumas vezes a uma clínica especializada, me botavam em um anfiteatro diante de um grupo de especialistas, me faziam perguntas, me observavam; eram eles que anotavam, eu ficava perdida depois de alguns minutos. Me deram alguns expedientes com conclusões que estão presas numa caderneta, a daqueles meses. Eu nunca as releio. Nem estão destacadas com cores fluorescentes.

( )

Fui a uma clínica para que me estudassem?

( )

Desisti, nada mais longe do meu interesse do que me tornar cobaia de laboratório. Leio: "Cobaia de laboratório." Leio: "O médico pergunta: 'Já se apaixonou alguma vez?'"

( )

"Por quem Ana estava apaixonada?", perguntou Alfredo. "Não sei, ela não quis me contar. Acho que era um homem casado, ou, pelo menos, noivo. Dizia que ele não podia." "Não podia o quê?" "Não podia fazer nada, nem revelar o nome dele, nem acompanhá-la quando precisava, nem..." Parei. Devo ter parado. Não podia mencionar o aborto. Contei a ele sobre minhas listas. E da minha numeração de 1 a 5 para cada um dos candidatos. Prometi a ele que a traria em uma próxima reunião. "Do que você acha que uma menina como Ana, saudável, de dezessete anos, pode ter morrido?", me perguntou, talvez tenha me perguntado em vários encontros, não fica claro nas minhas anotações. Leio, aspas. "Não tinha nenhuma doença, não sofreu nenhum acidente, não consigo imaginar que alguém a tivesse envenenado, por exemplo. Do que você acha que ela pode ter morrido, Marcela?" Não podia revelar a verdade, tinha jurado para Ana diante do altar, limitei-me a responder com os seus sintomas sem mencionar a origem deles. Disse que Ana estava muito mal naquela tarde, que estava com febre. Inclusive que, quando chegou em minha casa, teve dificuldades para ficar de pé. E ele confirmou que sabia de uma coisa: sua mulher tinha contado que Ana estava passando por uma menstruação muito dolorosa, que tinha se deitado porque estava muito mal e que, na manhã seguinte, quando foram procurá-la e Ana não estava mais lá, a cama estava manchada. A mãe dela, soube por ele, tinha confundido o sangue do aborto com a menstruação. "A mãe da Ana confundiu aborto com menstruação." "Não mencionou febre, mas isso não quer dizer que não estivesse febril. Dolores não deve ter tocado nela, nunca tocava nela", confidenciou-me Alfredo. Também não a viu sair, então não percebeu as dificuldades para andar e ficar de pé. Nem ela, nem ninguém se importava com o que Ana sentia, depois que souberam que ela fora queimada e esquartejada. Então, não voltaram a falar sobre o assunto. Não viram nesse desconforto uma relação com sua morte. Alfredo pediu que repetisse o que tínhamos feito desde que Ana viera me buscar, alguns detalhes eram importantes para ele, que anotava com muito mais cuidado do que eu nas minhas cadernetas: o que a Ana vestia, se levava alguma mochila ou bolsa com ela, se tinha me contado se havia tomado algum remédio, alguma substância, até alguma droga que pudesse ter feito mal a ela, se tinha se exercitado muito, ou comido algo que não costumava comer. "Remédio: Não. Exercício: Não. Droga: Não." "A Ana não consumia drogas, nem tomou nada estranho", disse eu, devo ter dito, e era verdade, porque a falsidade não estava no que respondia, mas no que calava. Minhas omissões eram as mentiras. Continuei escondendo dele o aborto. Repetimos estas perguntas e as minhas respostas em vários dos nossos encontros. Eu as anotei. Leio.

( )

Cada vez que nos reuníamos, ampliava a minha história apontando alguma coisa: frases, gestos, olhares, o tom da pele dela. Contei que a única coisa que Ana tinha quando veio me procurar era um anel turquesa que pertencia a Lía e que ela acreditava que a protegia, que era seu anel da sorte. Estava usando, tirou e me deu. Ela me pediu que desse à Lía. Ela se sentia tão mal que intuiu que talvez não fosse capaz de entregar à irmã.

( )

Leio: "Anel turquesa/ reunião na casa da Ana."

Levei aquele anel numa tarde dessas, mostrei para o Alfredo e quis deixar com ele. Mas ele me pediu que ficasse com o anel, que Lía não estava, fora morar em outro país havia muitos anos. Tenho uma foto da bandeira espanhola colada no meu caderno e ao lado está escrito: "Lía = Compostela." Alfredo não achava que ela voltaria algum dia, a menos que descobríssemos o que havia acontecido com Ana. Dizia isso com pena, mas também com compreensão e resignação. Leio: "Por que Alfredo não vai ver Lía?" "Medo de voar." "Neto." Perguntei a Alfredo por que ele não foi ver Lía. Respondeu que já havia pensado nisso muitas vezes; me confessou que sempre teve medo de avião, mas talvez finalmente viajasse quando o neto pudesse acompanhá-lo. Não sabia que tinha um neto na família, neto do Alfredo, sobrinho da Ana. Escrevi: "Ana tem um sobrinho." Pedi ao Alfredo que me contasse. Tomei nota: ele me contou sobre Mateo, filho de Carmen e Julián. Também não sabia que Julián e Carmen tinham se casado, nem sabia que ele não era mais padre. Naquela época eu gostava do Julián, todas gostávamos dele. E só trinta anos depois descobri que ele havia decidido ficar com aquela que todas as meninas admiravam: Carmen. "Belo casal", escrevi sob seus nomes, e "Bom para ele." Contei a Alfredo que Ana tinha medo da irmã mais velha, que dizia que de tanto se esforçar para ser simpática com os outros fazia com que trouxesse à tona o que havia de pior dentro de casa. Contei isso ao Alfredo? Devo ter contado a ele, porque li: "Carmen também me dava um pouco de medo (Alfredo)." E então sua risada. "Alfredo riu, foi uma piada." E a minha. Nós dois devemos ter rido. Anotei o nome do neto: "Mateo", anotei a cidade onde Lía morava, "Santiago de Compostela". Já tinha anotado? Anotei "anel". De qualquer forma, não me esqueceria de que estava comigo, porque era uma lembrança de antes do golpe. Mas queria associar o anel ao motivo pelo qual não podia devolvê-lo à sua dona, como a Ana havia pedido. Escrevi: "Lía não está." Dessa forma, poderia relacioná-lo com o pedido de Alfredo para que o guardasse, pelo menos até o hipotético dia em que ele e o neto viajassem para vê-la.

( )

Uma tarde, já perto do final das nossas reuniões, Alfredo me mostrou os arquivos que guardava numa mala, no depósito. Durante anos, juntou material relacionado à morte de Ana. Antes de mostrá-los, ele me pediu permissão e me avisou que talvez algo que eu visse pudesse me impressionar. "Alfredo me pede permissão para me mostrar os arquivos." Disse a ele para não se preocupar, que mesmo que ficasse impressionada, esqueceria. Rimos, espero que sim, é bom rir no meio do horror. Alfredo era uma companhia nova e agradável na minha vida vazia. "Eu gosto do Alfredo." Deve ter parecido uma pena esquecê-lo, o que ele era hoje, além de ser o "pai da Ana", por isso anotei. E depois: "Alfredo tem um belo sorriso." Tenho corações desenhados na minha caderneta ao lado do nome dele. Fomos ao depósito, Alfredo abriu a mala. Havia recortes de jornais, fotocópias do processo, fotos de Ana, anotações que ele mesmo havia feito fazendo perguntas a várias pessoas. Tirei uma foto com a Polaroid. Na mala estava a cópia do meu depoimento à polícia. Leio: "Alfredo se sente mal porque não me perguntou antes." Alfredo me falou algo assim: "Eu me repreendo por não ter falado com você. Me disseram que você não estava bem, que tinha ficado com um trauma depois do golpe, que não suportou a morte da Ana, como tantos de nós. E por isso tinha inventado que ela já havia morrido antes, em seus braços. Acreditei neles e até justifiquei o que você falava. Eu também gostaria de inventar outra morte para Ana." Pedi que repetisse o que havia dito e que o fizesse devagar para que eu pudesse anotar. Me contou que havia ignorado meu depoimento até que uma tarde, quando revisava os laudos dos médicos legistas que falavam de crime sexual, ele se deparou com o cartão de um integrante da equipe, um jovem recém-formado que discordava de todos: Élmer García Bellomo. Vasculhou entre os papéis e me mostrou o cartão. Naquele momento, o jovem tinha comparecido ao tribunal, citando uma série de circunstâncias do caso pelas quais não concordava com o andamento da investigação. Entregara aquele cartão que, trinta anos depois, Alfredo me mostrou.

( )
O rapaz falava muito, um excesso de palavras. Segundo me contou, era difícil acompanhá-lo em momentos de tanta comoção, mas, no meio de tantas palavras, Alfredo fez uma anotação mental de que, para o jovem perito, as provas não provavam um crime sexual. E que mencionou minha declaração. "Não foi um crime sexual (Bellomo)." Sua hipótese diferia do que o resto da equipe pensava, inclusive de seu chefe, que era quem tomava as decisões dentro da investigação. Para o jovem, as provas apontavam para o encobrimento de indícios de outro tipo de crime, não necessariamente sexual. "Mas qual?", perguntou Alfredo, e anotei. Afirmou que a cena do crime não era aquele depósito de lixo no terreno baldio, que partes do corpo esquartejado tinham sido movidas. Leio: "O corpo foi movido (Bellomo)." Alfredo se esforçou para recordar detalhadamente o que tinha sido dito e se arrependeu por não ter se aprofundado no que o rapaz queria contar. Alfredo deveria ter anotado. Eu anotei. Certamente ele o via tão jovem, tão inexperiente, tão falante, e por outro lado, seu chefe parecia tão seguro do que dizia, que Alfredo só guardou suas informações na mala e esqueceu o que Bellomo disse por quase trinta anos. Mas quando o cartão apareceu por acaso no meio dos papéis, e isso o levou a ler meu depoimento, tudo começou a fazer um novo sentido para ele.

( )
Não quis entrar em contato com ele antes de falar comigo. Queria confirmar alguns dados que ficaram confusos depois de tantos anos. Nossas conversas o ajudaram a amarrar pontas soltas. "Pontas soltas."

( )
Acho que disse: "Fico feliz por você ter guardado esse cartão, Alfredo." "E eu fico feliz por isso e pelo nosso reencontro", deve ter respondido. Porque Alfredo é muito gentil.

( )
Por que não vi Alfredo hoje?

( )
Alfredo tem um olhar bonito. Seus olhos, apesar de serem castanhos e não azuis, lembram os de Ana. Olham como os de Ana. "Alfredo = olhos." Ele me confessou que outra vez tinha esperança de poder re-

solver o enigma que cercava a morte de sua "pimpolha". Era assim que ele a chamava, eu não sabia. Tomei nota: "Ana = Pimpolha." "Muitos se perguntam por que continuo insistindo em saber a verdade, se isso não vai trazer Ana de volta. Carmen, Julián, meus amigos, meu irmão, até meu médico me pergunta. É verdade, não vai me devolver Ana. Mas talvez isso me devolva a Lía. E alivie minha dor, porque a verdade que nos é negada dói até o último dia." Além de anotar essa frase na caderneta, pus como legenda de uma foto da Ana, emoldurei e pendurei no meu quarto: "A verdade que nos é negada dói até o último dia."

( )

Leio. Finalmente, uma tarde, Alfredo me disse que tinha decidido entrar em contato com o jovem da equipe legista, que já não seria tão jovem, e que me avisaria assim que conseguisse. "Possível reunião com Bellomo." Mas depois dessa conversa, Alfredo suspendeu nossas reuniões.

( )

Por que Alfredo tem tantos corações?

( )

Alfredo ligou para casa para cancelar a próxima visita, risquei na caderneta. E não ligou de volta. "Alfredo não liga." Fiquei preocupada, pensei que talvez tivesse dito algo errado. Ou que talvez Alfredo tivesse se irritado porque percebera que eu guardava parte da verdade para mim. Leio: "Será que algum dia poderei contar o que aconteceu com Ana? Quando? Quem me libertará?"

( )

Mamãe diz que as pessoas ficam cansadas se repito as coisas. "Não repetir. As pessoas não têm paciência (Mãe)." Ela tentou me treinar para evitar essas repetições. "Revisar as últimas linhas do caderno antes de falar." "Não repetir." "Não repetir." "Não repetir." Como não fazer isso?

( )

Alfredo se cansou?

( )

Mas não, Alfredo não estava cansado de mim, só estava doente. "Alfredo está doente." "Câncer", "Quimioterapia." Descobriu que havia piorado um câncer que achava estar controlado, retomou imediatamente o tratamento, isso era urgente. Desta vez, era um tumor que não podia ser operado. A quimioterapia o deixava fraco demais para continuar com as nossas reuniões. Não quis me contar até que estivesse melhor. Finalmente, uma tarde mandou me chamar. "Alfredo ligou e me pediu para ir até a casa dele." Ele pediu desculpas por não ter me procurado, sentia-se fraco. Não queria ser dramático, mas me disse que se houvesse algo que eu quisesse contar a ele, que aproveitasse aquela reunião, porque ele não tinha muito mais tempo. Chorei, devo ter chorado. Choro agora. Pediu que eu não fizesse isso. Tomei nota: "Alfredo vai morrer", mas risquei. Escrevi ao lado: "Falar muito com o Alfredo, temos pouco tempo." Ele me agradeceu por nossas conversas. Me deu uma cópia de uma foto de seu neto para guardar comigo. "Se eu o convencer, ele irá a Santiago de Compostela ver a Lía", me disse, "talvez possa levar o anel." "Mateo = anel = Compostela." E me pediu um último favor: no dia seguinte, o médico legista iria até a casa dele para avaliarem juntos todas as provas pela última vez. Havia feito contato telefônico com ele antes de iniciar o tratamento, e o homem já vinha trabalhando obsessivamente e por conta própria. Isso ele me contou, isso eu escrevi: "Elmer me deu um primeiro relatório e não será o último." Depois transcrevi nossa conversa quase literalmente:

– Você pode vir conversar conosco, Marcela? Eu te pego, amanhã poderei, amanhã estarei melhor. Aposto que entre nós três conseguiremos chegar a algumas conclusões.

– O que mais você gostaria de saber, Alfredo?

– Quem esquartejou o cadáver de Ana e o queimou, por que se deu ao trabalho de fazer, se ela já tinha morrido no seu colo. Gostaria de saber quem e por quê. E você?

– Queimaram e esquartejaram Ana?

– Queimaram e esquartejaram Ana.

( )

Queimaram e esquartejaram o cadáver da Ana. Ela morreu enquanto eu a acariciava na igreja. "Eu sei", disse ele. "Alfredo sabe", anotei. Anotei em minha caderneta: "Reunião com Elmer Bellomo por carbonização e esquartejamento do corpo de Ana. Quarta-feira, 16 horas."

No dia seguinte, na hora marcada, caminhamos juntos, de braços dados, até a casa dele. Acho que deve ter sido uma das últimas vezes que fizemos isso. Não tenho imagem daquele dia na caderneta. Fiquei com vergonha de pedir à minha mãe que tirasse uma foto Polaroid de nós dois. Deve ter sido isso, pudor diante da minha mãe. É por isso que não há foto. Mas está escrito: "Alfredo e eu caminhamos de braços dados até a casa de Ana para nos encontrarmos com o legista."

E, em vez de um ponto final, há um coração vermelho.

Elmer

Por trás dos acontecimentos que nos comunicam, suspeitamos de outros fatos que não nos comunicam. São os acontecimentos reais. Somente se os soubéssemos é que entenderíamos.
BERTOLT BRECHT, *O compromisso na literatura e na arte*

1.   – ...
    – Claro que me lembro do caso da sua filha, senhor Sardá. Como esquecer, foi o primeiro caso oficial em que trabalhei. Eu tinha acabado de sair da Academia. A melhor média da minha turma, embora inexperiente. Pensei que sairia com o meu título e conquistaria o mundo, mas logo me puseram no meu lugar. Com um tapa, mostraram meu lugar.
    – ...
    – Sim, claro que a base está nos livros, concordo plenamente com o senhor. Mas é verdade que só com a casuística terminamos a aprendizagem. E não apenas a lidar com evidências ou com um cadáver, aprendemos também a administrar o grupo humano, o que, garanto, é a parte mais difícil da minha tarefa. Porque existe um cadáver, a evidência está aí. É uma questão de saber olhar e ver, o que, aliás, não é a mesma coisa. Não sabe quantos há neste ofício que olham sem ver

o que está na frente deles, ali, quieto, à espera de ser descoberto. Por outro lado, o ser humano vivo, em ação, é imprevisível.

– ...

– Não, sim, sim, claro que deveriam ter me ouvido, que importava que eu fosse o recém-chegado! Não há dúvida sobre isso, e agradeço que mencione.

– ...

– É como o senhor diz. Mesmo que estejamos certos, em certas circunstâncias não há muito que possa ser feito. A chave é convencer os outros de que estamos certos; esse é o chute a gol. E digo que, com o tempo, já sou especialista nisso também.

– ...

– Acontece frequentemente em equipes de legistas. Pior ainda, quando o chefe da equipe, como costuma acontecer neste país, é escolhido por hierarquia, por antiguidade. Ou por acomodação. Nesses casos, quem manda acaba sendo um cara que sabe menos do que aquele que acabou de chegar com estudos, com uma carreira, com um título. O ignorante tem mais poder, todo o poder, eu diria. Um ignorante com poder é uma fatalidade. E um corrupto, nem falo nada.

– ...

– Por nada, não estou dizendo isso por nada em particular. Às vezes, quem dirige uma investigação força um resultado porque alguém está pagando, ou o apressa, ou o pressiona. Acontece. Não digo que seja o caso da sua filha, mas acontece.

– ...

– Não, não sou criminologista, sou criminalista. Duas coisas muito diferentes.

– ...

– Sr. Sardá, por favor, não se desculpe! A maioria das pessoas se confunde, mesmo aquelas que se inscrevem para estudar essas carreiras. Não se preocupe.

– ...

– Exatamente, o criminologista estuda por que certos crimes são cometidos numa sociedade, estuda o fato como um todo, não um caso particular; o seu principal objetivo é garantir que, a longo prazo, este crime possa ser evitado. Por outro lado, o objeto de estudo de um criminalista é um caso concreto; deve analisar a cena do crime, coletar evidências e outras questões que ajudem a determinar, naquela situação específica e única, quem matou e por quê. Quem matou e por quê, *that is the question,* como diria Shakespeare.

– ...

– Claro que sim: claro que ajudamos a determinar que não houve delito ou crime, se não houve. O que for. Diga-me, por que o senhor diz "se ninguém matou"? Está se referindo especificamente ao caso de sua filha ou é uma questão hipotética?

– ...

– Ah. Entendo. Parece estranho, mas entendo.

– ...

– Sim, é uma pena que ninguém tenha seguido aquela pista. Uma falha lamentável da equipe de legistas. E assumo minhas responsabilidades: não soube fazer com que meu superior me ouvisse. Me consola, pelo menos, não ter deixado que me convencessem de que ali houve um crime sexual porque uma calcinha desapareceu. Pois existem fetichistas, mas espertos também.

– ...

– Bem, não era apenas uma questão de conhecimento. Atribuo isso ao fato de que desde pequeno tenho uma característica que alguns consideram negativa e que considero uma virtude extraordinária: sou muito teimoso. Uma mula. Quando empaco em algo que acho que estou certo, dificilmente me convencem do contrário. Graças à minha teimosia, dei ao senhor meu cartão há trinta anos. Eu o vi tão mal naquele dia que nos encontramos no tribunal, tão abalado. O senhor não era apenas um pai perturbado pela morte horrenda de sua filha, era alguém que não conseguia entender.

– ...

– Olha, se eu tivesse que botar uma marca na sua expressão naquela época, um emoji de hoje em dia, eu colocaria aquele que agarra a cara. Aquele com os olhos e a boca abertos em sinal de espanto. O senhor estava "espantado", essa é a palavra.

– ...

– Não era para menos.

– ...

– Agora, que coragem a minha: se meu chefe descobrisse que entreguei a você meu cartão, me mandaria embora. Sabe que o membro mais graduado da nossa equipe vinha da área administrativa? E era quem mandava. Alguém que sabia de papéis, não de preservação de cenas de crime e tratamento de evidências.

– ...

– "NN. s/homicídio qualificado. Vítima: Ana Sardá." Como não me lembrar? Há partes do caso que sei de cor.

– ...

– Diga, sim!

– ...

– Não, não tudo. Alguns detalhes não me lembro bem, outros gravei a fogo. A fogo.

– ...

– Oh, desculpe! Desculpe por essa metáfora infeliz! Não, eu sou um estúpido. Nós criminalistas acabamos sendo muito insensíveis à dor dos outros.

– ...

– De modo geral, lembro-me perfeitamente do caso. E, claro, posso adiantar que tenho caixas onde guardo os antecedentes daqueles casos em que trabalhei e que me pareceram importantes. São quase manuais de procedimento para mim; cada vez que volto para eles, aprendo algo novo. Sempre digo a mim mesmo: um dia vou escrever um livro.

– ...

– O caso da sua filha deve estar em uma das minhas caixas. Tenho um quarto inteiro dedicado a esse material. Pilhas de arquivos do chão ao teto. Não tenho dúvidas de que "NN. s/homicídio qualificado. Vítima: Ana Sardá" é um deles.

– ...

– É claro que está certo em me ligar, é claro. Teve sorte de não ter mudado de número durante todo esse tempo. Hoje em dia, ninguém conserva um número por tantos anos. Além do mais, quase ninguém mais tem telefone fixo.

– ...

– Viu? Somos poucos. Hoje a comunicação é via *WhatsApp*, mensagens de texto, emojis, selfies. A voz humana é cada vez menos usada. E quem ainda tem telefone fixo não atende. Quase perdi sua ligação no trim... trim... trim... Porque ultimamente, sempre que levanto o fone, tem uma voz do outro lado querendo me vender alguma coisa. Ou uma gravação que dá opções para fazer uma pesquisa política. Ou, pior ainda, um chato que quer me enganar e me ameaça dizendo que sequestrou meu filho para tirar dinheiro. Isso nunca aconteceu com o senhor?

– ...

– Está vendo? Neste país isso já aconteceu com meio mundo. Se isso não aconteceu com alguém, significa que essa pessoa não tem telefone. Que país, senhor Sardá, que país, não tem mais jeito.

– ...

– Acontece, sim, acontece muito. É preciso tomar cuidado. Quiseram fazer isso comigo em várias ocasiões. Aplico sempre a mesma técnica, pergunto imediatamente ao sujeito: "Qual dos meus filhos? Pedro?" E o sujeito cai na armadilha e me diz: "Sim, sim, Pedro." E a história termina aí porque não tenho nenhum filho chamado Pedro. Tenho Federico e Clarita. Mas Pedro, não.

– ...

– Sim, os dois ainda moram conosco, graças a Deus. Calculo que, até terminarem a universidade, estarão aqui. E ficamos felizes, eu e a mãe deles. O que mais queremos além de tê-los em casa? Pedro, não; então, assim que eu sugiro esse nome, os golpistas ficam expostos.

– ...

– Sim, sim, claro, vamos voltar ao motivo da sua ligação, seu Alfredo... Alfredo era seu nome, não era?

– ...

– Viu, viu como eu me lembro? E estou muito feliz que tenha me ligado.

– ...

– Mesmo telefone, sim. Trinta anos depois. Fiquei morando na casa que era dos meus pais. Moro em Corimayo, muito perto de vocês. O senhor ainda está em Adrogué?

– ...

– Que bom, área agradável. Aqui o valor do imóvel caiu muito, então quando meus pais morreram, eu disse para minha esposa: "Vamos botar a casa à venda, mas se não nos pagarem o que vale, mudamos para cá." Porque, olha que fatalidade: meus pais morreram nesta casa, por inalação de monóxido de carbono, uma estufa que não funcionava bem. E quando essas coisas acontecem, o imóvel perde valor. As pessoas são medrosas e supersticiosas, não gostam de viver onde alguém morreu.

– ...

– É isso mesmo: em cada casa antiga morreu alguém.

– ...

– Impossível que os supersticiosos entendam isso.

– ...

– Tínhamos comprado um apartamento pequeno em Temperley, quando nos casamos, ainda estávamos pagando a hipoteca. Dito e feito. Ofereceram uma merreca pela casa. Quiseram se aproveitar da nossa desgraça. Nos ofereceram um valor que não pagava nem o preço do terreno. E é uma casa grande, de dois andares, três quartos. Então desistimos de vender e fiquei com ela. A área fica fora de mão porque o trem não passa por aqui. Mas andando chego fácil à estação de Burzaco.

– ...

– Tal qual, *walking distance*. E, além do dinheiro, ficar com a casa dos meus pais me deu uma emoção muito grande. Foi como receber um legado. Para eles, construí-la e mantê-la foi um grande esforço, como poderia deixá-la nas mãos de qualquer pessoa? O cartão que o senhor tem foi meu primeiro cartão. Minha mãe mandou imprimir quando me formei.

– ...

– Licenciatura em Criminalística, sim. Naquela época, eu morava com eles, então o endereço e o telefone ainda estão corretos, eu poderia até usar aqueles cartões, se não tivessem ficado amarelos. As voltas da vida: mudei, troquei de cartão, voltei para minha casa, troquei de cartão. O senhor me encontra no lugar original.

– ...

– Sim, claro, diga-me, em que posso ajudá-lo?

– ...

– Exatamente, agora trabalho por conta própria. As partes me contratam. Não trabalho mais para o Estado. E me sinto melhor assim, para ser sincero. Muito melhor, infinitamente melhor. Porque quando nos apresentavam casos como o da sua filha no tribunal e via a ineficácia dos nossos, era tomado por uma frustração que me deixava doente.

– ...

– É muito frustrante trabalhar para o Estado. E não importa o governo do momento, pois são todos iguais. Imagine o que significa a ineficácia da equipe de trabalho para uma pessoa teimosa como eu. O senhor me entende, certo?

– ...

– A que o senhor se dedica, desculpe a curiosidade?

– ...

– Ah, olha, eu também me dedico ao ensino. *Part time*. Dou aulas na Academia de Polícia, embora seja mais por vocação de serviço do que por rendimento monetário, porque pagam muito mal. De qualquer forma, o que gosto mesmo é da investigação. Estar lá, onde foi cometido um crime, pensar com a cabeça de quem cometeu e compreender. Foi para isso que me formei, para estudar a cena do crime, analisá-la, encontrar provas, tirar conclusões. E faço isso com paixão. Mas cuidado, não somos *CSI*, isso não existe nem na Yankeelândia. Isso é uma ilusão. E menos ainda aqui, que apenas com as roupas de trabalho mostradas naquela série ficaríamos sem orçamento para qualquer trabalho posterior. Sabe quanto custam aqueles macacões Tyvek da Dupont? E ainda por cima, são usados e descartados. Pois bem, aqui a maioria precisa lavá-los para voltar à cena de outro crime.

– ...

– Sim, Alfredo, claro, claro que tenho interesse em ajudá-lo. Conte comigo. Agora, permita-me uma pergunta: por que o interesse, hoje, trinta anos depois? Apareceram novos elementos?

– ...

– Uma testemunha.

– ...

– Oh, uma testemunha, sim. Ou poderíamos dizer "ume testemunhe", como dizem agora os jovens. "Menines." Ha, ha.

– ...

– Sim, sim, uma testemunha pode ajudar. Como se chama?

– ...

– Parece familiar. Essa garota não prestou depoimento na época?

– ...

– Claro, uma colega da sua filha que se apresentou espontaneamente na delegacia. Eu me lembro, sim. A declaração dela foi consistente com a minha hipótese de que o crime da sua filha não foi sexual.

– ...

– Não, disso não tenho dúvidas, nunca tive. Não foi crime sexual. Quem fez aquilo, porque para mim foi mais de um, plantou provas para parecer que foi. Modificaram a cena do crime de maneira muito grosseira. E meus chefes, por ineficácia ou corrupção, bateram o martelo. Essa garota, se bem me lembro, estava falando sobre uma morte anterior. Não sei, era um pouco confuso, teria que dar uma olhada.

– ...

– É que fizeram muito mal o trabalho deles! Estavam com pressa para encerrar o caso. Era mais fácil dizer "estupro seguido de morte e desmembramento para esconder provas" do que continuar com o caso aberto. Com essa etiqueta, acomodaram tudo rapidamente. Mas como é que sabiam que tinha havido violação se o tronco e os órgãos genitais da sua filha estavam carbonizados? As lesões podiam corresponder a uma violação, mas também a outras causas. Ninguém analisou o suficiente. Para mim, que alguém leve a calcinha não é suficiente. E sempre tive dúvidas sobre a autópsia. Ainda mais quando eu quis pedir uma segunda análise e não deixaram.

– ...

– Claro, forçaram o fechamento do caso. Um cadáver nessas condições incomodava. Em Adrogué, não andavam queimando e esquartejando pessoas. Ou sim, mas não era conhecido. O prefeito ficou furioso, lembra? Já estávamos na democracia, mas a ditadura estava muito próxima.

– ...

– Não se surpreenda que a ordem de fechar o caso tenha vindo rapidamente de cima e com o objetivo de acalmar os vizinhos. Burzaco, Turdera, Corimayo, Ministro Rivadavia são outra coisa, gente mais sofrida. Por outro lado, os de Adrogué não aguentam um crime desta natureza, muito menos perpetrado por gente dali.

– ...

– O senhor sabe a que temperatura devem ter submetido aquele corpo para acabar nas condições em que o encontraram? Nem no inferno deve fazer tanto calor. Desculpe-me por falar assim sobre sua filha; nós que trabalhamos nisso temos a obrigação de manter distância. Para os criminalistas, os cadáveres não são mais pessoas, são evidências, provas. O senhor é o pai, ainda hoje é, então peço desculpas por essa deformação profissional.

– ...

– Olha, se bem me lembro, pedi naquela época que a jovem fosse depor novamente. Mas me disseram que ela tinha algum problema psiquiátrico e a descartaram como testemunha.

– ...

– Ah, claro, eu entendo. Então, temos certeza de que se lembra de tudo antes daquele golpe? Não pode estar inventando?

– ...

– Que "memento"?

– ...

– Ah, um filme! *Memento* com letra maiúscula, nome próprio, então. Espere que vou anotar. Não, não o vi.

– ...

– Vou ver, sim. Lembram-se do passado distante melhor do que antes? Olhe só. Isso é algo muito bom.

– ...

– Já posso confirmar que tenho interesse em revisar o caso. Estou muito interessado. Estou à sua inteira disposição, Alfredo.

– ...

– Vamos nos reunir, é claro. Mas gostaria de reservar alguns dias para rever o caso. Tudo bem?

– ...

– Perfeito. O senhor usa e-mail, Alfredo?

– ...

– Bem, me dê o endereço e eu anoto.

– ...

– *OK, OK,* arroba *gmail* ponto *com.* Sim, anotado. Um minuto, a caneta ficou sem tinta.

– ...

– Tudo bem, agora sim. Olha, vou revisar o que tenho nas caixas aqui. Mais tarde, se necessário, pedirei o caso completo. Isso levará alguns dias. Com base no que encontrar e na circunstância de que a amiga de sua filha está disposta a fornecer novas informações, vou passar ao senhor um plano de ação e uma estimativa de meus honorários.

– ...

– Sim, sim, desculpe, falei assim, com pressa. Corrijo, não é que se trate de informação nova, mas não a ouvimos devidamente. Totalmente de acordo. Mas para os efeitos do caso, é nova.

– ...

– Tudo bem, Alfredo? Mando tudo por e-mail e você me dá o *OK*?

– ...

– Agradeço pela confiança. Igualmente, gosto de sempre deixar por escrito o que posso fazer e quanto vai custar para o cliente. Para que depois não haja nenhuma frustração.

– ...

– Eu mando por e-mail, então, e vamos conversando.

– ...

– E estou muito feliz que tenha me ligado.

– ...

– O prazer foi meu.

– ...

– Bom dia para o senhor também.

2.   Menti para Alfredo Sardá. Não em relação à morte da sua filha. Nunca menti em nenhum caso em que estive envolvido. Posso ter errado, mas mentido, nunca. Menti para ele sobre minha vida privada. É verdade que moro na casa dos meus pais e que a herdei depois que morreram por inalação de monóxido de carbono. Também é verdade que, com a minha esposa e meus filhos pequenos, saímos daquele minúsculo apartamento em Temperley e viemos morar aqui. Mas não é verdade que ainda estamos juntos. Ela foi embora há alguns anos e meus filhos, já adolescentes, preferiram ir morar com a mãe em uma quitinete em Lanús, ainda menor do que o lugar onde começou a nossa história familiar. Ainda não me recuperei totalmente. A solidão pesa. Era um alívio, depois de um dia de trabalho, entrar em casa e encontrar a agitação das pessoas vivas, estar rodeado pela minha família, sentir o cheiro da comida no forno, que um dos meus filhos me desse um beijo, um abraço. Um refúgio. Um oásis no meio do deserto. Esse era o meu antídoto para a proximidade diária da morte. Fiquei sem refúgio: entre a minha vida e a morte dos outros não havia barreira de contenção. Agora vou de um lado para o outro sem perceber. Às vezes tenho medo de estar do lado errado.

    A casa é grande demais para mim, está cheia de nada, meus passos ecoam no chão de madeira desgastado. A possibilidade de deixar meu trabalho para trás quando chego em casa se desfez. Desde que Betina e as crianças foram embora, fiquei trancado num mundo tanático. Quando estou em casa, continuo trabalhando. Tenho relatórios de autópsia espalhados pelo chão, fotos dos arquivos em que trabalho coladas nas paredes do corredor. Lanternas, pinças, luvas descartáveis, luminol e captadores de impressões digitais nas prateleiras da cozinha, que não são mais ocupadas por cereais e bolachas de chocolate. Caixas e mais caixas com material de arquivo, não só no quarto que mencionei ao Alfredo, mas em todos os ambientes da casa, até no banheiro. Em parte, minha esposa me abandonou por causa dessa desordem. Para falar a verdade, quando Betina estava comigo não era tão ruim assim. Eu me controlava, ela organizava; havia um equilíbrio e a casa parecia muito melhor. Tenho certeza de que sua obsessão pelos gases cadavéricos pesou mais na decisão de me deixar. Não nego que sejam tóxicos e é verdade que estamos expostos a eles. Mas, com uma boa higiene, eu deixava qualquer elemento fora da casa. Ainda faço isso agora, que moro sozinho, por uma questão de responsabilidade profissional. É como tirar os sapatos antes de entrar para não manchar o carpete com lama: é o que deve ser feito e ponto, é automático, um reflexo condicionado. Sempre fiz isso, estou convencido de que nunca trouxe para a nossa casa gases, restos inclassificáveis, bactérias cadavéricas ou qualquer outro elemento de trabalho que pudesse prejudicar a saúde dela ou das crianças. Discuti isso a fundo em todas as brigas em que ela me jogava na cara como eu cheirava. "Você cheira a morto, Elmer." Ofereci provas do meu método de limpeza, com o qual poderia garantir que voltava para casa totalmente asséptico. Para mim, confundia o cheiro de algum desinfetante com o da morte. Foi inútil. Discutir era quase sempre inútil, mesmo que falássemos do tempo: se estivesse um sol de rachar a terra, ela insistiria que estava chovendo. E eu é que sou teimoso.

A desordem foi o primeiro argumento utilizado por Betina para a nossa separação. Os gases cadavéricos, o segundo. Porém, além da relevância ou não de ambos, o motivo ou causa que minha esposa utilizou com maior força nas audiências de conciliação não foi nenhum desses dois, mas a minha conversa. A conversa é motivo para divórcio? Disse que eu só falava sobre morte, sobre assassinos, sobre crimes e que isso a levava a áreas de si mesma que não gostava. Isto foi o que ela disse: "Você me afunda nas profundezas mais sombrias do meu ser." Betina sempre teve delírios de ser poeta. E estava exagerando, porque não era verdade que não conversávamos sobre outras coisas. Claro que eu comentava com ela situações ou problemas de trabalho, sim, como todo mundo fala do trabalho: um professor, o problema que teve com um de seus alunos; um caminhoneiro, como a estrada estava congestionada; um médico, da operação que realizou naquela tarde. Trabalho com cadáveres e cenas de crime, mas sou um cara normal que também gosta de esportes, séries, tomar um bom vinho de vez em quando, tocar um jazz ou tango em casa cantado pela voz áspera de Adriana Varela. Adoro Adriana Varela. E esses são apenas alguns, tenho inúmeros outros tópicos de conversa. É verdade que o trabalho é a minha paixão e ocupa um lugar muito importante nos meus interesses. Ela me conheceu assim. Até foi muito atenciosa quando contei detalhes do que estava estudando enquanto fazia a graduação. Uma vez, até me fez recitar para ela as diferentes etapas da *rigor mortis* como se fosse um poema ("Fase de estabelecimento, fase de estado, fase de resolução/ Fase de estabelecimento, fase de estado, fase de resolução"). Devo admitir que há matérias em que ambos poderíamos ter passado se ela tivesse feito os mesmos exames que eu. Fingiu um interesse que não tinha? Não acredito. Estou mais inclinado a pensar que, com o tempo, como acontece com tantos casais, o que a atraiu, a afastou, e minha conversa passou de cativante a abominável.

Não me atrevo a recomendar nos cursos que dou a futuros colegas, mas definitivamente acredito que é preciso mentir aos clientes sobre a nossa vida privada, protegê-los de quem somos. É aconselhável evitar falar sobre intimidades. Podemos fazer um comentário se o assunto for abordado. É verdade que as pessoas são curiosas, muitas vezes participam perguntando ou compartilhando alguma reflexão, com a certeza de que o que têm diante dos olhos é uma coisa ou outra. Diante dessa participação, é preciso decidir se mentimos ou não. E tomei essa decisão há muito tempo. Menti para Alfredo Sardá como fiz e faço com todos. Para mim, é fundamental que quem nos contrata acredite que o criminalista é uma pessoa igual a eles, com família, torcedor de algum time de futebol, amante de macarrão, com uma vida padrão. Porque o que teremos para contar, assim que descobrirmos, será tremendo, sombrio, tenebroso. Se nos apresentamos como uns nerds de laboratório ou como pessoas estranhas ou geeks, abrimos a possibilidade de que acreditem que estamos loucos, e o que afirmamos pode ser considerado falso. É preciso ter claro que as pessoas, como primeira reação ao horror, preferem não acreditar. A mesma coisa acontece em outras profissões. Por exemplo, um advogado usa terno para cumprir sua tarefa. Talvez, no seu dia a dia, use moletom e tênis, mas nem pensaria em ver um cliente ou comparecer a uma audiência perante um juiz sem se vestir adequadamente, perderia credibilidade e sabe disso. Nosso terno é aquela suposta normalidade básica, a promessa de ser "como todo mundo". E isso não se reduz apenas à profissão, mas à vida social. Somos pessoas que passam o dia olhando cadáveres, procurando vestígios de sangue, recolhendo delicadamente um pelo deixado na cena do crime como se fosse um diamante, analisando diferentes tipos de feridas cortantes, diferenciando assinatura e *modus operandi* nas mutilações. Quem vai querer ser nosso amigo se somos assim? Quem vai querer sair para tomar algo com um homem que acabou de manipular um braço ou uma perna? Embora seja infundado, é um preconceito que posso entender. Porque se não confiam em nós, estão errados: não há pessoas mais equilibradas nesta sociedade do que os criminalistas. Precisamos ter muito equilíbrio para trabalhar em casos como os que trabalhamos e ficarmos ilesos. Somos uma pedra. Somos precisos, exatos, rigorosos, detalhistas. Nós criminalistas fazemos apologia ao detalhe, não afirmamos nada sem provas objetivas. Não presumimos, confirmamos. Por exemplo, se vemos uma mancha vermelha, não vemos sangue, mas "tecido hemático". Se for sangue, o laboratório dirá. Quando traçamos o perfil de um assassino, não tentamos entendê-lo a partir da psicologia; não nos importamos como os pais dele o trataram, se na escola sofreu bullying ou por qual outra razão se tornou quem é. Nem sequer pensamos nele como uma pessoa boa ou má: nos preocupamos com o fato, com o que ele fez. Poucas pessoas são mais confiáveis e menos preconceituosas do que um criminalista. Ainda assim, a esposa não nos valoriza e nos abandona.

    Trinta anos depois, comecei a trabalhar imediatamente no expediente do assassinato de Ana Sardá, assim que Alfredo me ligou, e sem esperar que ele aprovasse os honorários. Sabia que não haveria problemas. Eu tinha passado um valor baixíssimo, o caso me interessava e teria feito, inclusive, de graça. Mas não é bom que alguém acredite que estamos dispostos a trabalhar sem remuneração adequada, porque isso deturpa o sistema de trabalho. E o sistema de trabalho e a família são os alicerces da sociedade. Se isso for desarmado, toda a prateleira desaba. Ainda tenho cinquenta por cento do apoio, e é por isso que o defendo com afinco. Não tenho certeza se algum dia poderei estar em outro relacionamento novamente. Perdi a confiança na minha própria capacidade de seduzir uma mulher. Quando era jovem, nada me segurava, avançava mesmo em batalhas de grande dificuldade. E devo admitir que, quase sempre, ganhava. Hoje, as mulheres são muito diferentes do que eram quando eu tinha idade para entrar no ringue. E me arrisco pouco, fui perdendo a manha, é difícil abordá-las. Gosto do jeito que são, adoro que enfrentem tudo, que se sintam poderosas, que não esperem que você vá atrás delas. Tenho até que admitir que essa nova mulher que vejo hoje me seduz mais do que aquela que conheci na juventude. No entanto, abordá-las é outra questão. Sinto-me atraído e, quando penso em dar o próximo passo, me retraio. E se eu pisar na bola? E se eu disser: "Linda, quer tomar algo comigo?", e me responderem: "'Linda' é o cacete"? Estão estranhas. Poderosas, mas estranhas e imprevisíveis. Enfim, não é que eu tenha me resignado, estou juntando forças, vendo para onde ir. Tirei algo como um ano sabático para analisar bem o assunto. Embora não consiga imaginar o resto dos meus dias sem uma mulher com quem compartilhar a vida. Tenho o trabalho: por enquanto, essa é a minha base. Esse é o meu apoio não só econômico, mas emocional. No dia em que me aposentar, estarei em apuros. Ainda faltam alguns anos, veremos o que será de mim até lá.

    Comecei pelas caixas. Tinha muito material, mas alguns papéis eram faxes, um sistema de impressão que não é mais utilizado. Ao desdobrá-los, verifiquei que, ao longo dos anos, aquelas folhas tinham se tornado documentos ilegíveis. É impressionante como um sistema que parecia ter revolucionado as comunicações caiu no esquecimento em poucos anos. Além dos faxes, na caixa havia algumas páginas fotocopiadas do processo, o relatório da autópsia, meu pedido rejeitado de segunda autópsia, recortes de jornais da época, anotações em guardanapos de papel – a urgência em registrar uma informação enquanto tomava um café. O mais confiável de tudo o que havia dentro da caixa eram minhas anotações manuscritas em um caderno Rivadavia. Sempre preferi Rivadavia a Glória, por questão de gramatura e textura do papel. A primeira coisa que li, escrita na margem superior da primeira página e em letras maiúsculas, foi: "NÃO FOI UM CRIME SEXUAL." Um palpite, não havia evidências suficientes para afirmar ou negar. Não tinha dúvidas de que as provas tinham sido manipuladas, e foi a adulteração, mais do que a certeza, que me levou a tomar o caminho oposto.

Depois daquela frase, tinha anotado uma série de dados relativos à primeira fase da investigação: a proteção e preservação do local dos acontecimentos. A *notitia criminis* havia chegado por uma ligação telefônica anônima. Com a voz distorcida, alguém ligou para a delegacia de Adrogué logo pela manhã. O policial que recebeu a ligação não conseguiu determinar a idade aproximada ou o sexo. Em outras palavras, era provável que a pessoa que tivesse telefonado fosse o próprio assassino, ou um cúmplice, ou uma testemunha; alguém que queria que encontrássemos o corpo sem se dar a conhecer. No caso de Ana Sardá, o local do crime não coincidia necessariamente com o local dos fatos. Embora a área tenha sido fechada, a superfície necessária para a proteção e preservação do terreno não ficou dentro da área delimitada com fitas amarelas. Portanto, não foi garantida uma busca por evidências necessárias para uma investigação rigorosa. É verdade que, mesmo sendo um terreno baldio, não se podia cercar os cinquenta metros recomendados para um campo aberto sem entrar nas casas vizinhas; mas achei que poderia ser melhor. Para piorar, o responsável pela equipe, ostentando seu desconhecimento para o cargo, definiu que entrássemos em espiral. Um método que deve ter visto em um filme e que pareceu lúcido; bobagem naquela ocasião. O lógico teria sido varrer o terreno em faixas ou linhas paralelas e o mais rápido possível, pois o clima não ajudava e logo não haveria mais nada para observar. Entramos no sentido anti-horário e a espiral durou um suspiro: depois de um tempo, havia gente espalhada por todos os lados. Até o padre da paróquia próxima ao local dos acontecimentos tinha um lugar de destaque na operação e, de tempos em tempos, dava instruções aos agentes. Mais tarde, chegou a rezar um terço junto ao corpo, pedindo pela menina – que reconheceu assim que a viu – e pela sua família.

Ana Sardá foi esquartejada naquele terreno. Isto foi confirmado pela descoberta de uma grande quantidade de sangue, apesar de que as fortes chuvas, sobretudo de madrugada, tinham varrido uma parte substancial do material e o que restava à sua volta eram poças de lama avermelhada. Para piorar, na hora da manhã em que a equipe de legistas tomou conta da situação, a garoa persistia e continuava apagando vestígios. Também era evidente que a carbonização não tinha ocorrido ali; pelo menos, não a carbonização do corpo na sua totalidade. Havia áreas do terreno queimadas, embora os danos não correspondessem ao calor a que o corpo de Ana Sardá teve de ser exposto para atingir a carbonização. Uma garrafa de água e uma tampa de plástico sem queimar, a metros do cadáver, indicavam que esses materiais não haviam sido submetidos à mesma temperatura que, pelo menos, o tronco da falecida. Caso contrário, teriam derretido. A grama ao redor do cadáver estava queimada, chamuscada, molhada e lamacenta, mas não dava para falar em "terreno carbonizado". Parecia que o fogo tinha sido seletivo. Os pés, sob botas grossas de couro, quase não tinham sido queimados; o amarelo acobreado da pele no peito do pé chamava a atenção. Talvez a chuva, talvez uma garoa espessa, tivessem acabado de limpar qualquer material sensível que pudesse ter ficado no chão: mancha, objeto, pegada, lasca, marca, traço, resto, vestígio, fragmento, folha.

Os pedaços de Ana Sardá tinham aparecido juntos, posicionados seguindo a ordem anatômica do corpo, embora não mantivessem um alinhamento perfeito: a cabeça, o tronco e as pernas se sucediam na ordem natural, mas o tronco estava ligeiramente deslocado à esquerda do que era esperado, o que poderia ser considerado o eixo do corpo. Essa já era uma assinatura do autor, e não a única. A "assinatura" de um crime é o que não é necessário para a sua prática, um detalhe próprio que tem a ver com quem o executou, não com o método escolhido. Nos esquartejamentos, uma característica comum é que os pedaços cortados sejam distribuídos em locais diferentes, o mais afastados possível, de modo que o quebra-cabeça não possa ser montado para identificar a vítima. Este não foi o caso, obviamente. Quem esquartejou Ana Sardá queria que o seu corpo fosse encontrado e soubéssemos que era ela. Além do tronco deslocado, chamava a atenção o fato de que os braços não tinham sido cortados na altura das axilas seguindo o *modus operandi* típico do esquartejamento – como alguém que fatia uma galinha e corta suas asas. Quando participei do caso Sardá, tinha pouca experiência, mas não tinha lido em nenhum material escrito um antecedente de esquartejamento em que os braços tivessem ficado no tronco, nenhum professor jamais havia mencionado isso e, nos meus últimos anos de trabalho, nunca mais voltei a ver. Vi cortes aleatórios, feitos em qualquer lugar, como acontece nos casos em que os criminosos têm pouca escolaridade e cortam onde querem, em vez de irem nas articulações e outras áreas que facilitam o trabalho. No caso de Ana Sardá, havia dois cortes nos locais do corpo onde qualquer sujeito com um conhecimento mínimo de anatomia sabe que precisa cortar: pescoço e extremidades inferiores. Mas faltou o último corte. Em letras maiúsculas, na terceira página das minhas anotações no caderno Rivadavia, li: "POR QUE ALGUÉM CORTA AS PERNAS E A CABEÇA DE UM CADÁVER, E NÃO OS BRAÇOS?" Trinta anos depois, ainda não tinha uma resposta.

Outras considerações. O Código Penal Argentino pune o esquartejamento quando este começa com a vítima viva. Por isso, é importante determinar o momento da manobra de esquartejamento. E de acordo com a nossa lei, o esquartejamento de um cadáver não é crime, a menos que seja feito para encobrir outro crime. Meu chefe, sabe-se lá por quê, primeiro ficou obcecado em determinar essa circunstância: que o corte não tivesse começado antes. É evidente que a sua hipótese devia ser descartada pela forma como o sangue foi derramado: não foi em jatos, não veio de um corpo vivo. Perdeu tempo, energia e fez o laboratório também perder. Acho que dada a sua falta de capacidade e sem ter ideia de como avançar, ficou fazendo voltas na primeira página do manual de prática legista. Poderia ter ficado ali para sempre, como acontece com tantos casos que não avançam, mas foi evidente que, em algum momento, recebeu uma ordem de cima. Alguém deve ter pedido para acelerar a resolução do caso porque meu chefe, da noite para o dia, mudou para outra hipótese de seu decálogo de novato: "Homicídio imprudente por estrangulamento, após agressão sexual." Afirmou que Sardá tinha sido vítima de um ataque deste tipo, baseando-se em considerações imprecisas da primeira autópsia: certas feridas difíceis de enquadrar que estavam presentes na vagina e no útero carbonizados. Acima de tudo, baseava-se no fato de que "se a calcinha desaparece, o violador a levou como fetiche". Um idiota. Meu chefe deve ter assistido a muitas séries e, graças a isso, se sentia especialista na área legista; é uma pena que naquela época houvesse poucas e ruins. Assegurou ainda que havia uma fratura do osso hioide, o que era verdade e, ao mesmo tempo, insignificante: se o pescoço de Ana Sardá foi cortado, não havia como esse osso não se partir ao meio. Discordava e discordo totalmente do meu chefe. Tanto aos vinte e poucos anos quanto agora, com mais de cinquenta, não tenho dúvidas de que o esquartejamento foi *post mortem*, nem que não havia evidências reais de agressão sexual.

Mas então, por que um cadáver é queimado e desmembrado? Por que as duas coisas? Na maioria dos casos é esquartejado para escondê-lo, para poder se livrar dele e assim evitar a ação da justiça. No caso Sardá, esse motivo estava descartado. Outras vezes é para se expressar: o agressor quer mostrar a alguém ou à sociedade como um todo o que fez e, com isso, causar dano ou dar uma lição. Pode ser que a tal voz distorcida tenha a ver com esta última hipótese, a de atrair a atenção. No entanto, o oficial que recebeu a *notitia criminis* disse que às vezes a pessoa que ligava ficava mal, que tinha que fazer uma pausa antes de continuar a falar, como se estivesse tentando conter as lágrimas. Também não fechava esta outra hipótese com o motivo do esquartejamento. Havia uma informação adicional a considerar: as evidências de que algumas queimaduras eram anteriores e leves, e outras posteriores e mais intensas. Dava a impressão de que o corpo havia sido queimado em partes. Para fazer uma comparação com o dia a dia: como se alguém distribuísse a carne assada na grelha e expusesse determinados cortes por mais tempo ou a mais brasas que outros, porque um comensal pede "no ponto" e outro, "bem cozido". É estranho. Essa diferenciação na exposição ao fogo das diferentes partes era assinatura ou *modus operandi*? O que havia no tronco de Ana Sardá que merecia mais fogo? Queimar um cadáver, assim como desmembrá-lo, também pode ter a ver com a remoção de evidências. Diz o professor Osvaldo Raffo, grande legista argentino, em seu livro *A morte violenta*: "O mais comum é queimar um cadáver para fazê-lo desaparecer, impedir sua identificação ou ocultar a verdadeira causa da morte." E para mim ali estava a chave. Não tinha dúvidas de que, no caso de Ana Sardá, foi essa terceira opção: esconder a causa da sua morte. Pois, por que adicionar dois mecanismos para fazer desaparecer um cadáver e ao mesmo tempo deixá-lo num local de fácil acesso? O corpo estava quase à vista, num terreno onde as crianças do bairro jogavam bola e os adultos descartavam o lixo. Não dava para imaginar que alguém quisesse fazer desaparecer ali um cadáver: um dia a mais, um dia a menos, um menino ou um cachorro o encontrariam. Se quisessem que desaparecesse, deveriam tê-lo jogado no riacho ou no esgoto. O criminoso também não quis que o corpo permanecesse sem identificação, pois mantinha as mãos com impressões digitais inalteradas, e a cabeça de Ana estava no mesmo lugar do resto do corpo, com os cabelos chamuscados e o rosto ferido por queimaduras significativas, mas, ainda assim, perfeitamente reconhecível. A hipótese mais forte, tanto naquela época como agora, era que o incendiário esquartejador tivesse tentado apagar as causas da morte. E pela forma como foi queimada, por fases e com intensidades diferentes, essas causas estavam em algum lugar do corpo de Ana Sardá, entre o pescoço e as articulações dos membros inferiores. Em seu tronco. A opção mais provável, a que parecia cantada ao ver a cena, era a de que esta menina estivesse grávida. Mas a autópsia não mencionou nenhuma gravidez. Se houvesse um feto, apesar da carbonização, deveriam ter detectado.

Após algumas horas, o corpo foi autorizado a ser retirado e levado ao necrotério para a realização dos exames necessários e, fundamentalmente, para que a família pudesse reconhecê-lo. Embora não houvesse dúvidas de que a mulher esquartejada fosse Ana Sardá, mesmo antes de ser levada. O padre não hesitou um segundo ao vê-la. Não me emociono quando trabalho, faz parte da formação, apenas sem emoção podemos fazer bem o nosso trabalho profissional. Mas me lembro de que, naquela época, quase menino, pensei no parente daquela jovem que deve ter tido a coragem ou a obrigação de olhar seu corpo esquartejado e queimado para certificar que, de fato, aqueles pedaços tinham sido Ana Sardá, e senti pena dele. Talvez, por preconceito, imaginei que o escolhido seria o pai, não a mãe. Porém, quem reconheceu o corpo foi uma de suas irmãs, opção que nem havia cogitado. E quando descobri, doeu ainda mais. Não era apenas alguém emocionalmente comprometido com a falecida, mas outra mulher jovem, que poderia ter vivido a mesma coisa que a vítima. Horror demais para suportar. Virei as páginas do caderno procurando qual das duas irmãs havia reconhecido o cadáver, mas não encontrei a informação. Talvez nunca tenha sabido.

Fechei a caixa com o material que já havia revisado de ponta a ponta. Guardei o relatório da equipe médica, examinando-o novamente, procurando por algo em que não havia prestado atenção naquele momento. Percebi, nesta nova leitura, que havia diversas observações referentes à cor da pele de Ana. Devo admitir que não "vi" esse detalhe na hora da revisão *in situ* do cadáver, nem mais tarde, no necrotério. Nem quando li o relatório final da autópsia. Apesar de todas as partes terem sido expostas a calor ou fogo diferentes, o que modifica a cor da pele queimada, havia comentários do legista-chefe que não me chamaram a atenção na época, e nesta nova leitura, sim. O relatório falava de "cor amarelo cobre nos pés" – que estavam protegidos do fogo pelos calçados que usavam. Voltei a procurar no caderno, virando as páginas na esperança de encontrar mais alguma coisa: "O que é um 'amarelo cobre'?", percebi que havia escrito na margem, com grandes pontos de interrogação. Todos os cadáveres ficam cianóticos devido à falta de oxigênio no sangue e, portanto, azuis; é uma cor parecida com a de um bebê quando chora inconsolavelmente, tanto que o sangue não bombeia bem. Por isso o azulado da autópsia de Ana não chamou a atenção de ninguém. Mas por que o amarelo cobre em algumas partes do corpo também não disparou um alarme? No meu caso, um erro por falta de experiência. E no do restante da equipe, por falta de perícia. Ou devido à corrupção, não devemos descartar essa variável; sabemos, ainda mais quem faz parte dele, que o sistema judicial não está imune à corrupção. O cadáver de uma pessoa que tem diabetes e registrou pico de glicemia no sangue pode ter as duas cores. Icterícia, cianose. Claro que não parece lógico que quem esquartejou e queimou os pedaços de Ana Sardá quisesse esconder diabetes.

Fiquei pensando nessas cores. Guardei o relatório do médico legista na mochila para tê-lo à mão. Estava irritado, um tanto zangado comigo mesmo por não ter aprofundado, há trinta anos, aquela linha sobre a cor dos pés de Ana. Servi uma taça de vinho e pus para tocar em um aplicativo do telefone *Naranjo en flor*, cantada por Adriana Varela. Você viu, Betina, que de vez em quando tomo vinho e ouço música? Adoro Adriana Varela. Assim que aquele tango terminou de tocar, tirei novamente o relatório da mochila. Tentei procurar alguma pista diferente. As extremidades inferiores e a cabeça apresentavam queimaduras de primeiro e segundo graus. O tronco e os braços estavam carbonizados. Os braços dobrados no que é conhecido como "atitude do boxeador" ou "do esgrimista". Para que se contraíssem dessa forma, precisavam ter sido expostos a um calor ou fogo que, sem dúvida, não é aquele que mal queimou a cabeça e as pernas. Se, além disso, o terreno não apresentava queimaduras compatíveis com o estado de carbonização do tronco de Ana Sardá, essa parte do seu corpo foi definitivamente queimada em outro local. Por que se dar ao trabalho de queimar o tronco daquele jeito e depois devolvê-lo ao terreno baldio? Segunda taça de vinho, dei *play*: agora Adriana cantou *Garganta con arena*, e fiquei cada vez mais convencido daquela hipótese intuitiva de trinta anos atrás: não houve crime sexual. Tanto a carbonização como o esquartejamento tinham como objetivo ocultar a verdadeira causa da morte, que foi outra, não um estrangulamento involuntário no meio de um estupro, como concluiu meu chefe. Quem queria esconder aquela morte anterior? Por quê? O que fez? O que obrigara Ana a fazer? E não quem, mas o que matou aquela garota de dezessete anos? Às vezes, as perguntas são muitas e não basta apenas se perguntar quem matou e por quê.

Fiquei emocionado ao saber que encontraria a testemunha que disse que Ana já havia morrido antes, nos braços dela. Alfredo Sardá marcou o encontro comigo na casa dele, numa sexta-feira à tarde. Sabia que não encontraria aquela garota que declarou *motu proprio* e que ninguém ouviu, mas a mulher que tinha se tornado, com ou sem memória. Por um lado, temia que se revelasse uma pessoa delirante ou mesmo uma mitomaníaca: no exercício da profissão, me deparei com mais de uma e de um, mentir não é uma questão de gênero. Loucura também não. Apesar de popularmente as mulheres terem uma reputação pior que a nossa, cientificamente a loucura está muito bem distribuída. Por outro lado, tinha que me manter aberto e receptivo, porque havia também a possibilidade de que essa mulher-criança estivesse dizendo a verdade: que Ana morrera em seus braços. Era possível que suas memórias anteriores correspondessem aos acontecimentos, embora depois do ocorrido sua memória não conseguisse mais armazenar nada. Como uma sacola de mercado furada que achamos que está carregada de batatas e, enquanto isso, elas vão caindo, uma a uma, do fundo. Se realmente Ana Sardá morrera nos braços de uma amiga adolescente, que circunstâncias poderiam ter rodeado essa morte para que alguém se desse o trabalho de esquartejar um cadáver, como fizeram? O que quisera ocultar queimando o corpo antes e depois de cada corte? Que culpa o movera a ligar para a polícia com a voz embargada para informar o local onde estava a morta? Qual fora, afinal, o crime por trás do crime?

Decidi concentrar meu interrogatório a Marcela Funes na última pergunta, no que estava escondido, no que continuava oculto. E se ela respondesse, finalmente revelaríamos o horror por trás do horror.

3.   Alfredo Sardá me contratou com o pretexto de querer saber "a verdade". Embora, como tantos outros que me contratam dizendo a mesma coisa, ele quisesse confirmar uma hipótese própria. O que ele ainda não sabia era que, por baixo, navegava outra verdade, silenciosa, escondida, quase imperceptível. E se ele sabia, era de forma inconsciente, sem ousar trazê-la à superfície, muito menos enunciá-la. Achamos que nosso objetivo é conhecer "a verdade", mas na realidade queremos confirmar a "nossa verdade". Eu também não sou exceção à regra, só que por deformação profissional estou mais alerta para descobrir verdades indesejadas.

Marcou um encontro comigo na casa dele para me apresentar Marcela Funes e para que os três revisássemos uma lista de nomes que ela escrevera trinta anos antes. Fez isso porque pensava que alguém da lista poderia ser o homem com quem Ana Sardá mantivera um caso amoroso até sua morte. Alfredo já tinha uma cópia dessa lista havia muito tempo. Essa foi a primeira coisa que chamou minha atenção: ele poderia ter me enviado por e-mail, e eu teria avançado, investigado cada um deles, sem a necessidade daquela reunião. Poderíamos ter nos encontrado mais tarde, depois que eu tivesse descartado pistas falsas. Mas por trás do pedido de Alfredo se escondia a busca por outra verdade. Uma que ele, mesmo sem ver, deve ter percebido, pelo menos, como uma presença incômoda.

Cheguei na casa dele às três da tarde, a hora combinada. Na verdade, alguns minutos antes. Os acontecimentos que antecederam a minha chegada fluíram perfeitamente: o ônibus chegou na parada na hora, fez a viagem em menos tempo do que o habitual, e me encontrei em frente à casa onde Ana Sardá vivera quatro minutos antes do estipulado. Claro, esperei até as três horas em ponto para tocar a campainha. Alfredo Sardá saiu para abrir a porta, estava muito magro, minha memória era de um homem robusto. O portão da frente tinha um cadeado com chave. Imaginei que na época em que Ana morava ali não houvesse, porém, não dá mais para viver nos subúrbios sem grades ou cadeados. Alfredo me deixou entrar, me ofereceu café e, enquanto o preparava, me avisou que mais tarde, por volta das quatro horas, me deixaria alguns minutos para ir buscar Marcela Funes na casa dela. Sempre faziam assim e Alfredo não queria mudar a rotina. Apesar das dificuldades que a amnésia anterógrada causava a essa mulher, ela andava bem pela rua quando se tratava de frequentar lugares repetidos em rotinas regulares. No entanto, ele preferia acompanhá-la na ida e na volta, e faria assim.

Tivemos quase uma hora para conversar a sós. Começamos pela lista. Alfredo me deu uma cópia, mas repassamos por cima. Sugeri que fizéssemos uma leitura mais detalhada quando estivéssemos os três juntos, ir nome por nome junto com Marcela, atentos a qualquer reação ou gesto da mulher. Talvez em seu rosto pudéssemos detectar alguma resposta inconsciente. Alfredo concordou. A hipótese dele era a seguinte: um daqueles homens, aquele que se relacionava com Ana, não a assassinara, mas se sentiu responsável pela sua morte e tentou apagar todos os vestígios que pudessem nos levar a ele e à causa do falecimento de Ana. Repetiu: "Procuro alguém que, sem ter matado minha filha, se sentiu culpado o suficiente por sua morte para queimá-la e esquartejá-la. Digo isso trinta anos depois, e minha voz falha ainda hoje."

Era uma hipótese possível. E era lógico que sua voz falhasse. De qualquer forma, ainda não entendia por que a causa da morte não podia ser revelada por Marcela Funes, para que depois fizéssemos o caminho inverso: passar da causa ao esquartejador incendiário. Alfredo foi enfático. "Marcela prometeu a Ana que não contaria o que aconteceu antes de morrer em seus braços e quero respeitar essa promessa. É uma pessoa muito instável, sustentada apenas por algumas lembranças do passado que persistem em meio ao seu estado generalizado de névoa. Essas lembranças são o que a ajudam a viver. A amizade com Ana é uma delas, talvez a mais importante. Sua vida é sustentada pelo que ela se lembra da amizade com minha filha. Para Marcela, é uma amizade viva. E a protege de todo o infortúnio pelo qual teve que passar após aquele golpe. Forçá-la a falar seria devastador para ela." Alfredo me pediu um momento e saiu para pegar alguma coisa. Estava emocionado, acho até que tinha lágrimas nos olhos. Era difícil discernir se eram por causa de Ana ou de Marcela. Depois de um tempo voltou com um lenço. "Desculpe, os dias passam e esse resfriado não melhora." Assoou o nariz e ficou por um momento parado naquele movimento, como se ainda não tivesse terminado. Tentei dizer alguma coisa, queria tirá-lo do devaneio; mas então ele suspirou, balançou a cabeça como se isso pudesse livrá-lo da emoção e continuou. Ao fazer isso, deixou claro qual das duas mulheres o deixava emocionado naquela tarde. "Percebe que Marcela não lembra o que almoçou hoje ao meio-dia? Olha, Elmer, um tempo depois que eu te apresentar a ela, Marcela vai se esquecer de quem você é. Sabe que não pode ler um romance porque esquece o que leu no capítulo anterior?" Ele esperou pela minha resposta e assenti, mas não sabia bem para onde estava indo. Fez uma pausa, acenou com a mão no ar como se procurasse as palavras e gaguejou antes de continuar: "É muito triste, essa mulher não tem chance de se apaixonar. É uma mulher condenada a não saber o que é o amor. Muito triste, Marcela não merecia isso. Como exigir que quebre seu juramento? Como pedir que traia Ana? Como tirar a única coisa que tem?" Finalmente entendi. Fiquei em silêncio, apenas assentindo com a cabeça. Não eram perguntas que eu pudesse responder. E, mais uma vez, honrei o que tantas vezes aconselho em meus seminários: nós, criminalistas, devemos nos despojar de toda emoção. Foi o que fiz, não deixei que as lágrimas ou os argumentos de Alfredo me dominassem. Apesar do que acabara de ouvir, teria interrogado Funes até que a causa da morte de Ana Sardá saísse da sua boca, naquele mesmo dia, naquela mesma tarde. Mas tinha que encontrar um caminho alternativo que não incomodasse meu cliente. Alfredo me ofereceu outro café antes de sair para buscá-la, eu aceitei. Enquanto preparava, voltou a insistir. "Marcela prometeu à minha filha que não contaria nada sobre o que finalmente levou à sua morte. E não quero que ela morra agora, só por dizer isso. Espero que cheguemos a essa verdade pelos nossos próprios meios. E quando o fizermos, Marcela finalmente será libertada da promessa e do segredo."

O que era "aquilo" antes da morte de Ana que Marcela Funes não queria contar? As alternativas que Alfredo tinha avaliado coincidiam com as minhas: morte por overdose de drogas e outras substâncias ou morte por violência de gênero. Duas coisas que uma filha preferiria que um pai não soubesse. Situações que, sem considerar que poderiam levar à morte, Ana poderia ter avaliado que, aos olhos dos pais, seriam constrangedoras. Se tivesse problemas com uso de drogas, provavelmente teria pedido à Marcela que não contasse a ninguém. Se o namorado batesse nela, também. Não me atrevi a acrescentar nada. Percebi que Alfredo também não esperava que eu fizesse isso. Quando levantei os olhos da minha xícara de café, ele já vestira o paletó e se dirigia à porta para ir buscar Marcela.

Saí com ele. Não me parecia certo ficar sozinho na casa. Além disso, a sua ausência temporária era uma boa desculpa para fumar um cigarro. Parei em frente à casa de Alfredo Sardá, na calçada sob o sol, junto a uma laranjeira ligeiramente disforme de tanto crescer na calçada. Enrolei um cigarro e acendi. O sol de abril, naquela tarde fresca, convidava a fumar de olhos fechados e rosto voltado para ele; àquela hora do dia, seus raios aqueciam sem fazer mal. Em pouco tempo, depois de uma longa tragada, abri os olhos e os vi chegando. A imagem parecia tirada de um álbum de fotos de algumas décadas atrás. Alfredo, só agora prestava atenção nele, estava com um terno esporte fino e calça social, camisa branca com o último botão desabotoado, mocassins clássicos; embora todas as roupas estivessem muito largas, ainda tinha a elegância de outros tempos. Marcela usava um vestido rodado, estilo que poderia ter saído de uma revista *Burda* dos anos oitenta, sapatos de cano alto e salto quadrado e uma bolsa pendurada no ombro onde, descobri mais tarde, carregava algumas de suas cadernetas. Alfredo e Marcela andavam de braços dados, sorriam; por um momento, me fizeram esquecer que o nosso encontro tinha a ver com a morte, o esquartejamento e a carbonização de Ana Sardá. Se não soubesse quem eles eram, teria dito que pareciam um casal de noivos antigos, anacrônicos e antiquados naquela rua suburbana do século XXI, imitando o que já tinham sido, ainda felizes. Não me viram, me escondi atrás da laranjeira; senti que se tivesse chegado mais perto, teria rompido o equilíbrio. Observei como entravam na casa do outro lado da rua, vi que Alfredo virava para um lado e para o outro me procurando com os olhos. Deve ter pensado que fui comprar cigarros e voltaria logo; desta vez, não trancou o portão. Esperei que estivessem dentro de casa e, só então, apaguei o cigarro no meio-fio da calçada, atravessei e toquei a campainha, como se tudo estivesse começando de novo.

Alfredo fez as apresentações habituais. Marcela Funes tirou uma caderneta da bolsa e anotou. Meu primeiro nome chamou sua atenção, soletrei para anotar: e, ele, eme, e, erre. Depois de fazer isso, percebeu que já tinha tudo anotado, algumas páginas atrás. Alfredo foi até a cozinha e voltou com mais café. "Elmer, a ideia é que Marcela, sem quebrar o juramento que fez a Ana, possa nos contar detalhes que nos levem à verdade." Marcela olhava para Alfredo de uma forma especial, eu diria, com admiração. Sorri para ela, mas não registrou meu sorriso. "Marcela garante que Ana estava esperando alguém na igreja. Alguém que, pelo menos até receber o golpe, não chegou." Marcela assentiu e parecia que ia dizer alguma coisa, embora não tenha falado. Alfredo e eu demos um tempo para ela. Dava a impressão de que precisava se concentrar antes de falar. Tirou da bolsa uma caderneta e a abriu, não era aquela em que minutos antes havia escrito meu nome, mas outra. Por fim, disse: "Ana estava namorando alguém. Eu tinha feito uma lista dos possíveis namorados dela, aqui está." Entregou a Alfredo a mesma lista que já tínhamos. Ele explicou pacientemente para ela. "Você me deu esses nomes há alguns dias, Marcela, e fiz duas cópias: uma guardei e a outra acabei de dar ao Elmer." Sem mais delongas, perguntei: "Por que Ana não contou com quem estava namorando se eram tão amigas?" Minha paciência não era do tamanho da de Alfredo. "Porque não podia dizer. Nunca me contou. Dei-me ao trabalho de anotar os nomes de todos os homens comprometidos que conhecíamos." "E você acha que essa mesma pessoa, o homem com quem ela estava saindo, pode tê-la esquartejado e carbonizado?" Marcela olhou para Alfredo sem entender. Ele pegou a mão dela e olhou em seus olhos. Mais uma vez, pacientemente, disse o que deve ter dito muitas vezes em reuniões anteriores, e o que diferentes pessoas devem ter dito em outras ocasiões ao longo destes trinta anos. "Depois que Ana morreu em seus braços, alguém esquartejou o corpo dela e o queimou." Ela levou a mão à boca, surpresa, horrorizada, era como se tivesse ouvido pela primeira vez. Negou com a cabeça. Alfredo acrescentou: "Ela já estava morta mesmo, Marcela, calma, isso impressiona muito e eu entendo. Ana não sofreu, era um cadáver quando fizeram o que fizeram com ela." "Sim, ela já estava morta", repetiu um pouco mais calma, e fez uma anotação na caderneta. "Talvez revisando aquela lista a gente consiga entender quem pode ter sido e...", acrescentou Alfredo, e ia dizer alguma coisa, mas o interrompi. "Desculpe...", eu disse e gesticulei para que parasse. Estava cada vez mais convencido de que era melhor descobrir primeiro a causa da morte; me dirigi a Funes, sem fazer a pergunta diretamente, queria chegar à resposta dela. "Você se lembra se Ana estava fraca naquela tarde?" "Sim, era muito difícil para ela caminhar", respondeu ela, "tive que ajudá-la a entrar na igreja." "Por quê?" "Porque se sentia mal." "Por que se sentia mal? Tinha apanhado?" "Não, não, não tinha apanhado! Por que teria apanhado?", perguntou a mulher, surpresa. Eu não respondi, mesmo sendo um interrogatório *ad hoc*, eu perguntava, ela respondia. "Dizia coisas incoerentes?" "Não!" "Não parecia bêbada ou perdida?" "Nada disso! Por que está me perguntando essas coisas?" Dessa vez eu respondi: "Ninguém morre porque sim, sem motivo. Ninguém está bem e de repente se sente mal e morre. Ou, pelo menos, ninguém que seja saudável e tenha dezessete anos." Marcela Funes me encarou, incomodada ou irritada, não saberia especificar. "Vamos voltar à lista, Elmer", pediu Alfredo. "Alguma característica na aparência ou na saúde dela que tenha chamado sua atenção?", insisti. "Tinha febre, estava queimando e sentia calafrios." "E o que mais?" "Estava totalmente branca." "Branca", repeti. "Sim, como um papel." Vieram à minha cabeça, como um *flash*, as cores do cadáver de Ana de que falava a autópsia: amarelo acobreado e azul. Antes, branca, segundo a amiga. "E continuou branca até morrer?", perguntei. "Não, foi estranho, quando cheguei na igreja parecia estar amarela. Pensei que talvez fosse por causa da luz das velas ou da penumbra da nave principal", respondeu. "Primeiro branca, depois amarela", repeti para confirmar. "Era como se o amarelo fosse dominando o corpo. Eu a acariciava e olhava para sua pele." "E pouco antes de morrer?", perguntei. "Começou a ficar azul", esclareceu, e embora eu já não tivesse dúvidas, quis confirmar: "Tem certeza?" "Certeza", ela respondeu. "Nunca vi ninguém azul antes. Era um cinza azulado." "Mondor", finalmente falei. "O quê?", Alfredo perguntou. "Síndrome de Mondor. Um quadro hemolítico tóxico que ocorre após um aborto séptico. Ana fez um aborto, Alfredo, e morreu de infecção generalizada." O suspiro de Marcela, acima das minhas palavras, foi o gesto de confirmação que encerrou o interrogatório e o segredo dela.

O que para mim foi apenas o anúncio de uma conclusão derivada de certas evidências, para Alfredo foi uma revelação, e para Ana, o resgate de uma condenação. Ele ficou perplexo, como se tivesse acabado de ouvir algo que nunca havia passado por sua cabeça. Vi em seu rosto a mesma expressão atordoada que vira trinta anos atrás, no tribunal. Mais uma vez, Alfredo pareceu parado no meio de um grito. Marcela chorou, não um choro de angústia, mas de alívio: finalmente ela podia compartilhar o segredo sem quebrar a palavra. Ela se aproximou de Alfredo e pegou na mão dele, agora era ela quem o ajudava. Dei tempo para que acomodassem seus sentimentos, levantei-me e fui até uma janela. Quando pareceu prudente, continuei explicando o quadro pelo qual Ana havia morrido, eles tinham que saber. "A síndrome de Mondor aparece entre vinte e quatro e quarenta e oito horas após um aborto séptico. É muito grave e com uma taxa de mortalidade muito elevada. Geralmente ocorre após abortos realizados por pessoas não treinadas, que utilizam técnicas arriscadas e material mal esterilizado. Um ou mais germes podem estar envolvidos no quadro. Começa com uma anemia, por isso a cor branca. Continua com icterícia, daí o amarelo. Finalmente, cianose, azul." Acho que Alfredo não estava me ouvindo, parecia perdido, fora do corpo. Por cima das minhas palavras, sem largar a mão de Marcela e sem olhar para nenhum de nós, perguntou: "Por que não me disse? Eu poderia...", ele se engasgou com as palavras, parou, depois repetiu: "Por que não me disse?" E começou a chorar.

Não eram perguntas para Marcela, muito menos para mim, eram perguntas para si mesmo. Ela o abraçou. Ele continuou chorando no ombro dela. E no meio do choro gaguejou a mesma pergunta: "Por que não me disse?" Quando conseguiu se acalmar, levantou-se, olhou para Marcela e quis saber: "Fez tudo sozinha?" "Eu a acompanhei, Alfredo", respondeu ela. "Ficou esperando aquele homem, que não veio. Ele tinha encontrado o lugar para fazer isso e deu o dinheiro. Disse que ia com ela, mas nunca apareceu. Então eu fui com ela." Alfredo olhou para ela, acariciou uma mecha de cabelo que caía em seu rosto, arrumou atrás da orelha e disse: "Coitadinha, coitadinhas das duas." Marcela também chorou. Deixei que chorassem abraçados e, assim que vi que Funes se separava para enxugar as lágrimas com um lenço, perguntei: "Conseguiria nos levar até esse lugar?" Betina teria me criticado por ter quebrado aquele clima, mas embora a voz dela continuasse aparecendo, de vez em quando, na minha cabeça, eu não conseguia mais ouvi-la porque tinha algo mais importante para fazer do que atender às suas ordens: meu trabalho. Por isso, insisti: "Talvez tenham sido eles, os que fizeram o aborto, para que o corpo de Ana não deixasse vestígios." "Você pode nos levar?", Alfredo acrescentou, depois de ouvir minha hipótese. "Posso levar, sim", respondeu Marcela e tirou de dentro de outra caderneta uma página arrancada de um Guia *Filcar* que entregou a ele. "Era seu", disse a mulher. Alfredo assentiu e ficou olhando para o papel amassado, como se todas as peças finalmente se encaixassem.

Pedimos um táxi e fomos até o local onde Ana, trinta anos antes, havia feito um aborto. Não houve como convencer Marcela a não ir. Teve dificuldades para reconhecer as ruas por onde passávamos, não gostou do que via, reclamou que não era esse o caminho. Lembrava-se da área mais arborizada, com casas simples, com jardins na frente e espaços livres entre elas. E sem grades. Pacientemente, Alfredo explicou que em trinta anos a área tinha mudado e que em várias partes dos subúrbios essas mudanças não tinham trazido progresso, mas deterioração, amontoamento e mais pobreza. Quando chegamos na frente da casa, Funes a reconheceu e estremeceu. Alfredo tentou acalmá-la, mas ela tremia como uma folha. Desci sozinho; além de me corresponder por motivos profissionais, era o único em condições de ir lá. Toquei a campainha, apareceu uma mulher com um bebê nos braços e dois pequeninos agarrados nas pernas. Foi muito gentil e prestativa com minhas perguntas. Expliquei exatamente o que estávamos procurando e por que estávamos lá. Ela não se assustou, nem tentou se livrar de mim. Pelo contrário, a mulher estava disposta a colaborar. Ela me contou que a casa pertencia aos avós e que, quando morreram, seus pais a herdaram; mas eles, assim que se casaram, foram morar em Córdoba. Então, durante anos, alugaram por pouco dinheiro para obter uma renda. Quando ela, a única filha, se casou e decidiu vir para Buenos Aires com o marido, seus pais a emprestaram. Na época do aborto de Ana, a casa estava alugada. Infelizmente, como muitos aluguéis da época, o da casa em questão era informal e não havia contratos nem recibos. De qualquer forma, a moça se comprometeu a consultar os pais. Se eles se lembrassem de alguma informação que pudesse ser usada para rastrear os inquilinos, ela me avisaria imediatamente.

Voltamos para a casa de Alfredo. Ele ficou entusiasmado com a possibilidade de que enviassem alguma pista de Córdoba. Fiquei menos entusiasmado com esta alternativa: não conhecia casos de médicos ou auxiliares de saúde que tivessem esquartejado seus pacientes após um aborto clandestino para eliminar vestígios. Era possível, não estou dizendo que não; o ser humano te surpreende, até a mim, que já vi de tudo. Por mais improvável que me parecesse, não queria acabar com o entusiasmo de Alfredo. Antes de ir embora, pedi que voltássemos à lista de potenciais parceiros da Ana. Um homem comprometido, cuja amante morre num aborto clandestino, pode se tornar um cara desesperado, capaz de se transformar em qualquer coisa. Falei isso ao Alfredo, tomando cuidado para não usar a palavra "amante" para se referir à filha. Lemos em voz alta a lista e a pontuação que Marcela Funes atribuiu a cada um dos suspeitos. Da lista inicial, e depois de retirados os nomes daqueles que – à luz dos acontecimentos subsequentes – não poderiam ter feito aquilo, restaram oito suspeitos. Porém, depois de imaginá-los como namorados de Ana, era difícil para Alfredo e Marcela acreditar que algum deles pudesse ter feito o que foi feito para encobrir seus rastros. "Alguém fez", insisti. "Um sujeito cuja subjetividade permitiu que se convencesse de que estava fazendo o que tinha que fazer. O que a Ana falava sobre ele, Marcela? Se você se lembrar das palavras exatas dela, melhor." "'Ele não pode', era o que ela dizia", respondeu quase imediatamente. "Que queria, mas não podia", acrescentou. "Mencionou que era casado, noivo ou que a namorada era amiga dela ou da família?", perguntou Alfredo. "Não", voltou a negar Marcela, "Ana não mencionava outras pessoas envolvidas quando falava dele, só que não podia. 'Ele não pode.'" Alfredo e eu nos entreolhamos. Tive a sensação de que ambos estávamos começando a pensar na mesma direção. "Talvez não houvesse 'outros envolvidos'. Há pessoas que não podem ter um relacionamento amoroso, mesmo que não estejam casados ou namorem", sugeri. "Talvez a pessoa que procuramos não estivesse comprometida com ninguém real, concreto", fui um pouco mais longe. "Não entendo", disse Marcela. Mas Alfredo sim, e assentiu. Ele entendia, só que ainda não se atrevia a dizer isso porque recusava essa verdade. Uma verdade indesejada. Por isso, eu disse: "Um padre, por exemplo. Será que o padre Manuel, que apareceu imediatamente no local do crime e reconheceu o cadáver, tinha uma relação com Ana, Marcela?" A mulher olhou para mim com nojo. E então olhou para Alfredo e respondeu para ele, como se eu não merecesse que se dirigisse a mim, depois do que tinha perguntado. "Não!", disse ela, espantada. "Como a Ana ia namorar com aquele velho? Nós zombávamos dele, tinha mau hálito. Não, não, aquele padre era nojento." Funes estava genuinamente indignada. Insisti: "E não havia outro padre na paróquia? Alguém mais jovem?" Olhei para Alfredo procurando sua cumplicidade e fiquei surpreso. Sua visão estava perdida, ele olhava para um ponto indeterminado na parede à sua frente: Alfredo já sabia, não precisava ficar perguntando. E naquele momento, nem ele, nem Marcela Funes estavam prestando atenção em mim. Mas sou muito teimoso e, embora ninguém me ouvisse, repeti a pergunta.

– Não havia um jovem padre?

Alfredo, depois de um tempo, olhou para mim e, como se fosse difícil dizer uma palavra, gaguejou:

– Padre, não. Embora eu já saiba quem estamos procurando. Não entendo como não percebi antes.

Julián

*HOMEM: Ouvi o barulho dos vossos passos no jardim
e tive medo, porque estava nu. Por isso me escondi.
DEUS: Você comeu o fruto proibido?
HOMEM: A mulher que pusestes ao meu lado me deu
o fruto e eu o comi.*
GÊNESIS, 3:8-12

1. Nasci em uma família católica. Na minha árvore genealógica, por parte de pai, há vários padres, uma freira e até um bispo. Mas não se pode dizer que meu pai tenha sido um católico fervoroso. Era o que se costuma chamar de "católico praticante", se ir à missa aos domingos – como evento social – e rezar todas as noites merece essa qualificação. Para o meu pai, a religião era mais tradição do que fé. Uma tradição ancestral, da qual tinha orgulho e não queria se desfazer. E minha mãe, digamos assim, nem isso. Ao contrário do que acontecia em outras famílias de amigos ou colegas, na nossa, a educação filial não estava nas mãos dela, mas nas do meu pai. Ele definia os rumos que tinham que ser tomados e minha mãe os executava. Eu e meus irmãos recebemos os sacramentos habituais: batismo, primeira comunhão e crisma, porque foi assim que meu pai definiu.

Porém, a verdadeira educação católica, a profunda, devemos à escola que ele escolheu para mim e para os meus irmãos: San Juan

Apóstol, um colégio religioso que pertencia a uma congregação onde havia muitos jovens sacerdotes, rapazes um pouco mais velhos que os estudantes, que jogavam futebol, se sentavam em volta de uma fogueira e tocavam violão conosco, padres com os quais podíamos nos identificar e até considerá-los exemplos. Naquela escola eu era feliz, tinha grandes amigos, sentia que era meu lugar no mundo; eu acreditava em Deus, eu acredito em Deus. Também acredito no outro, que é preciso fazer coisas pelo outro, aqui na Terra. Para nós que temos uma vocação de servir ao próximo, o sacerdócio é uma ótima opção. Se não fosse pelo celibato, seria a opção perfeita. Eu teria sido um bom pastor de fiéis, se o casamento não fosse proibido aos padres.

Às vezes, fico zangado com a Igreja Católica, porque atribuo à sua insistência em manter o celibato o encadeamento de uma série de acontecimentos infelizes entre os quais o pior, sem dúvida, foi a morte de Ana. Esses eventos que acabaram me negando a vocação de ser padre. Mas os homens fazem a Igreja, então, mais do que ficar zangado com ela, deveria estar zangado com aqueles que a compõem. Embora haja forte resistência à sua modificação, o celibato clerical, isso que deixou vários de nós de fora, é um ponto a ser discutido: não é uma exigência instituída por Jesus. A obrigação de permanecer casto não é uma questão de dogma, uma verdade absoluta como a ressurreição de Cristo ou a Santíssima Trindade. É um regulamento da Igreja, um modo de vida escolhido pelos homens para os seus homens. Foi estabelecido nos concílios de Latrão de 1123 e 1139. Antes disso, os padres podiam se casar, mas os Papas Leão IX e Gregório VII – já no século XI – começaram a batalhar sobre as cabeças dos bispos com uma alegada "degradação moral" do clero. Alguns historiadores atribuem à questão hereditária: a Igreja não queria distribuir riquezas com filhos de padres. Pode ser, mas estou convencido de que, tal como pensavam Leão IX e Gregório VII, o foco estava no terror da sexualidade livre, que levou primeiro à repressão dos desejos e, finalmente, ao que eles temiam: a degradação moral. O celibato, em vez de evitá-la, encorajou-a. Graças a esta valorização exagerada da repressão sexual, que conseguiu ser imposta como regulamento da Igreja no século XII, muitos fomos impedidos de entregar nossa vida a Cristo nos séculos posteriores. E, o que é pior, fizeram com que nos sentíssemos culpados, sujos, incontroláveis. Em casos extremos, como o meu, mancharam as nossas mãos de sangue.

Devo admitir que não entrei no seminário ingenuamente. Ficou claro desde o primeiro momento o que a Igreja me pedia em troca, se eu quisesse ser padre. E a minha maior dúvida sempre foi justamente essa. Ao longo da minha adolescência, várias vezes pensei que poderia ser um daqueles sacerdotes com quem compartilhávamos encontros, retiros, acampamentos, com quem saíamos em missão como se fôssemos iguais. Tudo me entusiasmava para uma vida futura, exceto o fato de que à noite, quando terminavam o dia, não podiam voltar para casa e se encontrar com uma mulher e ter uma história de amor com ela. Era incompreensível para mim que fosse negada a estes padres a possibilidade de sustentar uma vida sentimental e afetiva fora da Igreja. Como poderiam ser felizes, pacientes e compreensivos como eram conosco se não tivessem um vínculo real e palpável com alguém? Como poderiam ser felizes sem ninguém que os acariciasse? Onde descarregavam essa energia, esse impulso? Jesus não teve vida sexual? Jesus não teve uma história de amor? Os seminaristas têm, em segredo? Os padres têm? Eu me fazia essas perguntas com medo, sentindo que o simples ato de pensar sobre o assunto poderia ser pecado.

Então, nas vezes em que a ideia de ser padre passou pela minha cabeça, eu a descartei. Como quando um pensamento ruim atravessa a sua mente e você imediatamente tenta se concentrar em outra coisa, quase duvidando se aquela primeira ideia existiu mesmo ou não. Eu era adolescente, não sabia ainda o que queria da vida, mas não tinha dúvidas de que não me sentia capaz de renunciar ao amor de uma mulher. E não me enganei porque, apesar do esforço, apesar da dor pelo que perderia, quando tive que escolher, não resisti ao amor. Paguei um preço muito alto: a morte da Ana foi o meu castigo. E depois da sua morte fomos todos punidos, alguns sem merecer. Nenhum argumento a favor do celibato clerical resiste a uma análise racional. Em todo caso, apaixonar-se também é uma questão de fé.

Apesar das dúvidas, o terreno era fértil. Desde criança, na escola, ouvia falar do "chamado". Nas aulas de catequese me explicaram que a vocação religiosa não é algo que se escolhe, é Cristo quem te chama. E se ele pedir que você o siga, como dizer não? A ideia me conquistou quando não apenas flutuou em minha mente, mas também entrou em meu coração. A partir daí, a primeira coisa que fez foi me incomodar, me deixar estranho, chateado. "Eu, padre? É mesmo? Como é que tal absurdo pode passar pela minha cabeça?" Perguntas quase impertinentes. Mas respondendo ou não, o desconforto não foi embora, ficou ali, no meu peito, zumbindo como uma mosca inconveniente. Foi muito difícil espantá-la porque, ao mesmo tempo, e além do desconforto, aquele chamado fez com que me sentisse importante: se estava ouvindo era porque tinha sido "escolhido". Deixei passar muito tempo desde o primeiro chamado, na adolescência, até aquele que finalmente consegui ouvir, anos depois. Foi um processo escorregadio, porque sempre tentei analisá-lo com a razão. A vocação religiosa pertence à lógica divina e é um mistério para a compreensão humana.

Resisti tanto a ouvir a palavra que só consegui me entregar a Deus quando começava meu terceiro ano na Faculdade de Direito. Foi preciso que acontecesse uma desgraça familiar para que eu aceitasse o chamado insistente. Talvez, sem essa dor, eu nunca tivesse respondido. Minha mãe nos abandonou. É tão simples, tão doloroso, tão imprevisível para qualquer filho, mesmo conhecendo minha mãe. Não sei se meu pai ficou tão surpreso quanto eu e meus irmãos. Uma tarde ela nos confessou que havia se apaixonado por outro homem e, no dia seguinte, foi embora. Depois, procurou manter um relacionamento conosco, longe de casa, viver com outro homem e continuar sendo nossa mãe, como se a maternidade não implicasse presença, corpo, sacrifício. Nem meu pai, nem meus irmãos e eu aceitamos. Não deixávamos que se aproximasse de nós, não atendíamos suas ligações, não líamos suas cartas. Nós a condenamos à revelia. Ficamos ressentidos. Se a nossa mãe tinha escolhido aquele homem em vez de nós, se não podia viver sem ele, que pagasse por isso. Porque suas ações tinham consequências que não podia ignorar; era injusto que desprezasse nossa dor, nossa vergonha. Meu pai sempre pareceu inteiro, firme, sem desvios. Não sei se a partida da minha mãe o humilhou, mas nesse caso nunca demonstrou, nem para a gente, nem para os outros.

Eu me senti humilhado, como se de alguma forma estivesse no lugar dele, como se minha mãe tivesse falhado comigo, não como filho, mas como homem. Não foi necessário que meu pai pedisse que a negássemos: nós fizemos isso sem ele. Nem eu, nem nenhum dos meus irmãos quisemos saber daquela mulher que fora nossa mãe; ou assim acreditávamos. Nos primeiros tempos, apenas a mencionávamos para insultá-la; quando fazíamos isso na frente de meu pai, ele ficava em silêncio, parecia não ouvir, embora desaprovasse com os olhos se o insulto fosse rude. E com o tempo ninguém a mencionou mais. Era como se tivesse morrido. Eu tinha vinte e dois anos e sabia cuidar de mim mesmo. Mas éramos cinco rapazes e o mais novo, Iván, tinha dez anos, ainda era uma criança: foi ele a verdadeira vítima, quem mais sofreu. Nenhum de nós poderia ser a mãe dele, nenhum de nós percebeu como o menino precisava dela.

Um dia, quando cheguei em casa e Iván chorava na porta, sem coragem de entrar, tive minha revelação vocacional. Ele repetia entre soluços: "Sinto saudade dela, sinto falta da mamãe, preciso que vocês a perdoem." Ele me abraçou em lágrimas; não consegui falar nada, apenas neguei com a cabeça, sabia que por mais que Iván chorasse, por mais que estivesse dilacerado, nenhum dos meus irmãos iria perdoá-la. E que eu mesmo, como filho dela ou no lugar de meu pai, também não poderia perdoá-la. Então, ouvi o chamado: "Se acredita em mim, e eu peço, realmente não poderá perdoá-la?" Imediatamente tive uma visão estranha e ao mesmo tempo clara e luminosa. E essa visão foi acompanhada de um sentimento que era desejo, mas também tarefa: "Quero ser padre para ouvir a confissão de minha mãe e dar o perdão que não posso dar como filho, quero absolvê-la e a todas as mulheres como ela." Pela primeira vez, tive a certeza de que queria ser padre. E além de certeza, uma necessidade. Consolei Iván, fiz com que entrasse em casa, ajudei-o nos deveres de casa, joguei tudo o que ele me pediu para distraí-lo. Naquela noite dormi no quarto dele, numa caminha com rodinhas que ficava debaixo da dele, curta, na qual meus pés ficavam pendurados para fora do colchão. Isso não importou, ele não poderia ficar sozinho, eu não conseguiria dormir se não velasse o sono dele. No meio da noite, ele me perguntou: "Ninguém nunca vai perdoá-la, não é mesmo?" E eu respondi: "Sim, se um dia ela pedir perdão, eu a perdoarei." Iván se acalmou e conseguiu adormecer. Não mencionei o sacerdócio.

No dia seguinte, fui ver o padre Manuel. Era o padre que conhecia melhor dos meus anos de escola, da missa dominical, dos grupos de Ação Católica da paróquia de São Gabriel. Pedi para falar com ele, que me disse que deveríamos fazer isso no confessionário. Na verdade, eu não ia falar com ele sobre nenhum pecado, mas não ousei rejeitar sua proposta e me ajoelhei diante dele. Além disso, senti que era um sinal: queria ser padre para perdoar, e o padre Manuel me convidava para o lugar onde os pecados são confessados e perdoados. Assim que "confessei" minha vocação, ele me disse: "Estava te esperando. Eu sabia que um dia você sentiria o chamado." Depois pôs a mão na minha cabeça e, em vez de me obrigar a rezar os pêsames, me abençoou. Quando terminamos a "confissão", ele me convidou para tomar um chá na sacristia e conversar tranquilamente. Explicou o que significava entrar no seminário, embora não tenha me pressionado; não insistiu, apenas deu conselhos e algumas informações práticas. "Essas decisões levam tempo. Você já deu um grande passo, se permitiu ouvir o chamado, agora vai ter que discernir se realmente tem vocação religiosa ou não", alertou. "Discernir" é uma palavra que me acompanha desde então. Passo a minha vida discernindo. O padre me emprestou um livro e me mandou para casa: *Introdução ao Cristianismo*, por Joseph Ratzinger. "Leia, as respostas para todas as suas perguntas estão aí. E reze, reze muito."

Passei a noite acordado, lendo e sublinhando frases de um Ratzinger que ainda estava muito longe de ser Papa. "A fé vem da audição, não da reflexão", "nela a palavra predomina sobre a ideia", "a fé entra no homem do exterior", "não é o que imagino para mim, mas o que ouço, o que me desafia, o que me ama, o que me obriga, mas não como pensado ou pensável", "é essencial para a fé a dupla estrutura de 'Você acredita?', 'Eu acredito', a de ser chamado de fora e responder a esse chamado." Quase sublinhei o livro inteiro. Ficou claro, em cada frase destacada, que não se tratava de "pensar", mas de "escutar". O choro do meu irmão mais novo na soleira me fizera escutar. E finalmente respondi a Deus.

Entrei no seminário poucos meses depois. Preenchia as três condições solicitadas para ingresso: homem, hábil e batizado. Queria confirmar com o padre Manuel o significado de "hábil" antes de preencher os formulários de admissão. Fui vê-lo mais uma vez, naquela ocasião conversamos na sacristia, sem passar pelo confessionário. Ele me explicou que esta "habilidade" significava que o padre não poderia ter impedimento físico para celebrar a missa, realizar os sacramentos ou cuidar do próximo. "E, já há algum tempo, é necessária integridade e maturidade psíquica. Por exemplo, se um jovem tem tendências homossexuais, é pedido a ele que as reverta e deixe passar três anos antes de entrar no seminário. Não acho que seja o caso", disse ele e olhou para mim, esperando minha confirmação. Não, não era o caso. No entanto, o seu comentário me deu a oportunidade de falar sobre o celibato e o medo que tinha de desistir para sempre de uma mulher. "Não tenha pressa, não queira saber tudo hoje. Você tem muitos anos de seminário para tirar suas dúvidas. Assim como eu tinha certeza de que um dia você ouviria o chamado, também tenho certeza de que, na hora de discernir, não cometerá erros. Sua aliada será a oração, reze muito, converse com Deus. Mas tenha sempre em mente que a questão central que deverá responder não é se você pode ou não viver sem o amor de uma mulher, mas uma questão muito maior: 'Será que fui realmente escolhido por Deus?'" Aí estava a armadilha. É difícil resistir a ser escolhido por Deus. Vaidade de novo, sentir-se especial. E uma luta absurda: a de uma fé, a católica, contra outra fé, o amor.

Os anos no seminário foram muito menos difíceis do que eu esperava. De certa forma, revivi a camaradagem que senti no Ensino Médio. Também sentia falta da minha casa cheia de homens. Não havia tempo para sentir saudade, estava ocupado todas as horas do dia. Acordávamos às cinco e quarenta e cinco da manhã ao som de uma campainha; um de nós era encarregado de tocá-la, alternávamos nessa tarefa toda semana. E depois desse toque, silêncio novamente; porque as nossas primeiras palavras eram dirigidas a Deus, na solidão, cada um à sua maneira. Quando tocava o segundo sinal, já estávamos banhados, vestidos e de dentes escovados. Então, o sinal das seis e meia indicava que deveríamos ir à capela para fazer a oração comunitária. Lá assistíamos à missa, rezávamos, cantávamos. Nunca, antes ou depois dos meus anos de seminário, tive pessoas tão felizes ao meu redor pela manhã. Dentro daquele prédio que era nossa casa e que dividíamos, eu tinha uma vida amena e feliz, como em qualquer outro lugar. Atrevo-me a dizer que era ainda mais agradável e feliz do que em qualquer outro lugar: ali estava resolvida a maioria dos problemas da vida cotidiana.

Após o café, o resto da manhã era dedicado a aulas sobre diversos assuntos. Devo o melhor de minha formação aos anos de seminário. Estudei os mistérios de Cristo, Teologia, Direito Canônico, Música, Espanhol, Introdução à Liturgia, Introdução à Espiritualidade, Orientação vocacional. À tarde, depois do almoço, passávamos horas limpando a casa, jogando futebol, nadando e estudando o que cada um de nós tivesse que aprofundar. Por fim, ao cair da tarde, a Sagrada Eucaristia, jantar e oração antes de dormir. Uma nova noite, um novo dia. Enganava-se quem via em nós algum sinal de estranheza; tínhamos uma vida absolutamente normal, procurávamos ser felizes e que os outros fossem felizes. Esse era o lema da nossa congregação: "Não há santidade sem felicidade."

Todo o trabalho era realizado no prédio do seminário, exceto o pastoral, que deveria ser feito em uma igreja. Havia várias oportunidades e escolhi, como primeira opção, a paróquia de São Gabriel, que ainda estava a cargo do padre Manuel. Por causa dele tinha entrado no seminário; ele era meu conselheiro espiritual e confessor. Além disso, conhecia os vizinhos e os fiéis, a igreja ficava perto daquela que fora a minha casa – onde ainda moravam o meu pai e alguns dos meus irmãos –, na cidade onde nasci e cresci. Tinha perdido o contato com muitos amigos de infância, mas todos viemos de famílias conhecidas, aquelas que o meu pai gostava de encontrar quando ia à missa aos domingos. Devo confessar que passar os finais de semana fazendo trabalho pastoral ali era um projeto que me entusiasmava mais do que estudar a Bíblia. A paróquia de São Gabriel parecia a opção natural, a simples, a destinada.

No entanto, embora devesse ter sido, não foi. Deus decidiu que não seria? Quem, senão Deus? A verdadeira pergunta sem resposta é: por quê? O amor se intrometeu no que deveria ter sido apenas uma tarefa pastoral, e as duas coisas se degradaram.

Minha vocação não aguentou o desejo.

Desde então, temo que, no dia do Juízo, meu destino seja o inferno. Apesar de ter confessado os meus pecados, apesar de ter feito a penitência que o meu confessor indicou, apesar de ter recebido o perdão.

Se isso acontecer, acho que seria injusto. Porém, mais do que temer o que pagarei quando morrer, tenho medo de um inferno antes do Juízo Final, onde devo expiar meus pecados em vida. E que, se esse inferno anterior existir, a condenação incluirá Mateo. Temo que o desaparecimento de Mateo seja o primeiro evento de uma série interminável de castigos. Talvez, uma punição mais severa do que mereço.

Me apaixonei por Carmem.

Fiz sexo com Ana.

Menti para as duas.

2.   A certa altura, já na primavera, enquanto dava catecismo a um grupo de rapazes que se preparavam para receber o sacramento da crisma na paróquia, conheci Carmen. Lembro-me de que era primavera, porque os dias começavam a ficar muito quentes e dava para sentir isso com todos aqueles adolescentes reunidos naquela salinha. Ou, para ser mais preciso, dava para sentir o cheiro. Eu estava tentando explicar uma das noções teológicas mais complexas: a Santíssima Trindade e o Espírito Santo. Um só Deus em três pessoas diferentes, Pai, Filho e Espírito Santo. Havia descartado falar com aqueles rapazes sobre "hipóstase", ser verdadeiro ou substância individual e singular com esses termos. Já era bastante difícil explicar a união entre o verbo de Deus e a natureza humana usando a palavra "pessoa". Mas "pessoa", pelo menos, era um conceito que não teriam que procurar no dicionário. Era isso que eu estava fazendo naquela tarde de primavera, terminando a tarefa de fazê-los entender que não existem três deuses, mas um, e começando a falar dos dons do Espírito Santo, quando apareceu Carmen. E foi como se um furacão tivesse atingido a terra. Bateu na porta e entrou imediatamente, sem esperar permissão. Disse: "Vou pegar uma cadeira." E foi o que fez, avançou, pegou uma cadeira e saiu. Fiquei suspenso no ar, senti-me imobilizado, como se aquela mulher tivesse me enfeitiçado. Os meninos perceberam. Talvez não tenham interpretado exatamente o que estava acontecendo comigo, mas eu precisava de alguma explicação para recobrar o juízo. Sem que eu perguntasse, um deles disse: "É Carmen Sardá, está no pátio com o grupo de meninas." Eu conhecia esse sobrenome, Carmen Sardá devia ser uma das filhas do professor de História da minha escola. Suas filhas, segundo meus cálculos, deviam ser meninas, no máximo adolescentes. E aquela que acabava de entrar na sala era uma mulher. Uma mulher que me deixou sem palavras e, suspeito, preocupou alguns dos meninos do meu grupo. Usava jeans elegantes, mas apertados, que permitiam adivinhar seu corpo, e uma camiseta branca que não escondia completamente o sutiã colorido. Vermelho? Fiquei tonto ou confuso, surpreso ao confirmar que existiam sutiãs vermelhos. "Essa não pode ser uma das Sardá", disse a mim mesmo, e continuei falando do Espírito Santo durante os poucos minutos de aula que restavam.

Quando saímos, Carmen estava atendendo uma garota no pátio. Sentara a menina na cadeira que havia tirado da nossa sala alguns minutos antes. Apertava o nariz dela com um lenço ensanguentado e virava sua cabeça para trás para que o sangue não continuasse a escorrer. Me aproximei delas. "O que aconteceu?", perguntei. Sem olhar para mim, Carmen respondeu: "Acertaram uma bolada nela jogando queimada. Dá para ver que tem capilares muito sensíveis, sangra à toa. Segure aqui que vou procurar gelo", me disse. Ou mandou, porque da mesma forma que antes havia tirado a cadeira da sala, sem pedir ou esperar consentimento, me deixou ali com aquela tarefa. O sangue sempre me impressionou, só de ver fluir minha pressão arterial cai, até desmaiei em um laboratório quando fizeram uma extração. Tocar naquele lenço era algo impensável para mim. Porém, Carmen conseguiu isso, não sei como nem quando, mas ela desapareceu em busca do gelo e fiquei ali apertando o nariz daquela garota, tentando me convencer de que o que via e tocava não era sangue.

Daquele dia em diante, Carmen e eu não nos separamos. Nós nos relacionávamos como colegas, como professores de catecismo na mesma paróquia. E até nos permitimos nos sentir amigos. Claro, nada mais. Pelo menos conscientemente, pelo menos quando a razão permitia que decisões fossem tomadas. A noite, porém, várias vezes acordei com a imagem de Carmen, como se ela estivesse ao meu lado, excitado ou relaxado depois de ter ejaculado no meio de um sonho. Eu estava no seminário, um dia seria padre. E ela era uma mulher destinada a constituir família, a compartilhar a vida com um homem. Discutimos isso em nossas conversas, sem realmente confessar o que estava acontecendo conosco; conversávamos sobre um ou outro, nunca sobre "nós". Tivemos conversas intermináveis sobre a minha vocação e a dela. Ela queria ser mãe, ao contrário de mim que, até o nascimento do Mateo, não sentia vocação para a paternidade. Ao entrar no seminário, sabia que estava desistindo para sempre do desejo de ter uma vida com uma mulher, mas o fato de não ser pai estava longe das minhas preocupações. Para falar a verdade, não foi algo que apareceu com o nascimento do meu filho, só comecei a me sentir pai alguns anos depois, no momento em que Mateo começou a ser alguém diferente da mãe e conseguimos criar nosso próprio vínculo. Numa dessas conversas, perguntei a Carmen se, dado o seu grande compromisso com a fé católica, nunca tinha sentido "o chamado". Respondeu que não, que ela não havia sido escolhida. Para minha surpresa, em vez de sentir isso como uma incapacidade ou desprezo, Carmen ficou feliz por não ter sido chamada. Porque queria ser mãe, mas também, e talvez sobretudo, porque essa liberdade permitia que encontrasse seu lugar no universo das "mulheres católicas lembradas". Não entendi o que quis dizer. Ela me explicou detalhadamente e mais uma vez fiquei maravilhado com a paixão que Carmen depositava no estudo da Bíblia, na reflexão sobre a palavra de Deus, no atendimento a cada detalhe da nossa fé e da sua liturgia. Era nada menos que a tese na qual planejava trabalhar durante o doutorado, quando terminasse o curso de Teologia. Carmen estudara os lecionários de diversos países, livro em que cada assembleia episcopal define as leituras que serão feitas nos serviços religiosos. E detectou que, na maioria deles, as mulheres citadas nas leituras escolhidas eram descritas e admiradas por suas qualidades como mães e por seus atributos femininos, mesmo que tivessem outros. Carmen era e é brilhante na leitura da Bíblia e do lecionário, meticulosa, assertiva, e definiu – com base nessas leituras – "o dever ser" de uma mulher católica. Uma noite passamos acordados comparando as Escrituras com o lecionário atual. "Observe, na leitura diária do Êxodo, passam do versículo 14 ao versículo 22, saltando assim a passagem em que Sifrá e Puá resistem à ordem do Faraó de matar as crianças hebreias. Essas passagens estão na Bíblia, mas não vão ao púlpito. Não são lidas, então ninguém as ouve nas missas. O mesmo acontece com Ester e Judite, são reconhecidas pelos bispos pelas suas qualidades 'femininas' e não pelo seu heroísmo para salvar o povo. Judite, inclusive, é admirada por sua beleza física. Ninguém se importa em ler para as crianças sobre sua coragem. Ninguém se preocupa com as heroínas, mas com as mães, as esposas, as cuidadoras. Há mulheres teólogas que se irritam com as seleções de leituras dos bispos. Uma triste versão católica do incompreendido 'feminismo'. Prefiro trabalhar na minha formação, tendo como modelo as mulheres que os bispos admiram. Por que temos que mudar o que funcionou bem durante séculos? Por que a mulher deveria ter qualquer outro objetivo além do mais elevado, que é ser mãe, criar uma família e fazer com que os seus entes queridos cresçam na fé católica para que sejam bons cristãos? Estou convencida de que, se tivermos muitos filhos e os educarmos na fé, o mundo se tornará um pouco melhor." Carmen era enfática, estava convencida, não tinha dúvidas. E concluía: "Não é esse o objetivo mais sublime que cada um de nós pode estabelecer para si mesmo? Contribuir para um mundo melhor?"

Era assim que Carmen pensava. Era isso que queria para ela, para sua família, para seus colegas, para suas amigas e para todos. Se eu tivesse que definir que tipo de mulher Carmen queria ser, diria que era aquela que os bispos escolhem para admirar do púlpito da igreja. Eu não era bispo, mas a admirava. E a desejava secretamente, sentindo que estava pecando. O equilíbrio que tínhamos conseguido entre o desejo e a sua repressão baseava-se no fato de que nenhum de nós sabia que o outro sentia o mesmo. Isso adiou o inevitável.

Até que chegou o verão e não pudemos mais manter em segredo o que estava acontecendo conosco. Levamos os jovens da paróquia para um acampamento em Córdoba. No mês de fevereiro, os grupos passavam vinte dias na serra trabalhando a camaradagem, o companheirismo e o trabalho missionário na região. Fazia um calor indescritível. Passávamos nosso tempo livre no riacho. Nossos corpos estavam sempre molhados, fosse pela água daquele pequeno riacho lamacento, fosse pela transpiração. E o corpo de Carmen, molhado, era irresistível para mim. Eu a olhava com vergonha. Fazíamos as atividades em dois setores distintos, um para homens e outro para mulheres, mas almoçávamos e jantávamos no mesmo refeitório e, à noite, nos reuníamos para cantar em volta da fogueira com os diferentes grupos. Por entre as chamas, enquanto alguém tocava violão e cantávamos músicas que sabíamos de cor, olhava para os seios dela, os seios de Carmen, e imaginava, por baixo da blusa, o sutiã vermelho que ela usava no dia em que a conheci. Quando os meninos e as meninas iam para a cama, ela e eu ficávamos esperando o fogo se apagar completamente. Demorávamos para cumprir uma tarefa que provavelmente poderia ser realizada em menos tempo. Prolongávamos, assim, o momento em que ficávamos juntos e sozinhos.

Uma noite, depois que a última brasa pareceu estar apagada, Carmen me disse que ia caminhar pela margem do riacho. Eu me ofereci para acompanhá-la. Era uma zona tranquila, mas, de qualquer forma, não era uma hora adequada para se afastar sozinha. Argumentei isso e ela aceitou. Caminhamos em silêncio, algo incomum em nossos encontros, que se tornaram cascatas de palavras. Meu corpo latejava, sentia que estava ficando sem ar. Ficar em silêncio tornava óbvio o que estava acontecendo conosco. Numa clareira no monte, ela parou para procurar onde estava a lua: o perfil de seu rosto iluminou-se ao encontrá-la. Carmen olhava para o céu e eu olhava para ela. Quando finalmente olhou para baixo, estávamos muito próximos um do outro. Eu a beijei. Sem pensar, sem ter consciência do que fazia, apenas guiado pelo desejo, pela necessidade física de sentir a sua boca, o seu corpo. E Carmen me beijou. Nos beijamos sem parar, acho que os dois sabiam que, depois daquele beijo, nos separaríamos; que seria inevitável que a razão voltasse a governar, que faríamos todo o possível para evitar que isso acontecesse novamente. Fizemos durar o máximo aquele beijo que, pressentimos, seria o único; poderíamos ter ficado assim para sempre, juntos, unidos pelos lábios. De repente, Carmen sentiu minha ereção e se separou de mim. "Não posso fazer isso com você", disse. "Não posso." E saiu correndo na direção do acampamento.

    O beijo despertou em mim um desejo que eu não conhecia. Passei o dia inteiro pensando em Carmen, muito mais do que antes. Tentava me concentrar na oração, me cansar no trabalho físico com os meninos, rezar cada vez que a imagem dela me aparecia: todas as tentativas foram em vão. Eu me imaginava beijando Carmen repetidamente, acariciando-a, até fazendo amor com ela. Uma noite, ela não foi até a fogueira, mandou um recado por uma das meninas de que estava com muita dor de cabeça e perguntou se eu poderia cuidar dos dois grupos. Suspeitei que estivesse mentindo, que talvez estivesse acontecendo com ela o mesmo que comigo, por isso ela me evitava. E essa suspeita me excitou ainda mais. As meninas, longe dos olhos de Carmen, foram muito soltas comigo, como não tinham sido até então. Prestei atenção nelas quase pela primeira vez, percebi que nem sabia seus nomes e, quando errava e chamava uma pelo nome da outra, elas riam e zombavam de forma simpática. Imitavam um leve tremor que tenho nos olhos, sussurravam, falavam de mim, sem dúvida. Por minha vez, fingia estar ofendido, mas como parte de uma troca aparentemente ingênua. Naquela noite, quando todos finalmente foram dormir, fiquei sozinho, apagando o fogo e pensando em Carmen, sentindo sua ausência mais do que antes.

    Então apareceu uma das meninas. Não tentei dizer o nome dela porque tinha certeza de que erraria. "Você está bem?", perguntei e, ao fazer isso, olhei para ela e descobri que era muito parecida com Carmen. Como imaginava que teria sido naquela idade. Achei que a semelhança não fosse real, mas produto da minha obsessão. A menina se ofereceu para me fazer companhia até a fogueira se apagar, disse que não estava com sono e que preferia conversar comigo. Sentou-se ao meu lado. Ria e falava comigo com uma doçura que Carmen não tinha. E fazia perguntas incômodas. Isso também não me surpreendeu, não era a primeira vez que uma menina da paróquia me questionava dessa forma ou usava palavras impróprias na minha frente; gostavam de me testar, ver como eu reagia, era um jogo inocente. Durante o ano, duas ou três vezes tinham aparecido em grupo para me bombardear com perguntas no meio da aula, na frente dos meninos. Estava habituado a isso, chamava a atenção delas que um rapaz jovem, que até recentemente era igual aos outros no bairro, estivesse dando os passos necessários para se tornar padre. Mas ela não ficou no jogo inocente e foi além: "Um padre pode se apaixonar?", "O que ele deve fazer caso se apaixone?" Respondi o melhor que pude, senti que era um sinal de Deus que essa menina, tão parecida com Carmen, estivesse ali me fazendo essas perguntas. Parecia que sabia o que estava acontecendo na minha cabeça. Respondi como se fosse um jogo de perguntas e respostas, fiz brincadeiras. Quando necessário, menti. "O que um padre sente quando beija?", perguntou finalmente. "Não sei, ainda não sou padre", respondi e ri com certo desconforto. "E você, 'que não é padre', o que sente?", ela perguntou. Não consegui responder porque a menina, sem mais delongas, me beijou. E eu a beijei, primeiro com surpresa, quase como um reflexo condicionado, mas depois pensando em Carmen. O beijo não durou tanto quanto o que havíamos dado perto do riacho porque a menina imediatamente se separou, pegou minha mão e me levou para um lugar solitário no meio do monte. Deixei que me levasse sem resistir. Lá me beijou novamente. Esfregamos um corpo contra o outro. E quando minha ereção começou, em vez de se afastar, como Carmen fizera, ela se esfregou em meu membro duro enquanto suspirava e ofegava ao me sentir. Guiei a mão dela até meu pênis e a garota o apertou. Eu a segurei para que não se afastasse. Ela continuou me beijando enquanto, desajeitadamente, se deixava guiar pelas minhas instruções. Fazia isso de forma ingênua e ávida, como se estivesse explorando o corpo de um homem pela primeira vez. Enfiei a mão por baixo da blusa dela, procurei o sutiã vermelho de Carmen, desabotoei sem olhar: percorri a pele macia e quente de seus seios. Até que senti que não aguentava mais, que meu corpo ia explodir. Acho que ela entendeu o que estava acontecendo comigo, ou acontecia a mesma coisa com ela. Nós nos deitamos no chão, guiei-a para subir em mim, ela tirou minha calça, me acariciou como ninguém havia feito antes. Pus minha mão dentro da bermuda dela e a acariciei também, ela estava molhada. Quando nada importava mais para mim do que estar dentro dela, virei-a de lado, subi em cima do seu corpo e me esfreguei novamente. E outra vez, e outra. Finalmente, tirei a roupa dela e a penetrei. Ficamos assim por um tempo, sentindo um ao outro, mal nos movendo, até que não consegui me conter e comecei a me mexer dentro dela até gozar. Senti um alívio sem precedentes. A menina não parava de me beijar, ria no meio daqueles beijos, ofegava, se esfregava – meu pênis tinha perdido a ereção, então ela usou minha perna – e depois gozou também. Não tenho certeza se ela sabia o que estava acontecendo com o seu corpo, embora parecesse plena e feliz. Ficamos um ao lado do outro, deitados naquela grama dura que mal cobria a terra seca daquele verão. Eu não sabia o que dizer, não sabia o que fazer a seguir. Quando voltei a mim, a culpa, a reprovação e o arrependimento apareceram. Estive a ponto de me desculpar. Mas antes que eu tivesse oportunidade, ela me deu um último beijo rápido na boca, levantou-se e foi embora. Fiquei imóvel, ali, deitado onde havíamos transado, esperando que a noite passasse e o dia amanhecesse. Não consegui dormir, rezei um Pai-Nosso atrás do outro, depois dez Ave-Marias, de vez em quando uma oração de pêsames. Suspeito que, com aquela oração, mais do que buscar o perdão de Deus, pretendia que Cristo, que havia sido homem, me desse um sinal para que eu pudesse entender como continuar.

Só no dia seguinte descobri que aquela menina era Ana Sardá, irmã da Carmen. Eu as vi conversando ao longe, enquanto os rapazes e eu preparávamos os times para o jogo de futebol daquela tarde. Tive medo de que Ana tivesse contado a ela o que havia acontecido na noite anterior. A conversa que ouvi ao longe não me pareceu cordial, foi mais um desafio: Carmen parecia irritada. Ana queria ir embora e Carmen a impedia. Perguntei a um dos meninos que estava comigo se ele sabia o que estava acontecendo. "Não faço ideia, mas não deve ser nada importante. São irmãs, brigam como gato e cachorro. Ana quase não veio ao acampamento quando descobriu que Carmen seria responsável pelas mulheres." Fiquei tremendo, pedi para não jogar naquela tarde, menti que minha pressão havia baixado e que assistiria do banco.

Na hora do jogo, fiquei de costas para o grupo de meninas. No meio do primeiro tempo, Carmen se aproximou e se sentou ao meu lado. Meu coração parou. Temi pelo pior. Porém, não mencionou Ana nem nada do que aconteceu no monte enquanto ela dormia, distante de tudo. Falou comigo sobre assuntos menores, sobre como organizaríamos o jantar, sobre um novo jogo que queria propor para a fogueira daquela noite. Desculpou-se por ter perdido a última por causa da dor de cabeça. "Espero que as meninas não tenham deixado você louco, algumas delas me tiram do sério." Mal consegui responder, tinha um nó na garganta, pigarreei e apenas disse: "Relaxa, foi tudo bem." Menti, e ao fazer isso, percebi que estava cada vez mais apaixonado por Carmen, porque não me arrependi. Aliás, jurei mentir o quanto fosse necessário para protegê-la do que permitira que acontecesse algumas horas antes.

Prefiro não me lembrar do que se seguiu até o final daquele acampamento. Se o primeiro encontro com Ana foi mitigado pela surpresa, não tenho desculpas para explicar o meu comportamento posterior. Tentei e fracassei. Decidi passar as noites restantes num saco de dormir, dentro de uma das barracas que construímos mais por diversão do que por necessidade, já que tínhamos montado um quarto para os homens dormirem e outro para as mulheres. O "acampamento" acontecia numa escola no meio da serra. O edifício ficava desocupado no verão e, como em ocasiões anteriores as barracas tinham inundado várias vezes, os organizadores decidiram, dois ou três anos antes, que o melhor era dormir dentro da casa e utilizar as barracas apenas de vez em quando. Resolvi então pegar uma para mim, sem dar nenhuma explicação. Não tinha explicações para dar. O que eu ia dizer, que tinha medo de falar enquanto dormia? Medo de ficar incontrolavelmente excitado e alguém percebesse? Medo de precisar recorrer à masturbação? Eu me escondi naquela barraca tentando não cometer novos erros, mas, longe de me proteger, acabou por ser a pior armadilha.

Ana apareceu lá uma noite, quase de madrugada, enquanto eu dormia. Ela se deitou ao meu lado e me abraçou. Disse: "Te amo." E quando acordei, tremendo, em vez de mandá-la embora, entreguei-me a ela, aos seus beijos carinhosos, à sua pele que reparava qualquer dor, à sua semelhança com Carmen. E depois daquela noite, outra noite. E outra. Adormecia rezando e pedindo que ela não viesse. Acordava sonhando que estava lá. Sua voz era o canto de uma sereia; seu cheiro, irresistível. Fui fraco, não consegui me controlar, eu a desejava, ou desejava a irmã mais velha dela e acalmava esse desejo com ela. Ainda hoje me repreendo pelo que fiz. Confessei isso mais de uma vez.

Conversei sobre o assunto com o padre Manuel, ele me ajudou muito, antes e depois da morte de Ana. Recebi o perdão. Tenho consciência de que a morte de Ana foi consequência de uma série de acontecimentos infelizes que começou com os nossos encontros sexuais naquele acampamento. O fato de eu ter violado o dever de castidade foi um desses primeiros acontecimentos. Não foi o único, ou a história de Ana poderia ter sido diferente. Um fato necessário, mas não suficiente para que Ana acabasse morta. Devo me responsabilizar por esse fato e faço isso, por não ter conseguido deter o meu desejo, por não ter detido o dela. Por esse fato.

Enquanto durou o acampamento, tentei não pensar; tinha que cuidar dos meninos, cumprir minhas tarefas, fingir na frente da Carmen. À noite, ia para a cama jurando que se Ana aparecesse naquela madrugada eu finalmente seria forte e diria não. Convencia-me de que era urgente acabar com aquela relação clandestina que não nos levaria a nenhum lugar. Mas todas as vezes em que ela veio, quebrei meu juramento. Em vez disso, implorei que não quebrasse o dela: que nunca contasse a ninguém o que acontecia entre nós. "Eu te amo, nunca faria nada para te machucar", disse, pobre menina. Não pude responder ao "eu te amo", porque amava, sim, mas não ela, amava as características de Carmen presentes em sua irmã mais nova.

Na volta, foi relativamente fácil evitá-la. Demorei para aparecer na paróquia. Tinha um sentimento ambivalente: queria ver Carmen e não podia me encontrar com Ana. Na solidão, pensei muito no que deveria fazer. Por enquanto, não estaria mais com ela, tinha decidido. Pedi a Deus que me desse forças para não desistir e perdão por tê-lo ofendido. Mas evitar qualquer contato com Ana não era a única decisão que precisava tomar. Ainda poderia ser padre? Poderia responder ao chamado de Deus com a dedicação que merecia? E naquelas perguntas que repetia inúmeras vezes, não me referia ao fato específico de ter feito sexo com Ana, mas ao fato vivo e persistente de estar apaixonado por Carmen. Estava disposto a ignorar esse sentimento? Eu me sentia capaz de viver toda a minha vida sem amor, agora que o havia conhecido? Depois de muito pensar, de fazer o meu próprio retiro espiritual no seminário, de discernir – tal como tinha feito antes de entrar e com a esperança de ser sacerdote –, fiquei convencido de que não: por mais que tentasse, não podia desistir de Carmen. Estava realmente apaixonado por ela. Quando não tive mais dúvidas, liguei para ela e pedi que se encontrasse comigo longe de sua casa e da paróquia. Disse que precisava conversar com a tranquilidade de que ninguém estivesse nos observando. Mais uma vez, não mencionei sua irmã mais nova. Ana fora um acidente, o gatilho que finalmente me permitiu discernir.

Fui procurar Carmen depois de uma de suas aulas na universidade. Sem preâmbulos, confessei que estava apaixonado por ela. Para minha surpresa, ela reconheceu imediatamente que também estava apaixonada por mim. Carmen nunca teria dito isso se eu não tivesse feito essa confissão porque, embora me amasse, estava disposta a ficar calada – ou mesmo a mentir – se isso fosse o melhor para mim. "Amar também é se sacrificar pelo outro", disse ela, e senti uma vontade incontrolável de beijá-la. Ambos tínhamos certeza de que continuar a reprimir o que sentíamos não seria o melhor para mim ou para ela. Nem para a Igreja. Não nos beijamos naquela tarde, nem sequer demos as mãos. Tínhamos consciência de que, se nos tocássemos, não conseguiríamos parar. Disse a ela que tinha tomado a decisão de deixar o seminário; que, como ela, queria começar uma família e que fosse com ela. Os olhos de Carmen ficaram úmidos. Aproximei meu dedo de sua bochecha; não toquei nas lágrimas que começavam a cair, parei por um momento antes de tocá-las, apenas soprei para fazê-las rolar. Ela não tirou os olhos dos meus. "Sinto-me culpada, você teria sido um grande sacerdote", me disse. "Não é verdade, não poderia ter sido. Estou destinado ao amor de uma mulher; e essa mulher, não tenho dúvidas, é você." Em silêncio, mantivemos o olhar; nossos corações batiam cada vez mais forte, mas ainda não nos tocávamos. Contivemos o desejo como uma oferenda um ao outro e a Deus. E naquela tarde selamos nosso amor para sempre.

Continuei sem mencionar Ana. Ainda. Não queria manchar a confissão de amor que acabáramos de fazer. Sabia que se esse segredo fosse revelado, poderia ferir mortalmente o nosso relacionamento. Cedo ou tarde teria que contar, antes que a verdade aparecesse de outra forma. Embora Ana tivesse jurado nunca contar o que havia acontecido entre nós, era provável que, se eu aparecesse na casa dela como o namorado de sua irmã mais velha, pusesse esse juramento em risco.

Tinha que pensar muito bem no que fazer com o que havia acontecido com Ana em Córdoba, como contar, como transformar aquilo em uma lembrança chata, constrangedora e até dolorosa, mas superável. Para ser assim, tive que escolher a forma adequada de lidar com as duas irmãs. Não podia falhar, o futuro dependia de como contasse o passado. A promessa que Carmen e eu tínhamos feito um ao outro sobre o que seria a nossa vida juntos valia todo o esforço.

Acreditava que me recuperar desse fracasso – ter maculado o meu voto de castidade com ninguém menos do que com a irmã da mulher por quem estava apaixonado – seria o último teste que Deus colocaria em meu caminho. Tive a mesma sensação muitos anos antes, quando minha mãe nos abandonou: a esperança de que aquela era "a" prova, que já era o final; que, a partir dali, não haveria dor e, se houvesse, não seria tão profunda. Contudo, o pior ainda estava por vir. Costumamos analisar os fatos com o jornal do dia seguinte, qualquer fato, ainda mais aqueles que causam danos irreparáveis. E ao fazer isso, não somos sinceros. Depois de revelado o final de uma história, é muito fácil apontar o que deveria ter sido feito. Mas enquanto acontece, ninguém sabe o resultado e todos fazem o melhor que podem. Eu poderia realmente ter controlado certos danos? Acho que não. Ainda hoje assumo total responsabilidade por duas coisas: ter quebrado meu voto de castidade como seminarista e não ter usado proteção ao fazer sexo com Ana. Pelos demais eventos, não. O que aconteceu a seguir não foi apenas consequência das minhas ações, mas das ações de todos os envolvidos. E alguns deles até se declararam almas puras, sem erros nem pecados.

Contei a Alfredo, quando ele finalmente descobriu, pouco antes de morrer, e me expulsou de casa aos gritos. Sempre estive, desde o primeiro momento, disposto a assumir a culpa pelo que me correspondia. Havia preços que, sem dúvida, eu teria que pagar – e paguei. Mas longe de ser uma atitude corajosa, e diferentemente do que muitos acreditam, estou convencido de que é presunção e covardia assumir culpas que não são nossas. O "eu assumo" de alguns nada mais é do que o resultado da pressa para terminar uma discussão. Discriminar responsabilidades exige tempo e coragem. Pois para dizer, "A culpa é sua e não minha", é preciso ter coragem e estar disposto a não agradar. São poucos os que preferem ser odiados pelos outros a entregar a verdade como moeda de troca. Entendo que, como católicos, nos sentirmos culpados é algo comum; a culpa é, para nós, um lugar hostil, mas conhecido, no qual sabemos como nos mover. Ali jogamos como o time da casa. "Por minha culpa, por minha tão grande culpa", repeti isso *ad nauseam* em minha formação religiosa. Continuo repentindo. Mas pela minha culpa, não a do outro. Discernir quais culpas são minhas e quais não são me levou anos de reflexão e uma dose de coragem que, no início desta história, eu não tinha. Foram muito úteis alguns retiros espirituais que fiz com Carmen, onde a meditação cristã se somava à oração, uma forma de nos encontrarmos com nosso ser e, nesse encontro, nos unirmos a Deus. Demorei muito para aceitar, definitivamente, que o fato de não ter conseguido evitar a dor de cada uma das pessoas envolvidas neste drama não me tornava responsável pelas múltiplas feridas que se abriram a partir dos meus dias com Ana.

Com a pouca coragem que me restava para enfrentar a vida que tinha pela frente após sua morte, quase como um ato de rebelião impensável em minha biografia, comecei a suspeitar que não tinha culpa de tudo. No começo, fiquei apenas desconfiado, não ousei dizer em voz alta. Enquanto isso, a semente germinava. Porque não era culpado de tudo, porque aceitar aquela culpa também era mentira. Há consequências relacionadas a este drama que não são culpa minha, simplesmente porque foram decisões tomadas por outros. Não me sinto responsável por Lía ter saído de casa para nunca mais voltar. Também não me sinto responsável por Alfredo ter enfrentado um câncer que o matou e sobre o qual muitos opinaram, como se soubessem de medicina: "Ficou doente de tristeza pela morte da filha." Alfredo, durante toda a vida, juntou detalhes desnecessários do horror, ansioso por encontrar uma resposta que lhe era negada. Por que eu deveria me responsabilizar pela obsessão dele? Não me sinto responsável por Dolores, minha sogra, ter se tornado uma mulher sombria, nociva, agressiva até o dia de sua morte, sempre pronta para maltratar qualquer um que estivesse em seu caminho, exceto Carmen. Não era assim antes? Não teria sido assim de qualquer maneira? Também não me sinto responsável por meu filho não encontrar seu lugar no mundo, confuso a cada passo, sem saber o que quer, sem saber enfrentar o que, para outro jovem, é natural: sua carreira, uma viagem, uma mulher. Nem me sinto responsável por ele não pensar em se relacionar mais comigo ou com a mãe dele. Isso dói e quero encontrá-lo; mas responsável, não. Se a ausência dele é o inferno que devo enfrentar na vida, aceito a vontade de Deus, mas como punição pelo que fiz ou como infortúnio, não uma culpa que preciso assumir. Nem me sinto responsável pelo fardo que minha esposa carrega nos ombros desde a morte de Ana; nem que, mesmo demonstrando sua integridade e sabendo por que fez o que fez, esteja convencida de que pagou um preço exagerado. Carmen, ainda hoje, acredita que Deus, ao condená-la à esterilidade após dar à luz Mateo, impôs uma pena desproporcional ao erro que cometeu, privando-a assim do seu verdadeiro sonho: semear a terra com crianças católicas que fariam deste mundo um lugar melhor. Sou responsável por Carmen ser estéril? Não, não sou.

Mas ainda há uma responsabilidade, a principal, em relação à morte de Ana e a do bebê. Se alguma vez tive dúvidas sobre meu grau de responsabilidade, hoje não as tenho mais. As mulheres não lutaram tanto para decidir por si mesmas? Elas não se esforçam para nos ensinar que o aborto é uma decisão delas? Então, devo assumir a responsabilidade de quê? Querem a decisão, aí está. Mas assumam a responsabilidade. Ana decidiu, e Deus, não sabemos por qual razão, quis assim.

Nesta família a que hoje pertenço, cada um de nós escolheu o papel que desempenharia. Ana também, mesmo que irrite, mesmo que incomode. Ela tinha dezessete anos, e quanto a mim? Vão me censurar por ser adulto e ela não? Simplesmente porque Ana tinha alguns anos a menos do que vinte e um e eu, alguns anos a mais? Antes e depois da morte dela, todos demos passos que nos levaram até onde estamos. Não caminhei por eles, não os forcei a seguir um caminho em vez de outro. Cada um fez o que pôde com a vida. Talvez o caminho que segui tenha sido menos tolo do que o seguido por outros. Eu me resignei. Quem disse que a resignação não é uma virtude cristã? Um Papa disse isso, e não concordo. Como não concordo com o celibato. Há algumas coisas com as quais você precisa se resignar: a morte de outra pessoa, por exemplo. Não se resignar é pecar por orgulho.

Por ter aceitado o que havia acontecido como um desígnio de Deus, fui capaz de seguir em frente. Outros, não. Ana havia morrido, quem está acima de qualquer um de nós decidiu terminar com os dias dela nesta Terra. E me deu uma nova oportunidade.

"Isto me consola na minha miséria: a tua promessa me faz viver", Salmos 119:50.

3.   Depois daquele acampamento, não apareci na paróquia, exceto nos momentos em que tinha certeza absoluta de que não encontraria Ana. Confessei-me duas vezes com o padre Manuel. Contei a minha decisão: não seria padre. E que estava apaixonado por Carmen. Ele não gostou de nenhuma das notícias, não conseguia esconder. Talvez nem tenha tentado. Mas assim que percebeu que a minha decisão estava tomada, não tentou mais me persuadir. Ele me pediu, porém, que não tivesse pressa, que tomasse um tempo antes de comentar o assunto no seminário. "Quando se faz esses anúncios, a certeza tem que ser total." Aceitei seu conselho, não porque precisasse continuar pensando na minha vocação, mas porque o seminário havia se tornado um lugar seguro, fora do alcance de Ana. Era do meu interesse ficar lá o máximo possível, inclusive nos finais de semana. O padre Manuel pôs outro catequista no meu lugar à frente do grupo de crisma e disse aos meninos que, por enquanto, eu não poderia continuar com as aulas, sem dar muitas explicações.

Sempre que possível, eu me encontrava com Carmen. O fato de sentirmos saudades um do outro reforçava o que sentíamos. Eu a avisava quando tinha uma hora livre em minhas atividades e nos encontrávamos no meio do caminho entre o seminário e sua faculdade. Sempre em segredo. Como se nos acreditássemos invisíveis, caminhávamos pela cidade e fazíamos planos: onde moraríamos quando nos casássemos, quantos filhos teríamos, se seria melhor que eu trabalhasse na rede de lojas de eletrodomésticos da minha família até encontrar um emprego melhor, se Carmen iria ou não finalmente estudar Medicina quando terminasse Teologia, se eu voltaria para o Direito, para onde seria nossa viagem de lua de mel. Era a este último ponto que dedicávamos mais tempo. Mesmo sem reconhecer, nem diante de nós mesmos, adorávamos falar daquela viagem porque sabíamos que seria a primeira vez que nossos corpos estariam juntos, como homem e mulher.

Demorei a contar para Carmen o que acontecera com Ana. Precisava que nosso namoro – ainda secreto – estivesse forte para que ela pudesse me compreender e, eventualmente, me perdoar. Se ela confiasse no quanto eu a amava, minha confissão a machucaria, mas não deixaria uma marca profunda o suficiente para afetar o relacionamento. Contra as minhas expectativas, ela acidentalmente tocou no assunto. Uma tarde, enquanto atravessávamos uma praça da cidade sem destino certo, Carmen me contou que chamou sua atenção a quantidade de vezes que Ana – com quem não tinha um vínculo próximo, mas distante – perguntava sobre mim. Nos últimos dias, insistira tanto em saber quando eu voltaria à paróquia, onde fazia o seminário e outros detalhes da minha vida privada, que Carmen começou a pensar que sua irmã mais nova suspeitava de nós. Em vez de tranquilizá-la, como ela esperava, fiquei em silêncio e isso a alertou. "Não me assuste", me disse ao ver que os minutos passavam e eu não ousava dizer nada. Pedi que se sentasse num banco. Peguei a mão dela, olhei em seus olhos e contei. O quanto eu a amava, o quanto a queria como mulher, sobre o meu respeito pela sua virgindade até o casamento, sobre a dificuldade que um homem às vezes tem em controlar as exigências feitas por seu próprio corpo. Carmen ainda não conseguia entender o que aquilo tinha a ver com Ana. Tomei coragem. Contei então como sua irmã havia aparecido naquela noite junto à fogueira, as perguntas que me fizera, a bermuda que estava usando, sua autoconfiança. E o beijo que me deu. "Que filha da puta", disse Carmen. E repetiu: "Sempre foi uma filha da puta invejosa, desde pequena." Dada a sua reação, parei, hesitei em continuar ou não. Carmen parecia mais zangada com Ana do que comigo e isso, a princípio, me confundiu. Embora mais tarde tenha tomado coragem, porque me pareceu que, precisamente por isso, aquele poderia ser o melhor momento para confessar o que faltava. Disse que o desejo tinha se apoderado de mim, que a semelhança física era espantosa, que em Ana eu a via, que tocá-la tinha sido como tocar o verdadeiro objeto do meu desejo. Disse que a irmã dela tinha me levado para o monte. Que nos deitamos no chão. Carmen pôs as mãos sobre a boca e disse: "Chega, não quero saber." Mas a história não poderia mais ser interrompida, tudo o que ela imaginasse a partir daí poderia ser ainda mais sério. Contei até o fim, tinha que colocar sobre a mesa toda a história, cada detalhe, de uma vez por todas, para nunca mais ter que falar daquele assunto. Eu não disse "fizemos amor", mas "fizemos sexo". Os olhos de Carmen se encheram de lágrimas, ela me olhou com raiva por alguns segundos e, finalmente, se levantou e foi embora. Quis segui-la, mas ela me empurrou. "Preciso ficar sozinha!", gritou comigo.

    Intimidado pelos gritos dela, fiquei no banco. Achei que tinha estragado tudo. Mas depois de um tempo, quando estava prestes a ir embora, Carmen voltou. Era evidente que havia chorado. No entanto, parecia calma naquele momento. Talvez tivesse ficado exausta pela sua própria reação. Sentou-se ao meu lado e disse: "Ela me odeia, sempre me odiou. E tem inveja de mim. Lía também, embora tenha consciência da distância que nos separa; não compete, não me procura. Ana sim, Ana é sem vergonha, provocadora. Quer ser como eu e me imita, copia cada detalhe do que me vê fazer. Somos parecidas fisicamente, é verdade, ambas parecemos com a mamãe. O que Ana não percebe é que, tirando a semelhança exterior, ela nunca será como eu. Porque há algo que ela não tem e nunca terá: a minha força, a minha determinação e a minha fé." Olhou para mim e ficou em silêncio; senti que precisava que eu assentisse e assim o fiz, sem ousar acrescentar uma palavra. Depois de um tempo, concluiu: "Não tenho dúvidas de que ela te provocou porque percebeu que havia algo especial entre nós. Ela sabe, intui e inveja. É o mal no corpo de uma garota."

Eu não tinha certeza se Carmen estava tirando as conclusões corretas, mas fiquei novamente encorajado pelo fato de ela ter se concentrado nas atitudes da irmã, não nas minhas. Em todo caso, queria deixar claro que assumia minha parcela de responsabilidade e comecei a dizer: "Eu sei que não deveria ter..." Ela me interrompeu: "Você não deveria, é claro que não deveria. Mesmo que seja muito difícil para os homens se controlar, principalmente quando são incitados. Mas não vou deixar a inveja da minha irmã arruinar meus planos. Isso é o que ela quer. E é isso que não vou dar a ela." Carmen olhou para mim, tive a sensação de que esperava um gesto meu. "Então?", perguntei. "Então continuaremos como havíamos planejado. Só não quero que você apareça em Adrogué até que possamos anunciar o nosso noivado. E para isso precisamos de tempo. Não seria bem visto se anunciássemos um namoro logo após você deixar o seminário."

Senti alívio e emoção. Quis pegar a mão dela, que não permitiu. Com essa rejeição, me fez entender sua mensagem: tínhamos chegado a um acordo para seguir em frente, mas isso ainda não modificava a dor, a raiva e o desprezo que Carmen sentia. Ela tinha voltado a propor um caminho de ação, uma estratégia; e quando um plano deve ser executado, não é bom que qualquer tipo de sentimentalismo interfira. O perdão que me concedia nascia de sua superioridade moral, não de sua compaixão. Nem mesmo do seu amor. E eu aceitei. Ela não me deu oportunidade de esclarecer que houve mais de um encontro com Ana, que a noite da fogueira não foi a única, não contei do sexo na barraca. Carmen não perguntou, eu não disse. Se quando entrasse na casa dos Sardá como namorado oficial de Carmen, Ana mencionasse esses encontros, seria a palavra dela contra a minha. Com um pouco de sorte, a essa altura, a garota já estaria apaixonada por outra pessoa. E não seria conveniente para nenhum dos dois especificar amores e encontros sexuais anteriores.

Naquela noite, ao chegar ao seminário, rezei de joelhos; fazia muito tempo que não me ajoelhava para orar. Precisava fazer aquilo.

Necessitava até de uma mortificação corporal; invejei o uso do cilício ou as disciplinas que os católicos do Opus Dei têm. Sentia que, pelo menos, merecia um jejum penitente. Mas me lembrei de que, quando confessei ao padre Manuel o mesmo que acabara de revelar a Carmen, ele não indicou mortificação pessoal, apenas oração. E foi o que fiz, foi a isso que me dediquei, quase não dormi. Rezei a noite toda. E continuei rezando todos os dias de joelhos, até mesmo na frente dos meus colegas, apostando que, em breve, poderia anunciar que estava deixando o seminário.

O tempo passou, lenta mas inexoravelmente, e tudo parecia se encaixar. Até que, uma tarde, Ana apareceu. Houve duas visitas ao seminário. A primeira me pegou de surpresa, nunca pensei que ela pudesse aparecer ali, de repente, para perguntar por mim. Na recepção disse que era "minha prima". Quando desci para ver quem me chamava, tive certeza de que devia haver um engano: não tenho primos. Vê-la me tirou o fôlego, temi o pior, um escândalo ali mesmo. Porém, Ana sorriu para mim com aquele sorriso encantador que tinha e dissipou o risco. Saímos para o jardim para conversar com calma, pedi permissão para recebê-la, dei a desculpa de que vinha me trazer notícias de um parente doente. Ela parecia feliz por ter me encontrado e preocupada com a minha ausência. Eu sabia que precisava desativar o que quer que ela quisesse fazer. Tentei ser concreto, mas evitei falar de qualquer coisa que tivesse a ver com "nós", tentei ser sincero sem magoá-la. Não falei sobre o que tinha acontecido, não mencionei um futuro em comum. Falei com ela, sim, sobre as minhas dúvidas em relação à vocação, que levaria algum tempo para discernir. E que uma das possibilidades mais fortes era deixar o seminário: já não tinha tanta certeza de poder dedicar a minha vida exclusivamente a Deus. Disse, finalmente, que logo eu começaria uma nova vida, sem os problemas do passado. "Nenhum problema", repeti, enfatizando o "nenhum", e olhei para ela. Ela disse: "Eu entendo e apoio." Para falar a verdade, eu nunca soube realmente se havia entendido, se aquela menina entendia que, na mudança a que eu aspirava para minha vida, ela não estava contemplada; ou se, pelo contrário, foi embora do seminário com a esperança de que, uma vez livre, eu a procurasse para viver um romance que não precisaria mais ser secreto. Decidi acreditar que se ela tivesse alguma dúvida, minhas ações posteriores esclareceriam tudo.

Mas não consegui demonstrar nada porque quando Ana veio me ver outra vez, tudo mudara. Quando me ligaram da recepção dizendo que minha prima estava lá, desci furioso. Ela não deveria voltar, eu havia deixado isso bem claro no encontro anterior: no seminário não era bem visto receber pessoas. Olhei sério e ela, nesta segunda visita, não retribuiu o sorriso. Estava com os olhos marejados. A recepcionista deve ter pensado que trazia más notícias sobre a saúde do nosso suposto parente. Não fomos ao jardim, preferi que saíssemos para a rua; suspeitei que naquela nova conversa o tom seria mais duro e não queria que houvesse testemunhas. Quando, depois de ouvir as minhas censuras pela sua presença ali, Ana conseguiu me dizer que temia estar grávida, senti uma tontura. "Você tem certeza do que está dizendo?" "Não", respondeu e começou a chorar. Entre soluços, disse que não ficava indisposta fazia quase dois meses e que, mesmo levando em conta as suas irregularidades, o atraso era suspeito. Pedi para não perder a calma, que essa seria a pior atitude porque nos exporia, existindo ou não a gravidez. Que deveríamos esperar, que ela deveria voltar para casa. Prometi ir à paróquia naquele fim de semana. Disse que rezaria daquela noite até o próximo encontro, pedindo a Deus que não estivesse grávida; e sugeri que fizesse o mesmo, rezasse, com dedicação e confiança. Ia dizer a ela que rezasse para a Santa Ana, sua protetora, mas lembrei que também era a protetora das grávidas e mencioná-la parecia um mau presságio. Acho que consegui acalmá-la, provavelmente com a esperança de que me veria no fim de semana, mais do que com qualquer outro argumento.

Naquela noite falei com José, o único companheiro para quem contava coisas íntimas. Ele sabia que eu deixaria o seminário, eu sabia que ele lutava para superar a atração que sentia por outros homens desde criança. José tinha tantas irmãs que, às vezes, confundia os nomes; onde ele cresceu, havia oito mulheres e ele. Me ouviu com paciência e sem censura, disse que em sua casa se falava regularmente sobre "essas coisas", que suas irmãs saberiam o que deveria ser feito. No dia seguinte, ele me contou o que conseguiu descobrir, métodos caseiros para verificar a gravidez, tempos de espera razoáveis e procedimentos naturais para expulsar "tudo o que estivesse lá dentro". Ele me contou que suas irmãs tinham feito um plano de treinamento físico para uma sobrinha que havia engravidado. Consistia em corridas de velocidade e de resistência, agachamentos, abdominais, "exageraram no exercício até a menina começar a sangrar". A imagem me impressionou. "As minhas irmãs foram muito categóricas ao aconselhar esse método em vez do da salsinha, não recomendam enfiar um galho dentro, dizem que viram meninas em que isso terminou mal. O do treinamento físico até a expulsão é um procedimento limpo. Não há ação direta, nada está envolvido, ninguém pode mencionar a palavra 'aborto'. A menina pode até dizer que nem sabia que estava grávida. Se Deus quiser, sai; se Deus não quiser, não." Agradeci pelo que tinha averiguado para mim. Descartei, por enquanto, as abdominais e, é claro, a salsinha; fiquei com os métodos caseiros para confirmar ou não uma suposta gravidez. Embora não parecessem muito confiáveis, serviriam para dar a Ana algo em que se agarrar, acalmando, assim, a sua incerteza. Aquela menina não podia estar grávida, não era possível que o nosso azar fosse tão grande.

Os exames caseiros não nos tranquilizaram, apenas atrasaram o enfrentamento do problema enquanto o sangramento não aparecia. Eu não sabia mais o que fazer, estava perdido. E se eu estava perdido apesar das orações, só me restava um caminho: tomei coragem e enfrentei Carmen. Disse a ela que Deus estava evidentemente me testando, ou melhor, testando os dois. E que, apesar da nossa vontade e dos nossos planos, não seria tão fácil esquecer o que acontecera com a Ana. Carmen, assim que eu falei "gravidez", chorou, xingou, chorou de novo. E imediatamente entrou em ação outra vez. Foi até a casa dela fazer algumas ligações e voltou com a informação de uma enfermeira que faria um teste de gravidez em Ana no hospital onde ela trabalhava. "Que Ana nunca desconfie de que sei o que está acontecendo. Aqui, ligue para essa mulher. A primeira coisa é ter certeza de que está grávida." Fiz o que mandou e, quando o resultado ficou pronto e o espanto virou certeza, avaliamos juntos as alternativas possíveis. Não eram muitas. No começo só via uma: que Ana tivesse aquele filho. Nesse caso, o projeto de vida com Carmen era inviável. Nunca poderia começar uma família com ela sendo o pai do filho de sua irmã. E, mesmo que não tivesse intenção de viver uma história com Ana, seria minha obrigação cuidar daquela criança e assumir uma paternidade que não estava nos meus planos. O projeto de Carmen, tal como ela temia, teria sido frustrado pela irmã. Estava sem fôlego, me sentia num beco sem saída. A alternativa do aborto era impensável para qualquer um dos dois. E quando falo "os dois" quero dizer Carmen e eu. Éramos católicos, somos; sem concessões, católicos praticantes e convencidos da nossa fé. Nunca teríamos cometido o pecado de acabar com uma vida. Não via nenhuma luz, tudo eram sombras.

Mas Carmen viu uma saída: "E se o pecado for cometido por outra pessoa?", perguntou. "O que acontece se você não decidir o que fazer com essa gravidez? Você se abstém. O que acontece se você deixar que Ana tome a decisão? Não é necessário que vocês compartilhem o peso deste pecado mortal. Se ela matar essa criança, será um pecado do qual não conseguirá se libertar. Você, sim. Ana quer ter um filho? Aos dezessete anos? Está disposta a causar tanto desgosto aos meus pais? Está disposta a ser apontada, a ser conhecida por fazer sexo com tanta liberdade? Se a resposta for não, por que você teria que responder às mesmas perguntas?" Carmen não me deu tempo de responder, acho que ela não esperava. Suas perguntas eram, de certa forma, afirmações. Me disse para falar com Ana o mais rápido possível: "Não a deixe viajando em seus pensamentos erráticos de adolescente. Conduza, leve-a sem que perceba, oriente-a até o ponto imediatamente antes de tomar a decisão. E se perguntar o que você faria, fique quieto. Você não *faria*. Quem tem que *fazer* é ela." Hesitei, embora os argumentos de Carmen fossem racionalmente sólidos, não tinha a certeza de que, como católico, não deveria expressar a minha oposição. "Sabendo que ela está prestes a fazer... isso... eu não deveria impedi-la? Não deveria salvar essa vida? Até você, Carmen, sabendo disso, não deveria?" "Passamos nosso tempo lutando para salvar vidas e almas. Mas não somos heróis, não podemos evitar todos os crimes cometidos. Evitaremos outros, consertaremos outras almas, se finalmente nos deixarem viver como queremos. Neste caso, trata-se apenas de deixar tudo acontecer. Omitir. E rezar."

Carmen também obteve informações sobre um local onde um aborto poderia ser feito. Eu liguei, pedi instruções e juntei o dinheiro necessário. Tinha algumas economias e pedi o resto a um dos meus irmãos, sem explicar por que precisava. Não forcei Ana a abortar, naquele momento fiz exatamente como Carmen disse. Foi, de fato, uma decisão dela. Se Ana estivesse convencida a ter o bebê, e mesmo que isso acabasse com meus planos de construir uma vida com Carmen, eu não teria me oposto. Fiz o planejado, deixei que chegasse sozinha à conclusão de que o melhor para todos – inclusive para os pais dela, mas principalmente para ela – era se livrar da gravidez. E quando finalmente disse isso, quando afirmou, "Não quero ter um filho", permaneci em silêncio.

Ana pediu que eu a acompanhasse. Primeiro respondi que sim, pensei que deveria fazer isso. Porém, Carmen me convenceu do risco que eu correria se alguém me visse entrando em um lugar clandestino como aquele. Então, não fui. De qualquer forma, fiquei de olho na Ana, esperei notícias, rezei. Disse que passaria o resto do dia na paróquia, com o pretexto de organizar um encontro da Ação Católica, e que me telefonasse assim que voltasse, para me deixar tranquilo. Me ligou algumas vezes naquele dia, primeiro para dizer que estava tudo bem, depois para avisar que estava se sentindo mal, piorando. No final da tarde, pediu que fosse vê-la. Expliquei que era impossível aparecer em sua casa sem levantar suspeitas. Ela entendeu e disse que então iria até a paróquia. Implorei para que não fizesse isso, que esperasse com calma, que descansasse, que com certeza se sentiria melhor em algumas horas. E que rezasse, que rezasse e pedisse perdão, que se fizesse isso com convicção, seria perdoada.

Naquela noite voltei ao seminário. Não consegui descansar e no dia seguinte, bem cedo, fui para Adrogué. Estava inquieto, acordei com um mau pressentimento. Não tive coragem de ligar para a casa dos Sardá. Se alguém além de Carmen atendesse, eu não saberia o que dizer. Passei o dia atormentado. Embora soubesse que, se Carmen não havia ligado, era porque Ana estava bem. Me magoou que ela me deixasse preocupado, sem dizer uma palavra. Finalmente, no final da tarde, Carmen ligou. Foi uma conversa muito breve, disse que estava tudo em ordem, que ia sair para pegar algumas anotações, que Ana estava dormindo e com certeza dormiria até o dia seguinte. "Não vai demorar muito", disse e desligou. A ligação me aliviou.

Depois de um tempo, comecei a juntar minhas coisas para voltar ao seminário. Foi quando o telefone tocou. Atendi convencido de que era Carmen, que havia esquecido de me contar alguma coisa, mas desta vez era Ana. Estava chorando, me contou que estava queimando de febre, que nunca tinha se sentido tão mal na vida. Não tinha se atrevido a ir ver um médico, não podia contar o que fizera. Nem tinha se atrevido a pegar um ônibus para ir a algum hospital onde ninguém a conhecesse. Como disse, não conseguia dar um passo sozinha. Pediu minha ajuda e disse isso sem me fazer sentir responsável: não era essa a sua intenção, estava apenas pedindo ajuda. Era evidente que Ana tinha aceitado que o que estava acontecendo era culpa dela, e somente dela. Minha cabeça estava girando. Não tinha como consultar Carmen sobre qualquer decisão e não podia esperar o tempo que ela levaria para voltar da busca por essas anotações. Por fim, cheio de dúvidas, disse à Ana que viesse à paróquia. Enquanto isso, iria até a casa do meu pai pedir emprestada a caminhonete da empresa, caso precisássemos ir a algum lugar consultar um médico.

E foi o que fiz. Essa foi a minha intenção. Mas quando voltei, Ana já estava morta. Eu havia estacionado a caminhonete na porta da paróquia, entrara escondido, olhando de um lado para o outro caso alguém, naquela tarde chuvosa, tivesse ido rezar na igreja. Assim que abri a porta, procurei por ela. Ana estava lá, deitada num dos últimos bancos. Cheguei mais perto, pensei que talvez estivesse dormindo. Ou mesmo que tivesse desmaiado. Eu a sacudi, tomei seu pulso, pus a mão sobre suas narinas para sentir se o ar entrava ou saía. Implorei: "Ana, não morra, por favor, não." Chorei sobre seu corpo. Senti como se estivesse prestes a morrer também. Era demais, aquilo não podia estar acontecendo comigo. Havia sido testado várias vezes, quantas outras provações teria que suportar? Quando levantei a vista, pensei ter visto um vulto no altar, mas não fui ver o que era. Soube, algum tempo depois, que a estátua de São Gabriel havia caído sobre Marcela Funes, amiga que a acompanhara até lá. Com as poucas forças que me restavam, só consegui carregar o corpo de Ana e levá-lo para a caminhonete. E depois voltar à paróquia, por um momento, para limpar quaisquer vestígios que pudessem ter ficado. Passei meu suéter no banco e no chão, sequei as gotas de chuva, removi as pegadas de barro.

Pensei que, assim, ninguém saberia que Ana esteve lá. Porém, no momento em que saí carregando Ana, tive a impressão de que a porta que dava para a sacristia se abrira. Àquela hora, se havia alguém no altar, só poderia ser o padre Manuel. Nunca confirmei: não sei se era ele, se me viu. Também não mencionou isso quando fiz minha confissão.

Eu estava perdido novamente.

Mais uma vez, não sabia o que fazer.

Não entendia como me movimentar naquele mundo que me dava tapas na cara com uma frequência inaceitável. Era difícil dirigir, não conseguia enxergar bem; somada às palhetas desgastadas do limpador de para-brisa, havia uma tontura que turvava minha visão. Minhas pernas tremiam nos pedais, o esforço de carregar o corpo de Ana havia me deixado sem fôlego.

Não entendia, não queria entender.

A única coisa que ficou clara para mim, naquela noite difícil, foi que eu precisava procurar Carmen.

Carmen

*OFÉLIA: (...) Dizem que a coruja era filha de um
padeiro. Senhor, nós sabemos o que somos, mas
não o que seremos.*
WILLIAM SHAKESPEARE, *Hamlet*

1.   Acredito em Deus. Sou crente de forma completa, integral e apaixonada. Brutal, se necessário. O que seria de mim se não acreditasse? Não teria consolo. Meu único filho, Mateo, desapareceu. Se não entendesse que o seu desaparecimento é a vontade de Deus, a minha vida perderia o sentido. Estou procurando por ele, não perco a esperança de encontrá-lo, de cruzar com ele em Santiago de Compostela: na catedral, no parque, caminhando por uma rua estreita da cidade velha. A esta altura, conheço cada canto deste lugar como se tivesse nascido aqui.

Viemos para uma cidade que não estava nos nossos planos com esse objetivo: encontrar Mateo. O reencontro com o nosso filho é a motivação de tudo o que fazemos hoje. O resto da vida ficou suspenso. Houve uma época em que Julián e eu sonhávamos em conhecer Roma, Veneza ou Paris, destinos icônicos para quem vive num país como o nosso, fora do centro, no fim do mundo. Pode ser que, imaginando possíveis rumos, tenhamos até mencionado outra cidade da qual não me lembro hoje – Londres, Barcelona, Praga, Madri. Eram conversas em que deixávamos fluir a imaginação, não eram planos de viagem reais, havia sempre coisas mais urgentes em que deveríamos gastar nosso tempo e dinheiro. Mas tenho certeza de que nunca mencionamos Santiago de Compostela. Nossas saídas da Argentina, antes desta última, tinham se limitado a ir ao Uruguai e ao Brasil. O Caminho de Santiago também nunca esteve nos nossos planos. Caminhávamos todos os anos até a Basílica de Luján, esse era o nosso caminho da fé, não precisávamos de outro. Fizemos isso como simples peregrinos, embora também liderássemos grupos religiosos e auxiliássemos em postos ambulantes aqueles que desistiam ou até desmaiavam devido ao esforço físico. Quem faz uma peregrinação a Luján não faz por turismo, mas para cumprir uma promessa ou como declaração de fé. Mas deve ter de tudo entre quem vai a Santiago de Compostela: turismo, trilha, vontade de conhecer gente, esnobismo, interesse gastronômico – e isso, para mim, tira a verdade e o mérito da peregrinação. Quando encontrarmos Mateo, se Deus quiser, talvez possamos passear e conhecer aquelas cidades que fizeram parte das nossas utopias, ou mesmo outras. Seria uma bela forma de celebrar o reencontro familiar, de transformarmos o que hoje é um drama em oportunidade, e assim aprenderemos juntos a sermos melhores. Como já fizemos.

Todas as noites, quando rezo, peço a Deus que Mateo me permita dar uma explicação. Preciso contar meus motivos, fazê-lo compreender como algo que à primeira vista pode parecer sério, imperdoável, até mesmo horrendo, não passava de um mal menor que evitou outro maior, superlativo. Uma tarefa atroz que alguém teve que realizar com coragem e desapego, esquecendo-se de si mesmo, perseguindo apenas o desejo de proteger os seus entes queridos. Sei que, conversando com Mateo, numa conversa sincera, ele entenderia; que aquilo que o perturba se dissiparia assim que eu pudesse contar meus motivos. Estou convencida de que nos abraçaríamos, choraríamos nos ombros um do outro e ele, com amor, finalmente entenderia e me diria: "Pobre mãe, o que você teve que passar, pobre mãe." Porque se nesta história tem alguém que teve que colocar a mão na lama, na sujeira, para fazer o que tinha que ser feito, sem cometer crime, nem pecado, essa sou eu. E o que tinha que ser feito não era algo simples ou agradável; Julián não teria conseguido fazer aquilo sozinho. Julián não teria conseguido. Talvez, quando Mateo souber, quando compreender o meu papel nesta questão, quando aceitar o motivo da brutalidade, do horror, ainda seja difícil perdoar o que o pai fez. Farei o possível para que ele o perdoe: se Deus já o perdoou, como podemos não fazer o mesmo? Julián confessou imediatamente o breve relacionamento que teve com Ana enquanto era seminarista – se é que se pode chamar aquilo de "relacionamento". Confessou-se, arrependeu-se, cumpriu a penitência que o padre Manuel indicou e foi perdoado. Que outro crime ou pecado poderia ser atribuído a Julián, além de ter feito sexo com Ana? O fato de terem feito sem proteção? É muito fácil responder que sim agora, trinta anos depois, mas quem usava preservativo naquela época? Mateo é hoje um homem e, caso se permita analisar com frieza, sem paixão, acrescentando o carinho que merece um pai que deu a vida por ele, não poderá condenar Julián por uma necessidade sexual que não conseguiu reprimir. Não será fácil. Para os filhos, os pais são assexuados; e um pai como Julián, tão espiritual, tão pouco preocupado com as coisas mundanas, tão pouco preocupado com o banal, mais ainda.

Não sei o quanto meu filho sabe. Também não sei o quanto meu pai sabia na época de sua morte. Ele falou com Julián sobre a morte de Ana e o expulsou de casa. Porém, nunca quis falar comigo sobre os detalhes, nunca me questionou profundamente, como fez com ele. No breve lapso que se passou entre a conversa final com Julián e sua morte, meu pai me recriminou por ter me apaixonado por Julián e deixado que entrasse em nossa família, mesmo sabendo que participara em alguns dos fatos relacionados à morte de Ana. Mencionou a morte, mas não o que aconteceu com o corpo dela. "Olhe pelo lado positivo, pai. Se eu tivesse desistido do meu amor por Julián, Mateo não existiria", disse. E esse argumento encerrou qualquer discussão. Mateo era o seu calcanhar de Aquiles, o seu ponto fraco. Não sei o que meu pai acrescentou à história que contou ao meu filho, porque, além do que sabia, deve ter inventado, suposto, preenchido lacunas de informação. Portanto, devo dizer que não sei se Mateo fugiu de nós porque não suportar a verdade, parte da verdade, meias verdades ou simplesmente mentiras. No entanto, se apesar dos meus apelos, se apesar da dor profunda com que acordo todos os dias, não me for concedida a possibilidade de encontrar o meu filho e falar com ele, cara a cara, como dois adultos, terei que aceitar que é isso que Deus quer e, mais uma vez, seguir em frente com fé.

Demorei vários anos para engravidar. Nunca evitamos, eu nem mesmo pensava se estava no período fértil ou não. Namoramos por quatro anos. Oficialmente foram apenas três, pois no primeiro ano mantivemos o relacionamento em segredo. Não é que o tenhamos escondido por causa da morte de Ana, mas porque não pareceu correto que Julián aparecesse em casa como meu namorado tão pouco tempo depois de deixar o seminário. Não queríamos que ninguém concluísse que o nosso amor era anterior àquela decisão. Entre nós procurávamos falar o menos possível sobre Ana, evitando, assim, que a sua sombra manchasse a relação que construíamos, vagando como um fantasma itinerante que não encontrava destino. Aos poucos, depois que nos casamos, aquela sombra foi se dissipando até sumir de vez. Tínhamos muito em que investir nossa energia; não estávamos pensando em nós dois, mas na família que conceberíamos e faríamos crescer. E essa família, estávamos convencidos, teria muitos filhos. Só quando a primeira gravidez demorou mais do que o previsto é que comecei a suspeitar que, talvez, a maternidade não me seria concedida tão facilmente. Ou, pelo menos, ser a mãe que sonhei: rodeada de crianças de todas as idades, lado a lado, numa escadinha, quantas quisessem vir enquanto meu corpo aguentasse. Temia que Deus tivesse decidido não me conceder justamente a dádiva de ser mãe como penitência pela minha omissão. Temia que a maternidade limitada fosse o castigo pela minha falha: não impedir que Ana matasse a criança que carregava dentro de si. Não falei para ela abortar, não tomei a decisão por ela. Nem falei sobre isso com minha irmã: ela não me contou, eu não disse nada. Mas é verdade que não fiz nada para evitar e que, no meio do desespero, descobri um endereço onde essa prática acontecia para que Julián pudesse sugerir a ela. Achei inconveniente, doloroso e até sujo que uma garota de dezessete anos ou um seminarista andassem por aí perguntando onde aquelas coisas eram feitas. Lembrei-me, então, que um grupo da paróquia estava pesquisando locais onde eram realizados abortos clandestinos para, em algum momento, fazer a denúncia correspondente à Justiça. Pedi a lista, fingi que estava interessada em saber como andava o assunto e dei a Julián o endereço da clínica de aborto mais próxima de casa. Isso também foi um erro da minha parte: não levei minha irmã para fazer um aborto, Julián não a levou, mas ela sabia aonde ir porque lhe demos esse endereço. Agora, o que teria acontecido se não tivéssemos dado? Ela não teria feito? Teria feito isso em um lugar melhor? Ou, pelo contrário, teria feito com uma agulha de tricô ou com um ramo de salsinha, como tantas pessoas inconscientes? Como saber? Até aí vai a responsabilidade que assumo, o peso da culpa que carrego. Não creio que se eu não tivesse dado o endereço a ela, Ana não teria morrido. Porque isso, a morte dela, foi a vontade de Deus. No entanto, não evitei a morte daquele feto. Assumo a responsabilidade por essa omissão. É verdade que Santa Ana, a padroeira das grávidas, a santa que deveria proteger a minha irmã, também não a impediu, se foi por isso que mamãe escolheu o seu nome. Se Santa Ana não conseguiu, como eu conseguiria? Não me arrependo do resto, do que aconteceu depois, por mais horrível que possa parecer. Não cometi crime, não pequei. "Pai, se quiseres, afasta de mim este cálice." Lucas 22:42. Agi para proteger minha família – a que eu tinha e a que viria –, para proteger as pessoas que amava, como uma leoa teria feito. Mesmo que seja difícil para alguns perceberem, fiz o que fiz para cuidar da Ana. Especialmente da Ana e de sua memória. "Pai, se quiseres, afasta de mim este cálice; contudo, não seja feita a minha vontade, mas a tua!" Por isso, meu pai, Mateo ou quem descobrir o que fiz e quiser me confrontar, poderá me censurar por não ter impedido que Ana fizesse um aborto, quando eu também era quase uma criança. Não aceitarei nenhuma outra censura; se disserem que pequei ou cometi um crime posterior, estarão mentindo. Trinta anos depois, se alguém ainda tiver reclamações, será porque não compreende os motivos que me levaram a agir como agi. As pessoas não toleram o horror, mesmo quando é inevitável, mesmo quando o horror é o preço necessário para proteger um bem maior.

  Não estou interessada em explicar isso para o mundo inteiro; não preciso prestar contas na Terra, mas em algum outro lugar. Para o meu filho, sim, gostaria de explicar. Ele merece entender, eu mereço que ele entenda. Ninguém vai me convencer de que o que fizemos, mitigando os danos, não foi um ato de amor a todos, de proteção, de cuidado. Ana estava morta, o bebê estava morto. Não poderíamos mudar isso. Então? O que aconteceu depois é, no fundo e além do que os assusta, decorado. Houve um crime, sim, um crime anterior: o aborto. Lamento a morte daquele bebê. Hoje, se eu estivesse diante de algo parecido, Deus me livre, faria todo o possível para que aquela criança nascesse. Inclusive à custa da dor da minha família, mesmo à custa da mancha indelével na reputação de Ana, mesmo à custa da minha própria felicidade. Mas Julián e eu, naquela época, éramos pouco mais que dois adolescentes inexperientes começando a vida. Desesperados, analisamos as circunstâncias e decidimos da melhor maneira que pudemos. Quem poderia imaginar que Ana morreria? Ninguém. Por outro lado, tínhamos a certeza de que se Ana prosseguisse com a gravidez, as consequências teriam sido terríveis, não só para ela, mas para quem a rodeava. Minha mãe teria ficado doente de tristeza ao saber que sua filha mais nova – ainda criança – havia perdido a virgindade em um relacionamento casual, sem qualquer compromisso, uma troca sexual sem amor verdadeiro. E mamãe, que também era muito sensível ao olhar dos outros, teria que suportar os comentários dos vizinhos, de suas amigas, dos nossos parentes, constrangida com as ações de Ana, que ficaria para sempre manchada como mãe solteira, uma menina que tivera uma vida sexual prematura e irresponsável. Por sua vez, Julián teria sido desprezado dentro do seminário; uma coisa é abandonar a carreira sacerdotal por vontade própria, depois de meditar e decidir com convicção, após discernir a verdadeira vocação com Deus e na oração. Outra era fazer isso em meio à desgraça de um relacionamento proibido que terminara em gravidez. Meu pai, que tanto se gabava de querer saber a verdade, teria que lidar com mamãe e sua dor; uma mulher com episódios depressivos recorrentes que, com esse acréscimo maiúsculo, poderia até ter tentado o suicídio. Além disso, papai seria forçado a sustentar uma filha solteira, que continuaria vivendo em casa com um bebê. Da nossa parte, Julián e eu não poderíamos mais sonhar em ter uma vida juntos, em formar uma família, em crescer juntos na fé e no amor. Digo isso e minha voz falha. Pura dor para todos.

Claro que é pecado acabar com a vida de uma pessoa inocente para evitar qualquer dor. Isso não está em debate. E porque é, nunca teríamos dito para Ana fazer o que fez. Nem imaginamos, nem passou pela nossa cabeça, que ela pudesse morrer naquele ato. Ainda que tenhamos ficado aliviados depois que minha irmã tomou a decisão – devo admitir – e, Deus nos perdoe, deixado que ela levasse adiante seu próprio pecado. Ana, ao matar um inocente, estabeleceu o preço que estava disposta a pagar em troca. Talvez, como muitas, tenha assumido que esta dívida não seria paga. O maior paradoxo desta história familiar é que se Ana não tivesse morrido em consequência do aborto, teria conseguido continuar a sua vida como queria. Além disso, se naquela vida ela tivesse se arrependido do seu ato e confessado, Deus – que é pura misericórdia – a teria perdoado. Não sei por que o que tinha que dar certo deu tão errado. Mas aceito que foi pela vontade d'Ele. E Deus, muitas vezes, tem planos para nós que não conseguimos entender.

Jesus disse isso no Monte das Oliveiras e repito para mim mesma cada vez que me aparece a imagem daquele momento perturbador em que tive que aceitar o chamado para agir: "Pai, se quiseres, afasta de mim este cálice; contudo, não seja feita a minha vontade, mas a tua", diz Lucas 22.42. Portanto, sei que o castigo que Deus reservou para mim não foi pelos atos após a morte de Ana, mas por permitir que ela fizesse um aborto. O que se seguiu nada mais foi do que o cálice que ele pediu que eu bebesse. A vontade d'Ele. E assim, também pela vontade de Deus, apesar do desejo e dos nossos planos, só consegui ter um filho. Depois da cesárea em que o Mateo nasceu, tive uma infecção hospitalar. Estávamos em casa, no dia seguinte à alta, e comecei a sangrar incontrolavelmente. Julián imediatamente me levou à clínica onde tinha ocorrido o parto. Assim que me examinaram na enfermaria, os médicos ficaram com tanto medo que me levaram para a sala de cirurgia. Disseram a Julián que era septicemia generalizada e que ou me esvaziavam ou eu morreria. Eles me esvaziaram. Digo isso e minha alma fica dilacerada, ainda hoje, tantos anos depois. Foi difícil aceitar, nós nos refugiamos na oração. E em Mateo, aquele bebê que se tornou homem ao nosso lado; nele depositamos tudo o que podíamos dar como pais, como educadores, como catequistas. Nosso filho sempre foi uma luz, um farol, um menino que era pura bondade. A família que tínhamos formado era de dar inveja a quem nos conhecia, sempre juntos, sempre nós três. Mesmo numa idade em que as crianças viajam de férias com os amigos, Mateo continuou a viajar conosco aos locais que escolhíamos, sem reclamações, nem questionamentos. Julián estava preocupado, achava que nosso filho aderia ao plano familiar porque não tinha outro programa possível, pois não socializava bem com os colegas; mas não era isso, era porque ele gostava de estar conosco. Em muitos finais de semana, nós três ficávamos em casa, lendo, assistindo a um filme ou jogando cartas. Tivemos uma vida muito feliz.

Até que, há algum tempo, Mateo começou a visitar meu pai com mais frequência. Por diferentes circunstâncias, ia sozinho, sem nós. Não sei como começaram essas visitas, se foram provocadas pelo avô ou se foram ideia dele. No começo, pensei que fortalecer esse vínculo poderia ser bom para o Mateo. Permitiria se aproximar de um modelo masculino diferente do de Julián, que tem muitas virtudes, mas uma certa apatia, uma relutância crônica, como se a sua bateria diária estivesse apenas pela metade. Meu pai, mesmo na idade em que morreu e carregando aquela doença nas costas, era pura energia. Julián e ele não eram nada parecidos. De qualquer forma, mesmo com seus defeitos, pensei, os dois eram possíveis exemplos de homens, exemplos de valores. No entanto, eu estava errada e, quando percebi, já era tarde demais. Meu pai, embora continuasse se declarando católico, deixara de ser havia muito tempo. Ou pelo menos não se comportava como tal. Questionava dogmas da fé, verdades que os crentes não discutem. No início, acreditei que se reuniam para desenhar catedrais e isso me pareceu lindo, uma forma de unir um dom artístico – que ambos tinham – com a fé. Mas, aos poucos, meu pai começou a enfiar ideias controvertidas na cabeça do meu filho, principalmente sobre a evolução das espécies e outras divagações genéticas. Teorias supostamente científicas que nós, profundamente católicos, não aceitamos porque sabemos descobrir o engano e a manipulação que se escondem por trás delas. Certamente meu pai, fanático por livros, terá acrescentado à sua própria conversa leituras perturbadoras e malucas, que, na cabeça de alguém como Mateo, que está em plena formação, podem causar mais estragos que as drogas. Às vezes, me fazia de boba porque não queria brigar, mas até escondi livros que encontrei no quarto do meu filho e que me pareciam suspeitos. Livros que, não tenho dúvidas, vieram da biblioteca de seu avô. Acontece que meu pai sempre foi um crente pela metade, absorvia o que era conveniente e inspirava controvérsia acerca do que não era. Não conseguia aceitar que uma interpretação livre da Bíblia não era possível para um católico, por exemplo. Ele a lera, mas questionava. Mamãe nem o ouvia mais. As teólogas feministas querem fazer a mesma coisa, inventar uma nova Bíblia que apoie as conclusões às quais desejam chegar antecipadamente. Muitas vezes, tentaram me aproximar de seus grupos; sou uma teóloga com algum prestígio, e meu nome junto ao delas teria sido conveniente. Nunca poderia discutir o indiscutível. Nesse sentido, e embora nunca admitisse na frente de terceiros, quem mais respeito na minha família é Lía. Nem ela, nem eu ficamos no meio do caminho. Ou você é católico ou não é. Se não é, enfrente as consequências de sua vida vazia por não acreditar em nada. Se é, não discuta nem a fé, nem a Igreja.

A cada dia que passa, fico mais convencida de que o silêncio e a invisibilidade de Mateo devem ser consequência do fato de que meu pai, numa das cartas que deixou para ele, o envenenou contra nós. Se tivesse feito isso antes de morrer, eu perceberia: Mateo teria tido uma crise precoce, teria ido morar com ele, teria nos confrontado. Nada disso aconteceu. Desde o momento em que Susana, a mulher que cuidava de papai, mencionou aquelas cartas, sabia que ali havia perigo. Tentei encontrá-las, passei horas procurando, mas não consegui encontrar. Dormi muitas noites angustiada, tentando adivinhar o que diziam. Elas se tornaram uma obsessão que não me deixava dormir. Inventava um texto possível, ficava amargurada, riscava-o na cabeça e começava outro.

O que meu pai contou a ele? Quanto? E, sobretudo, com que intuito? Uma crueldade sem sentido. A passagem do tempo fechara aquelas feridas. Nunca vou entender por que meu pai cismava, muitas vezes, em abrir novas.

Eu não desejaria a ninguém o que a minha família teve que passar.
O que tive que passar, menos ainda.

2.

Para todos éramos "as Sardá". Mas Lía, Ana e eu nunca fomos as irmãs unidas que essa forma de nos chamar fazia supor. Sempre houve dois lados: o delas e o meu.

Quando Lía nasceu, eu era uma menina de cinco anos que morava naquela casa como filha única. E logo após o nascimento dela, fui apresentada a outra irmã, Ana. Foi quase natural que nos dividíssemos dessa forma. De certa maneira, eu já estava instalada na família e tinha certos privilégios, enquanto elas começavam a lutar para conquistar um lugar. Dizem que é entre os irmãos que meninos e meninas treinam para enfrentar as mesmas dificuldades e conflitos que a vida lhes apresentará. Que nessa irmandade treinamos o carinho, a camaradagem, a solidariedade, mas também a raiva, as traições, as ofensas, as lutas para conquistar um lugar e mantê-lo. Praticando com elas, com Lía e Ana, aprendi a negociar, a defender a minha opinião, a me impor, a ganhar e a perder. Nossa irmandade foi um campo de batalha.

Ana e eu éramos parecidas com a mamãe. Lía ficou com a pior parte: papai era um homem interessante, atraente, sedutor, com traços absolutamente viris. Talvez fosse por isso que, devido à forte masculinidade do rosto do pai, os traços de Lía parecessem rudes, ásperos e até grosseiros numa menina. Deve ser difícil aguentar isso. Ao longo da nossa infância, muitas vezes senti pena dela. Estou convencida de que aí reside a origem de algumas das suas atitudes antissistema: no isolamento a que o olhar dos outros a deve ter condenado. Quando fui vê-la para saber algo sobre Mateo, trinta anos depois da última vez que nos vimos, não me atrevi a perguntar se tinha conseguido constituir família, se tinha filhos. Ela não mencionou nada, então acho que não. Mas admito que a achei muito mudada, os anos suavizaram a dureza de seus traços, seu olhar não era mais uma adaga que te esfaqueava no meio da testa. Hoje, Lía é uma mulher com um rosto interessante, com caráter, difícil de esquecer. Além disso, poderia dizer que a minha irmã, com quase cinquenta anos, é atraente na sua feiura.

Por outro lado, mamãe era uma mulher linda, de uma beleza clássica; e tanto Ana como eu tivemos a sorte de sermos, segundo quem nos conheceu, o seu fiel reflexo. Acho que foi a nossa semelhança física que fez com que Ana sentisse uma necessidade constante de competir comigo, como se quisesse levar essa semelhança ao extremo. Ela me imitava, falava com a cadência da minha voz, se movia copiando meu jeito de andar, queria ser eu. E queria ter o que eu tinha, fosse o que fosse: um vestido, ser a capitã do time esportivo da escola ou o Julián. Eu não me importava com Ana; pelo contrário, parecia que ela precisava me provocar, medir forças comigo e me derrotar da maneira que fosse para garantir sua própria segurança. Li, há muito tempo, que todos temos um sósia, alguém que não conhecemos e que é muito parecido conosco; se um dia, por acaso, os sósias se encontram, um deles tem que morrer. Como se não houvesse espaço físico suficiente no mundo para abrigar os dois. Ana e eu não éramos sósias, claro, porque nos conhecíamos, morávamos na mesma casa, sabíamos que a outra existia. Porém, tal como no caso dos sósias, era evidente a impossibilidade que eu tinha – ou a Ana – de compartilhar o mesmo espaço. Era uma ou outra; se além do dia a dia coincidíssemos em algum lugar, porque

Deus queria assim apesar da nossa vontade, Ana obrigava qualquer um a escolher entre ela e eu.

Essa impossibilidade de estarmos juntas tornou-se evidente quando faltava pouco para o acampamento que a paróquia organizava todos os verões, poucos meses antes da morte de Ana. Durante o ano, nós duas tínhamos convivido nos grupos da igreja, mantendo distância. Ana não estava no meu grupo. Eu cuidava das meninas que receberiam a Crisma, e a mais nova das minhas irmãs já tinha sido crismada há muito tempo. Ela fazia parte de um grupo de jovens adolescentes católicas pelo qual Lía também havia passado, com muito menos comprometimento. Quando a responsável pelo grupo dela disse que, no verão seguinte, não poderia acompanhá-las ao acampamento por problemas familiares, o padre Manuel me pediu para substituí-la. Não precisei pensar muito, fiquei realmente seduzida pela ideia: adorava o lugar – que frequentara muitas vezes na adolescência –, achei um desafio liderar um grupo de meninas mais velhas do que as que liderara durante o ano e, acima de tudo, eu me senti atraída por passar esse tempo com Julián, com quem me entendia cada vez mais, sem que ainda tivéssemos revelado um ao outro o que sentíamos.

Quando contei isso em casa, Ana teve um ataque de nervos. Começou a gritar no meio do jantar em família, dizendo que aquele era o espaço dela, que eu não poderia invadir, que sempre estragava o que ela tinha. Procurou a cumplicidade dos meus pais, que permaneceram neutros, como sempre fizeram. Mamãe, porque dizia que deveríamos resolver os nossos problemas sozinhas, embora minhas irmãs reclamassem que, se ela não interviesse, eu seria a eterna vencedora. E era minha culpa ser a mais persistente, ou esforçada, ou astuta, ou forte do que elas? Se era, merecia vencer. As regras que governavam o mundo – que enfrentaríamos após o treinamento na irmandade – eram assim. De sua parte, acho que papai não se envolvia em nossas brigas porque pareciam questões menores, discussões triviais ou brigas sem importância. Ele ficava absorto em seus pensamentos e deixava a discussão progredir, chegar ao auge e finalmente morrer, sem nem saber por que estávamos brigando. Papai vivia em seu mundo e era feliz naquele lugar imaginário que construíra com a leitura, enquanto vagávamos ao lado dele, numa vida familiar compartilhada, onde seu espaço e seu silêncio inspiravam muito respeito. "Não incomodem o papai, ele está lendo" ou "Não incomodem o papai, ele está pensando", duas frases que ouvi todos os dias durante minha infância e adolescência. Se não tivesse acontecido o que aconteceu com a Ana, meu pai teria morrido com honras, sendo o que sempre quis ser: um grande professor de história, lembrado e admirado por muitos, que leu sem parar até o último dia, sempre disposto a saber um pouco mais. Mas a morte de sua filha mais nova, sua "pimpolha", como ele a chamava, o deixou obcecado de tal forma que o transformou em outro homem e frustrou qualquer destino possível que não fosse se tornar um ser sombrio, determinado a descobrir o culpado de um assassinato que nunca aconteceu. Naquela noite, Ana gritou tão alto que papai se meteu: "O que é tão sério que vocês não conseguem resolver como irmãs?" Nem Ana, nem eu respondemos à pergunta. Ela, sem tirar os olhos de mim, disse: "Se você for, eu não vou." E respondi, olhando para a sopa fumegante que mexia com a colher: "Não vá." Imaginei que Ana estivesse prestes a explodir, conhecia aquela raiva, deixei passar alguns segundos e olhei para ela novamente: "Você não foi convidada para passar o verão na chácara da família da Marcela? Aproveite!" Sorri para ela, um sorriso ácido, irônico, cheio de desprezo, e continuei tomando minha sopa como se nada tivesse acontecido. Ela se levantou arrastando a cadeira – algo que mamãe odiava – e foi chorando para o quarto. Lía tentou segui-la, mas mamãe ordenou que ficasse. "Não vamos criar um drama desnecessário", disse. Imediatamente olhou para mim e acrescentou: "As duas vão e com certeza vão se divertir muito. Sua irmã mais nova gosta de cenas dramáticas, depois supera e esquece. Deveria estudar atuação, seria uma ótima atriz." Jamais saberemos se Ana teria sido, realmente, uma grande atriz.

 Gostaria que não tivesse ido àquele acampamento. Foi ali que começou o inferno para o qual fomos arrastados logo depois. Nos primeiros dias, em Córdoba, quase não falei com minha irmã. Mesmo que não houvesse escolha a não ser passar o dia inteiro juntas, eu a evitava e ela me evitava. O grupo era grande, e se eu quisesse dar alguma ordem específica, por exemplo, que fosse pontual quando nos reuníamos para fazer a oração da manhã – à qual Ana chegava atrasada, quase sempre depois de terminarmos a primeira Ave-Maria – falava com o grupo como um todo, como se todas tivessem cometido o erro. Mesmo tratando-a assim, de forma elíptica, era perceptível uma forte tensão. Porém, com o passar dos dias, Ana parecia ter baixado a guarda: celebrava algumas brincadeiras minhas, participava de conversas que eu propunha, e fazia isso sem forçar seu papel de eterna oponente de tudo que eu pensava. Notei um brilho em seus olhos, uma luminosidade animada e travessa. Não consegui perceber a tempo que o que estava causando aquelas mudanças nela era simplesmente um plano. Na noite em que tive uma forte enxaqueca que me impediu de ir à fogueira, Ana foi amorosa comigo, solidária como nunca. Insistiu para que eu ficasse calma, que descansasse, que tudo ficaria bem. Seu plano finalmente encontrara a oportunidade de ser executado, e não percebi sua manobra. Tive febre naquela noite, dormi até a manhã seguinte. Quando as meninas voltaram da fogueira, entreabri os olhos e vi o grupo agitado, mas não percebi que Ana não era uma delas.

Prefiro não pensar no que aconteceu naquela noite entre minha irmã e Julián. Por outro lado, só soube mais tarde. No dia seguinte, também não notei nada nela. Ainda estava feliz, como eu a vira nos últimos dias. Talvez um pouco mais arrogante; se opôs a uma indicação que eu dera e que não tinha a menor importância. Tão pouca importância que, depois de discutir um pouco, perto do campo onde os meninos iam começar a jogar futebol, ela me disse: "Quer saber, Carmen? Você está certa, vamos fazer como você diz." E, desta vez, sua resposta não foi uma forma irônica de encerrar a briga, ela estava falando sério. Depois foi com as amigas torcer pelos meninos e o dia continuou seu curso normal.

Já Julián se comportava de forma estranha, taciturna, com certa distância. Mas de forma alguma suspeitei que esse afastamento tivesse a ver com o fato de ter tido um encontro sexual com Ana. Como eu suspeitaria disso? Pensei, porém, que talvez estivesse ressentido com o encontro frustrado que tivemos, junto ao riacho, na noite em que nos beijamos desesperadamente para depois nos fecharmos em nós mesmos e, assim, impedir que o que sentíamos terminasse de forma errada. Fiquei chateada pensando que era isso; queria que continuássemos com a nossa amizade, já que ainda não me permitia desejar que ele não fosse padre. Outra possível razão era que, com o passar dos dias, ele simplesmente estivesse cansado de ter tantos jovens sob seus cuidados. E essa foi a hipótese que me tranquilizou. Estávamos perto do fim do acampamento e era compreensível que Julián já quisesse voltar para a paz do seminário. De qualquer forma, perguntei se havia algo errado e ele respondeu: "Estou sobrecarregado, muito sobrecarregado." "Esses jovens são cansativos, muitos hormônios", respondi, sem perceber o motivo do estresse. "Muitos hormônios", repetiu Julián e baixou o olhar. Não pensei que esse comentário também se aplicaria a ele.

De volta, a vida continuou seu curso normal. Embora por pouco tempo, porque as grandes definições viriam logo depois. Julián deixaria o seminário. Nós nos casaríamos, formaríamos uma família, seríamos tão bons católicos juntos que compensaríamos qualquer culpa que ele pudesse sentir por não ter cumprido o chamado. Mas junto com as grandes definições vieram as perguntas obsessivas de Ana. Minha irmã me questionava sobre Julián toda vez que nos encontrávamos. Eu estava convencida de que ela suspeitava que havia algo entre nós. Por que ele havia desaparecido, quando viria à paróquia, onde estudava. Contei a Julián; fiquei chateada, mas não esperava que a conversa terminasse em algo mais, apenas queria compartilhar com ele o que eu já sabia: que Ana me invejava. Para minha surpresa, primeiro ficou em silêncio por alguns longos minutos e depois me confessou, sem mais delongas, o que acontecera no acampamento. A dor foi brutal. Depois de ouvir aquilo, foi como se meu corpo tivesse ficado ali e eu estivesse viajando para outro planeta. Ele me contou como Ana o abordou, como aproveitou a noite em que eu não estava, seus métodos de sedução. Também me contou sobre seu próprio desejo sexual que não soube controlar, que esse desejo havia sido despertado após nosso beijo. Ainda teve a impertinência de me dizer que pensava em mim quando estava com ela. Foi uma revelação devastadora em todos os sentidos. Queria bater nele, queria bater nele até doer. Como pôde, como ousara manchar os nossos sonhos? Ainda mais do que bater nele, tive vontade de correr para casa e bater muito em Ana, algo que acabaria com as duas rolando no chão e trocando socos num duelo até a morte. Eu a odiei. Senti nojo. Senti vergonha. E uma raiva profunda. Saí para caminhar, minha cabeça estava fervendo. Julián quis me impedir, mas me livrei dele. Eu tinha consciência de que Ana, desta única vez – importante e decisiva – havia me vencido. Essa vitória marcava o fim da partida? Ou era apenas um resultado parcial? Não consegui responder a essas perguntas, estava confusa, tinha sentimentos confusos. Sentei-me num banco da praça para onde Julián tinha me levado, mas muito longe dele; do lugar onde estava não podíamos nos ver. Fechei os olhos. Precisava encontrar uma explicação. Versículos do Gênesis me vieram à cabeça e se repetiam sem parar. Não foi um ato de vontade, mas um ato reflexo. "A serpente era o mais astuto de todos os animais selvagens que o Senhor Deus tinha feito. Ela disse à mulher: 'É verdade que Deus vos disse: 'Não comais de nenhuma das árvores do jardim?'" "A mulher que me deste por companheira, foi ela que me fez provar do fruto da árvores, e eu comi." "Multiplicarei os sofrimentos de tua gravidez. Entre dores darás à luz os filhos." "E o Senhor Deus expulsou do jardim do Éden." E uma frase que minha mãe dizia quando eu brigava com minhas irmãs: "Errar é humano, perdoar é divino." Meu pai a corrigia em latim: "*Errare humanum est, sed perseverare autem diabolicum.*" Preferi ficar com a versão misericordiosa de minha mãe. Seria capaz de perdoar como sentia que Deus me pedia? Seria capaz de controlar meu orgulho, de curar a ferida que Ana infligira a mim, provavelmente de propósito, ao dormir com o homem por quem estava apaixonada? A culpa era de Julián ou de Ana? Quem era a serpente? Deixaria Ana sair impune?

Rezei com o maior fervor que dediquei a qualquer oração. Por fim, voltei para Julián e disse que enfrentaríamos aquilo juntos. E que conseguiríamos. Ele chorou, parecia um menino. Não o abracei, não mexi em seu cabelo, nem o acariciei. Deixei que pousasse a cabeça no meu colo, mas sem tocá-lo. Também não deixei que me beijasse. Minha virgindade, depois do que ele me contou, ganhou maior valor. Ele sabia disso, e eu faria questão de que não se esquecesse. Precisávamos de tempo; aos poucos, à medida que Ana fosse desaparecendo, nós dois seríamos novamente fortes, imbatíveis, poderosos pelo amor que sentíamos um pelo outro e por Deus.

Quando cheguei em casa, não disse nada para Ana, ignorei-a. E tentei não me encontrar com ela. Era uma questão de deixar os dias passarem, que Julián saísse do seminário, que ela aceitasse que não haveria mais nada entre os dois, que finalmente pudesse ser apresentado como meu namorado oficial. Apostamos nisso, mas ainda viria mais um teste. Assim que ouvi a notícia de que Julián havia feito sexo com Ana, acreditei que não haveria outros obstáculos a superar. Porém, o pior ainda viria: a gravidez de Ana. Julián descobriu no dia em que ela apareceu no seminário com a notícia. Eu descobri alguns dias depois, quando ele me contou. Aquilo pareceu um golpe fatal. Fiquei derrubada. Rezei, perguntei a Deus por que deixara aquilo acontecer. Procurei um sinal no drama que pusera em meu caminho. Se aquela criança nascesse, meus sonhos acabariam. Nossos sonhos. Julián e eu não podíamos intervir, havia uma vida pulsando dentro do corpo da minha irmã e essa era a prioridade. Quando tudo parecia perdido, Ana tomou a decisão de não ter aquele filho. E nós, admito com pesar e já nos confessamos, nos sentimos aliviados. Para Julián e para mim, abortar é matar uma criança, nunca teríamos apoiado isso, nunca a teríamos encorajado a fazer aquilo. Mas deixamos que ela fizesse, pecamos por omissão. Porque, no fundo, talvez inconscientemente, acreditássemos que era o único caminho para sair do labirinto em que a própria Ana nos pusera. Quando ela começou a vislumbrar esta opção, orientei Julián que a deixasse chegar sozinha ao destino, que não opinasse, que não concordasse e que deixasse que a decisão fosse, sem dúvida, de Ana.

Ajudei a encontrar um lugar onde minha irmã pudesse fazer o maldito aborto. Era perigoso e insensato que ela saísse por aí perguntando onde fazer, alguém poderia descobrir, poderia contar à mamãe, nosso nome estaria na boca de todos, independentemente de Ana fazer o aborto ou não. Reduzi o máximo que pude todos os danos que apareceram. Os que não consegui, consertei. Impedi Julián num momento crítico, quando ele estava prestes a cometer um grande erro: acompanhar Ana até aquele lugar. "Como pode pensar nisso? E se alguém te reconhecer? E se alguém vir os dois entrando juntos em um lugar como esse? Que Ana corra o risco é inevitável, por que você também? Não devem se sacrificar os dois. Vamos rezar a Deus para que, quando ela entrar naquele lugar, ninguém veja seu rosto."

Julián estava perdido, angustiado, confuso; era capaz de cometer um erro após o outro. Isso me obrigou a ficar muito atenta, mais consciente do aborto da minha irmã do que gostaria. Quando ela fez, passei o dia inteiro com ele, eu o acompanhei até a igreja com qualquer desculpa; embora o padre Manuel já soubesse da nossa relação, tinha pedido "extrema" discrição e, claro, não sabia nada sobre o que Ana estava prestes a fazer. Cuidei do Julián, fomos passear, levei comida para ele, fiz com que comesse. Era um zumbi, congelado no tempo como uma mancha venenosa, incapaz de fazer qualquer movimento até que tudo acabasse de uma vez por todas, para começar do zero. Julián não conseguia fazer nada, exceto esperar. Finalmente, ao meio-dia, Ana ligou para avisar que estava feito. E, depois de um tempo, para exigir que ficasse com ela: dizia que não se sentia bem. Era uma reclamação inútil. O que ela queria? Que Julián fosse até a minha casa? Que ela viesse, naquele estado, até a paróquia? Eu o convenci a manter a calma, que eu iria vê-la e que, sem que a Ana suspeitasse que eu sabia de tudo, me certificaria de seu bem-estar e cuidaria para que não desse nenhum passo em falso.

E foi o que fiz. Quando cheguei em casa, Ana estava trancada no quarto que dividia com Lía. Abri a porta com cuidado: estava dormindo. Estava sozinha e ficaria assim o resto do dia: nossa irmã, que havia começado os exames na faculdade, passaria a noite em Buenos Aires, na casa de uma colega, o resto da semana. "A viagem de ida e volta de trem tira muitas horas de estudo", minha mãe me disse. Não me interessava nada do que mamãe me contava sobre Lía e seus exames, mas eu precisava saber como seriam os movimentos da casa. Naquela noite, Ana não desceu para jantar. Eu me ofereci para levar comida para ela. Quando fui, estava dormindo; deixei ao lado da cama, caso acordasse com fome pela manhã, e fui dormir também.

No dia seguinte, Ana não foi à escola. Achei razoável, o que ela tinha feito não era algo comum e, se estava se sentindo mal, era melhor não sair por aí chamando a atenção. Fui para as minhas aulas e voltei depois do meio-dia. Fiquei a tarde toda atenta aos movimentos de Ana, ouvi que ela foi várias vezes ao banheiro. Mamãe me disse: "Parece que a menstruação dela veio ruim este mês." E assenti. No meio da tarde, Ana tomou um chá que a mamãe levou ao seu quarto, ficou com umas torradas para comer um pouco mais tarde, e disse que, se não descesse para jantar, deveria deixá-la descansar até o dia seguinte; que precisava dormir para se recuperar. Parecia que tudo finalmente estava começando a se acalmar. Presumi que havíamos entrado no tempo de recuperação, em algum momento Ana começaria a se sentir bem e voltaria à sua vida normal. E eu, à minha.

No final do dia, liguei para Julián para deixá-lo tranquilo; não fiz isso por ele, para aliviar sua espera, mas por medo de que a falta de notícias o levasse a cometer um ato imprudente. Disse que tinha sido uma boa tarde, que provavelmente Ana dormiria até o dia seguinte e que ele deveria fazer o mesmo. Antes do anoitecer, tive que procurar alguns livros na casa de uma colega em Burzaco. Planejei ir e voltar em um instante, mas o ônibus atrasou, a chuva havia transformado a avenida em um caos e demorei mais de uma hora nesta tarefa. Foi nesse tempo que Ana ligou para Julián na paróquia e o pegou quando saía para ir ao seminário. Ele não conseguiu me encontrar, então tomou suas próprias decisões. A pedido de minha irmã, Julián marcou com ela na igreja. Enquanto ela chegava, foi pegar a caminhonete da empresa do pai porque, se a situação fosse tão grave como Ana dizia, ele teria que levá-la a um hospital. Julián não queria que fosse tratada em nenhum lugar da região, tanto para cuidar dela, quanto para se proteger: era um risco encontrar alguém que pudesse reconhecê-los.

A essa altura da tarde, quase à noite, enquanto eu, a poucos quilômetros de distância, recebia os livros necessários para preparar um trabalho sobre os últimos lecionários aprovados pelas assembleias episcopais latino-americanas, Ana falecia no banco da nossa paróquia São Gabriel, a poucos quarteirões de casa. Ela deixava este mundo, como o bebê que carregara dentro de si algumas horas atrás. Todos nós teríamos que tolerar muita dor. Julián e eu mais do que ninguém, porque sabíamos. Mas naquele momento, alheia ao que acabara de acontecer, ao voltar para casa, fui até o quarto de Ana cumprir minha tarefa de observar se estava tudo bem. Embora tivesse ficado preocupada por ela não estar lá, não quis perguntar à mamãe se sabia para onde tinha ido. Liguei para Julián na paróquia, mas o padre Manuel atendeu e desliguei. Liguei para a casa dele e perguntei por ele, também não estava lá. Não ousei ligar para o seminário. Não sabia mais o que fazer. Fiquei andando pela casa de um lado para o outro, estava uma pilha de nervos. De vez em quando, da janela da sala, olhava para a rua na esperança de que Ana aparecesse. Quando mamãe anunciou que iria até o quarto deixar comida para ela, fiz com que recordasse que Ana havia pedido para não ser incomodada, que naquele momento era melhor deixá-la dormir do que forçá-la a comer. Mamãe concordou e disse que o jantar logo seria servido para nós. Fui até a janela e abri mais uma vez a cortina, esperando que Ana voltasse. Mamãe me perguntou: "O que você tanto olha?" "Se para de chover", menti rapidamente, "tenho muitas coisas para fazer amanhã e se chover, meu dia será complicado". E enquanto eu dizia "meu dia será complicado", vi como a caminhonete de Julián vinha pela rua e estacionava em frente ao portão de entrada. Era uma situação sem precedentes, Julián nunca tinha vindo em casa; se estava lá, algo fora do comum estava acontecendo. Minha mãe gritou da cozinha: "Você vem comer comigo e com seu pai?" Peguei um guarda-chuva e, no caminho até a porta, gritei: "Não, mãe, vou na casa da Adriana procurar uma capa de chuva que deixei lá. Podem jantar, talvez eu coma alguma coisa com ela." E sem esperar que minha mãe acrescentasse algo, saí.

 Julián estava ao volante, seu rosto não transmitia nada. Parecia ausente, perdido, em outro lugar. Nunca o tinha visto naquele estado antes. Abri a porta do carro. "O que aconteceu?", perguntei. Ele começou a chorar incontrolavelmente, de uma forma ainda mais avassaladora do que quando chorou naquela praça no dia em que me contou sobre Ana. Não conseguia falar, mal conseguia respirar. Entrei na caminhonete. Eu o abracei. "O que foi?", perguntei novamente. "Ela está morta, Carmen, Ana está morta." Eu o abracei com mais força. "O que está dizendo?", perguntei, atordoada. "Morta", repetiu, "ela morreu". E começou a bater no volante com os punhos. Eu chorei também, nós dois estávamos realmente arrasados, nunca nos passou pela cabeça que Ana pudesse morrer por um aborto. Tentei acalmar Julián, mas também não era fácil para mim. Nem me atrevi a pedir que tirasse a caminhonete dali; meu pai ou minha mãe podiam olhar pela janela com qualquer desculpa, e eu não queria que nos vissem. Julián não parecia em condições de dirigir, não sabia me explicar como tinha conseguido chegar até minha casa. "Onde você a deixou?", perguntei a ele. "Eu não a deixei", respondeu e olhou para trás. Não entendi. "Não a deixei, está no porta-malas. Eu não sabia o que fazer, estava morta na igreja, a ideia de que alguém pudesse encontrá-la me assustou." Tentei assentir, apoiá-lo em sua decisão, embora o fato de saber que o corpo da minha irmã morta estava a poucos metros de mim, dentro daquele carro, me deixasse com náuseas. "Sim, meu amor", disse, "fique calmo." Ele continuou: "Se alguém perceber que fez um aborto, pode ligar os pontos até chegar à conclusão de que o pai da criança era eu, entendeu, Carmen? Ana me disse que não contou para ninguém, ela me jurou. Mas e se contou? Talvez tenha tido necessidade de contar. Talvez tenha escrito isso em um diário." A ideia de que Ana tivesse um diário onde escrevia sobre Julián e a gravidez me apavorou mais do que seu cadáver atrás de mim. Pensei alguns segundos antes de responder, e então disse com a maior calma e força que pude: "Você fez bem, meu amor, você fez bem." Beijei a cabeça dele. Fiz uma anotação mental: "Encontre esse suposto diário." Fiz um esforço para não imaginar o corpo de Ana enfiado no porta-malas da caminhonete. Obriguei-me a imaginar a mesma carga de sempre, cheia de televisores, máquinas de lavar, fogões e geladeiras. Precisávamos fazer com que nossos dias voltassem a ser como todos os demais. Brigar contra as adversidades com unhas e dentes, mais uma vez. E para isso era preciso encontrar a força necessária, onde quer que ela estivesse.

"Acelera, Julián", eu disse, "vou te ajudar."

3.

Eu não sabia qual era o cheiro do sangue. Naquela noite, soube: tem cheiro de metal. Engana-se quem pensa que pode prever com antecedência o cheiro de litros de sangue. Nem a menstruação, por mais abundante que seja, nem uma ferida, por mais profunda que seja, cheiram como o sangue de Ana.

A ideia nunca foi cortar o corpo. Mas estava chovendo, então não havia outro jeito. Na realidade, também não foi uma "ideia", mas uma improvisação, decidir e agir face a um fato consumado. Fizemos o que pudemos; se deu certo, foi porque Deus quis assim, não porque nosso plano foi inteligente ou porque usamos o método apropriado. "Afasta de mim este cálice; contudo, não seja feita a minha vontade, mas a tua!" Tenho certeza de que hoje, com o que a ciência avançou, teria sido inútil tanto esforço para esconder o aborto de Ana. Em pleno século XXI, com o uso do DNA em questões forenses, tudo vem à tona. Há trinta anos e na Argentina – no subúrbio de Buenos Aires, para ser mais precisa – não. Reconheço que eu e Julián fomos inconscientes e que a inexperiência de quem trabalhou no caso nos ajudou. Além disso, o padre Manuel falou primeiro com o delegado responsável e depois com o juiz do caso para pedir – "como bons católicos" – celeridade e discrição "por respeito à família da vítima". Sei que intercedeu, porque ele mesmo confirmou a Julián que fizera isso por nós. O padre sabia, sob o segredo da confissão de Julián, que Ana tinha morrido em decorrência do aborto. Rezou por ela e pediu a Deus que a perdoasse. Quando fui me confessar com ele, algumas semanas depois, falei em meio às lágrimas: "Deveria ter impedido a Ana, não deveria ter permitido que ela matasse aquela criança." Ele me consolou e me disse: "Deus é pura misericórdia e perdoa quem se arrepende, você tem sorte de poder se arrepender em vida. Sua irmã não pôde." Na noite em que Ana morreu, depois de passar vários minutos em frente de casa com o corpo no porta-malas, finalmente convenci Julián a ligar a caminhonete e partir. Não foi fácil, ainda estava em estado de choque e o carro morria, sem motivo aparente, a cada dois ou três minutos. Eu não sabia dirigir, então não sabia o que fazer; mesmo sem ter dirigido um carro na vida, não tenho dúvidas de que teria me saído melhor que ele. Estávamos ambos arrasados com a morte de Ana e as circunstâncias que a rodeavam. Mas a dor de Julián transformou-se em perplexidade e confusão, enquanto em mim se transformava num distanciamento que me permitiu olhar de fora. Foi como se a dor tivesse me anestesiado e assim, distante, desconectada emocionalmente, agi esquecendo completamente que o que carregávamos no porta-malas era o corpo da minha irmã. Aos tropeços, avançamos pelas ruas de paralelepípedos de Adrogué, sem destino, sem saber o que faríamos ou para onde levaríamos o corpo. Nos primeiros quarteirões, ficamos em silêncio. Julián, concentrado em dirigir. Eu, olhando para a frente, para o que aparecia através do para-brisa. Era uma noite desagradável, já estava escuro havia algum tempo e caía uma garoa espessa e constante. Os pneus, rodando sobre os paralelepípedos molhado, faziam um barulho estridente que ainda hoje, quando ouço, me faz lembrar daquela noite. "Ninguém precisa descobrir que Ana morreu do aborto", eu finalmente disse, quando Julián virou na avenida e os paralelepípedos se transformaram em asfalto. Ele não respondeu, mas começou a chorar novamente. "Ninguém", voltei a dizer com firmeza, ignorando o choro dele. Pedi que fosse até o quiosque em frente à estação. Pedi dinheiro antes de descer, saí com pressa e só tinha o guarda-chuva comigo. Felizmente, Julián estava com sua carteira. Desci e comprei uma grande caixa de fósforos. E cigarros: não fumava nem pretendia fumar, mas não queria deixar pistas que alguém pudesse seguir e chegar até nós. Quando voltei para o carro, mandei Julián dar a partida. Não dei um endereço, ele não me pediu, continuamos à deriva. Porém, eu já tinha um plano. No momento não queria ir a lugar nenhum, mas que o tempo passasse, que a noite se fechasse cada vez mais e que ninguém em Adrogué estivesse andando na rua quando, finalmente, precisássemos ficar sozinhos para nos livrarmos de Ana. Assim que percebi que Julián estava começando a se acalmar – pelo menos tinha parado de chorar –, expliquei os passos a seguir: levar o corpo para o terreno baldio que ficava a poucos quarteirões da paróquia e, uma vez lá, queimá-lo até que ninguém pudesse encontrar uma pista sobre o que havia matado minha irmã. Julián fez tudo o que pedi. Estava perdido e entregue às minhas instruções. Quando não havia mais nenhuma alma na rua, seguimos para o destino. De qualquer forma, certifiquei-me novamente de que não havia ninguém rondando a área; era muito tarde e, com aquele tempo, dificilmente algum vizinho sairia de casa. O local escolhido era um terreno baldio abandonado à própria sorte por problemas sucessórios, que alguns meninos usavam para jogar bola e, os mais velhos, como depósito de lixo. De vez em quando, havia quem fizesse fogueiras no terreno, quando a grama crescia demais, quando o lixo acumulado começava a exalar mau cheiro, ou quando os ratos iam para as casas vizinhas. Então o fogo não atrairia a atenção de ninguém. Estacionamos, descemos e abrimos a porta traseira da caminhonete. Ver Ana morta me deixou comovida. Uma coisa era pensar em seu cadáver, outra bem diferente era tê-lo diante dos olhos. Fiquei olhando para ela por um tempo, incapaz de fazer qualquer coisa. Julián a acomodara sobre algumas mantas que eram usadas na loja para proteger produtos delicados, eletrodomésticos que podiam ser arranhados durante o transporte. Mas não a cobrira. Aquele rosto inerte já não era Ana, a careta rígida em seus lábios nada tinha a ver com seu sorriso. Quando consegui reagir, eu a enrolei com as pontas do cobertor e disse a Julian para levá-la. Ela a pôs sobre o ombro, como se carregasse um tapete enrolado, e caminhou para o terreno baldio. Fiquei ali por um momento, na calçada, verificando se não havia ninguém andando no local. Aí fui atrás dele e pedi a Julián que estacionasse a caminhonete a alguns quarteirões de distância: quando o corpo aparecesse, era melhor que nenhum vizinho tivesse visto o transporte da Eletrônica Varela estacionado na frente daquele local. Tentei atear fogo na manta que envolvia Ana com os fósforos que comprei. Acendi vários, um após o outro. Não foi fácil, o chão estava molhado e a água não parava de cair. O cobertor queimava e depois de um tempo apagava. Quando Julián voltou, mandei que voltasse à caminhonete para pegar algum pano e o molhasse na gasolina do tanque: um lenço, uma flanela, um pedaço de outro cobertor. Enquanto isso, continuei tentando queimar o corpo de Ana, sem muita sorte. O cabelo pegou fogo imediatamente, o cheiro de cabelo chamuscado era intolerável. Mas nenhuma outra parte do corpo queimava por tempo suficiente e, depois de um tempo, as poucas chamas que havia se apagavam. Dois ou três minutos depois, Julián voltou e me entregou uma flanela embebida em gasolina. Pus no colo da Ana e acendi. Queimou mais que o cobertor, embora novamente a chuva e um vento que acabava de aumentar apagassem o fogo. Eu estava começando a aceitar que seria impossível queimar a barriga e as partes íntimas da minha irmã a ponto de ninguém conseguir descobrir se o que aconteceu com o corpo dela fora um aborto, um estupro, uma prática sexual de risco ou o que quer que fosse. Estava ficando sem recursos. Tinha que encontrar um plano "B". Dividi a questão com Julián e ele começou a chorar como uma criança. "Pensa, Carmen, pensa, você precisa ter alguma ideia", disse ele entre soluços, declarando-se inútil, deixando toda a responsabilidade para mim. E pensei, procurei alternativas desesperadamente, minha cabeça funcionava a todo vapor, mas não consegui pensar em nada. A única maneira que me pareceu razoável para apagar os vestígios do aborto era queimar o corpo da minha irmã. E não conseguia pensar em nenhum lugar fechado onde pudéssemos levá-la e depois fazer uma fogueira dentro de casa, sem chamar a atenção de todos ou, pior ainda, provocar um incêndio. Embora tenha me rendido aos desígnios d'Ele, não entendia totalmente o que Deus queria me dizer com tantas adversidades. "Não era necessário que você deixasse o corpo inteiro queimar, meu Deus, mas pelo menos que o pano embebido em gasolina tivesse conseguido queimar aquele pedaço", me peguei dizendo um pouco depois, com os olhos fixos na barriga de Ana. E quando disse "pedaço" tive uma epifania, finalmente vi com claridade. O que devia fazer era levar o pedaço do corpo da Ana que precisava ser carbonizado para o meu forno de cerâmica. Aquele forno alcançava as temperaturas indicadas para carbonizar qualquer coisa. Sem dúvida, tanto ou mais que um forno crematório. Eu teria que fazer isso com cuidado, não queria que o corpo dela virasse cinzas, só que queimasse de modo que ninguém soubesse o que havia acontecido com minha irmã. Só isso. Claro que a Ana não cabia toda ali. O forno tinha apenas meio metro de largura. Eu o comprei porque acreditei que a cerâmica – barro, argila ou porcelana – era a prática artística que me interessava. Com o tempo, eu o abandonei, quando me empolguei em fazer esculturas metálicas de santos, anjos ou virgens, que mais tarde poderiam ser expostas no pátio de alguma igreja. Primeiro investi no forno e depois, com vontade de trabalhar com cobre ou ferro, investi todo o meu décimo terceiro em uma esmerilhadeira sem fio de última geração. Calculei a olho nu o pedaço de Ana que caberia no meu forno. Se cortasse no pescoço, que é uma área onde o corte é naturalmente mais fácil, e nas articulações das pernas, seu tronco ficaria limpo para transportar e caberia no forno sem dificuldade. Apenas três cortes: cabeça, uma perna, outra perna. Não era preciso cortar os braços, não se tratava de cortar por cortar; bastaria cruzá-los à frente, se o rigor do cadáver permitisse, ou colocá-los de cada lado. Não tive dúvidas de que o pedaço que imaginei caberia no meu forno. Contei a ideia a Julián. Primeiro resistiu aos gritos. Tive que acalmá-lo com um tapa, não podia permitir que nos descobrissem por causa de seu escandaloso ataque de nervos. Gritou que achava "aberrante", "monstruoso" cortar Ana em pedaços. Eu também, ou o que ele estava pensando? Não se tratava de esquartejar minha irmã por prazer, como pode fazer um psicopata que gosta de cada corte. Nem se tratava de cortá-la para encobrir um crime, como um assassino pode especular. Tratava-se, sim, de esconder o motivo da sua morte, uma morte que não havíamos causado. Porém, se o motivo se viesse à tona, só traria mais dor. Cortá-la era simplesmente uma questão prática. "E em que outra alternativa você consegue pensar?", perguntei a Julián, quando ele se recuperou do tapa. Não respondeu. "Viu?", eu disse, e depois de um tempo acrescentei: "Não é a Ana, você tem que pensar dessa forma. A Ana não está mais aí." Julián continuou sem responder, abaixou a cabeça e, sem coragem suficiente, olhou para os próprios sapatos para não olhar para o corpo da minha irmã enrolado em cobertores. "O que vemos é apenas a sua embalagem, a parte menos importante do que somos, o que se dissolve quando partimos. Estamos de acordo?", perguntei para forçá-lo a responder. Julián assentiu com a cabeça sem olhar para mim. Continuei: "Ela está morta, Ana já foi. Já foi, meu amor." Só então, quando eu disse "meu amor", Julián pareceu reagir: ergueu a vista, olhou para mim, deu alguns passos em minha direção e me abraçou. Então sussurrou no meu ouvido: "Não posso fazer isso, não vou conseguir." Sem me livrar de seu abraço, respondi: "Eu faço." Cobrimos o corpo da Ana, fomos até a caminhonete e seguimos juntos para minha casa. Nenhum dos dois podia ficar cuidando do corpo: Julián tinha que dirigir, eu tinha que ir à minha oficina procurar a esmerilhadeira. Não estávamos preocupados que alguém entrasse no terreno baldio e descobrisse o corpo de Ana: conhecíamos nossos vizinhos, isso era praticamente impossível até que a chuva parasse e amanhecesse. Mas rezamos a Deus para que nenhum animal viesse xeretar debaixo do cobertor. Partimos e ouvi novamente o barulho das rodas nos paralelepípedos. Chegamos em poucos minutos. Minha casa estava completamente escura. Imaginei que meus pais já estivessem dormindo. Certamente, e para nossa sorte, aceitaram que Ana continuava dormindo no seu quarto, até se recuperar do que minha mãe acreditava ser a menstruação. Caso contrário, estariam acordados e alertas esperando o retorno da filhinha. Desde que terminamos a escola, eles não esperavam mais por mim e por Lía todos os dias; sabiam onde estávamos e respeitavam uma independência merecida. Eu mentira que iria procurar uma capa de chuva e voltaria tarde, Lía estava dormindo pela segunda noite consecutiva na casa de uma amiga da faculdade. Se Deus quisesse, eles não tinham motivos para estar acordados. E Deus quis. Mandei Julián dar uma volta no quarteirão enquanto eu procurava a esmerilhadeira. Bem quando a caminhonete apareceu na esquina, fechei a porta da frente novamente com minha carga nas costas.

Voltamos ao terreno, puxamos a manta. Pedi a Julián que saísse à rua para ficar de olho. Não achava necessário controlar se alguém vinha, mas tê-lo ali, ao meu lado, prestes a desmaiar diante do que presenciaria, era pior do que fazer aquilo sozinha. Fiquei na altura do pescoço de Ana, uma perna de cada lado de sua cabeça, olhando para seus pés, de modo que seu rosto ficasse atrás de mim e não tivesse que vê-lo. Liguei a máquina, o disco diamantado começou a girar. Aproximei a lâmina do pescoço de Ana e apoiei nela. Imediatamente o sangue começou a fluir. Abri as pernas para não me sujar; era impossível, resolveria mais tarde como me livrar daquelas roupas. Afundei a máquina no pescoço da minha irmã. Passei pela resistência de seus ossos e continuei até a lâmina atingir o chão do outro lado. O cheiro metálico de sangue entrou em meu nariz. Dei passos desajeitados, com uma perna de cada lado do corpo dela, deixando a cabeça para trás, sem olhar para ela, mesmo que não fosse mais a Ana ali. Abaixei-me e desabotoei suas calças carbonizadas, baixando-as até expor sua virilha. Ao fazer isso, olhei para as pernas de Ana e me chamou a atenção ver que ela estava usando botas. Por que não? As botas de uma morta. As botas da minha falecida irmã. Balancei a cabeça e voltei à minha tarefa. Ana estava molhada e fria, o calor do fogo frustrado não a havia tocado. Cortei uma perna e depois a outra. Novamente o sangue, novamente os ossos resistindo, novamente a lâmina do outro lado do corpo até atingir o chão. Ana, em poucos minutos, estava em pedaços. Tirei a calcinha dela junto com o curativo ensanguentado e guardei no bolso, o que me deu muito nojo, mas tive medo de que naquele sangue houvesse restos do bebê abortado. Fui até onde Julián estava, pedi que fosse até a loja procurar plástico para embrulhar. Esperei por ele lá. O cheiro de sangue agora poderia atrair um cachorro; teríamos que cobrir as partes do corpo até nosso retorno. Movi o pedaço que ia levar para o lado, de modo que a cabeça e as pernas ficaram alinhadas com um espaço vazio entre elas. Preparei o pedaço que levaria comigo, evitando olhar para o resto do corpo. Aquilo não era Ana, nem o que manipulava, nem o que sobrou. Levantei o tronco e o sacudi para tirar o máximo de sangue possível, primeiro agitando virado para cima, depois para baixo. Os braços faziam movimentos pouco convencionais e imprevisíveis; de qualquer forma, preferi deixá-los presos a fazer novos cortes. Quando quase não pingava mais, levei até a entrada do terreno baldio. Nesse exato momento, Julián saiu da caminhonete com dois rolos de embalagens plásticas. Pedi que fosse cobrir as partes restantes; mas quando viu o tronco com os braços, ficou tonto e vomitou. Era impossível contar com ele para algumas tarefas, mandei que entrasse no carro novamente. Desenrolei um pouco de plástico, pus o tronco da Ana em cima e o envolvi como se fosse um matambre. Quando ficou pronto, avisei Julián. Pusemos o pedaço e o rolo na caminhonete. Fui até onde estavam os outros restos da Ana, espalhei o outro rolo de plástico sobre eles. Procurei algumas pedras para prender, para que o vento não o levasse. E quando tudo ficou pronto, fui até a caminhonete e voltamos para casa. Desta vez, pedi que Julián descesse comigo. Eram quase duas da manhã, meus pais não se levantariam. De qualquer forma, ele tinha que ficar na porta do depósito onde ficava minha oficina e, se meus pais viessem, me avisar. Qualquer desculpa que eu tivesse para estar ali teria sido preferível a explicar o que estávamos queimando ali. Levamos o pedaço juntos ao forno e depois Julián saiu. Desembrulhei o pacote, tirei as roupas que ainda estava usando e joguei no plástico. Pus o torso da Ana no forno, arrumei, tive que forçar a posição dos braços para que ficassem dentro. Não foi fácil, aquele corpo já não respondia às minhas ordens. Liguei o forno, pus na temperatura mais alta, 1.200 graus, e esperei. Logo o cheiro de carne queimada tornou-se mais intolerável que o do sangue de Ana. Sentei-me no chão e chorei. Rezei e pedi forças. Verificava de vez em quando abrindo a porta do forno, cobrindo o nariz com o braço cada vez que fazia isso. Repeti o controle a cada cinco minutos até que aquele tronco tomasse a forma de um pedaço de carne carbonizada de origem indeterminada. É impossível precisar quanto tempo fiquei ali, ao lado do forno, observando a carbonização do corpo da minha irmã. Pode ter sido pouco tempo, mas pareceu uma eternidade. Pedi a Julián que levasse os restos de plástico, as roupas de Ana e trouxesse outro cobertor. Fiz o tronco cair sem tocá-lo, empurrando-o com a pá de jardinagem do papai, que estava no canto do depósito. A fumaça que saía da carne carbonizada indicava que estava muito quente. Eu o enrolei no cobertor. Mandei Julián levá-la até a caminhonete enquanto eu recolhia o lixo para poder fingir que algo além do tronco da minha irmã havia queimado naquele forno. Era preciso descartar que alguém tivesse sentido o cheiro e que, no dia seguinte, eu tivesse que responder perguntas incômodas. Procurei alguns potes de barro inacabados que deixara há muito tempo, quando comecei com os metais. Pus o lixo dentro. Se alguém perguntasse, inventaria algum procedimento artístico de vanguarda que justificasse misturar argila com lixo orgânico. Liguei o forno por cinco minutos e depois desliguei. Juntei-me a Julián, que me esperava na caminhonete. Levamos o tronco de Ana para o terreno baldio, carregamos juntos até depositar onde estavam a cabeça e as pernas. Retiramos o plástico que cobria o que tinha ficado naquele terreno. Arrumei o tronco no centro para preencher o espaço vazio. Não havia cães nem ratos, apenas duas pernas e uma cabeça esperando a peça que faltava. Finalmente fomos descansar e esperar que o corpo de Ana fosse encontrado. Julián se encarregaria de ligar para a delegacia pela manhã, não se identificaria, seria uma ligação anônima, indicaria o local exato onde encontrá-la. No caminho para a minha casa, obriguei-o a jurar que se livraria do plástico, das roupas de Ana, dos cobertores manchados de sangue e do que estava vestindo, assim como eu faria com minhas próprias roupas e com o que tinha guardado no meu bolso. E que lavaria a caminhonete assim que chegasse na garagem da empresa. Entrei na minha casa. Meu corpo doía como se eu tivesse lutado contra alguém e ainda sentisse os golpes recebidos. Pela janela, vi a caminhonete de Julián se afastando. Fui até meu quarto sem acender nenhuma luz, fazendo o mínimo de barulho possível. Deitei-me na cama. Eu sabia que naquela noite ninguém estava dormindo no quarto ao lado. Embora tenha fechado os olhos e não os tenha aberto novamente, não consegui adormecer. Tinha feito o que devia fazer, não me repreendi, nem me senti culpada. Porém, meu corpo estava impregnado do cheiro do sangue de Ana misturado com o de sua carne queimada. Às vezes, quando parecia que eu ia adormecer, um sonho começando, a lâmina quebrava os ossos e eu acordava assustada, como se tivesse caído num poço. Bem cedo pela manhã ouvi a mamãe dizendo que Ana não estava no quarto e o papai orientando que ligasse para a casa das amigas dela. Mas antes que pudessem fazer isso, o telefone tocou. Era a polícia anunciando que o corpo de Ana tinha sido encontrado queimado e esquartejado. Minha mãe, entre gritos de dor, repetiu o que lhe disseram do outro lado da linha: que tinham encontrado o corpo num terreno baldio devido a uma ligação anônima. Julián cumpriu sua parte da tarefa no prazo combinado e isso me deixou feliz: não queria que a angústia dos meus pais fosse maior porque Ana não aparecia. Quanto mais cedo começasse o luto pela minha irmã, melhor. Os gritos de mamãe me levaram a sair do quarto. Meu pai me abraçou e me disse chorando: "Mataram a Ana." Ficamos abraçados e comecei a chorar incontrolavelmente. Não conseguia respirar, pensei que ia desmaiar. Os vizinhos começaram a chegar e ficaram sabendo da notícia. Alguém avisou a Lía, que chegou por volta do meio-dia. A vizinha do outro lado da rua disse que sentiu cheiro de carne queimada, "como quando queimam cadáveres no necrotério". Mas ninguém acreditou porque "queimaram o corpo depois da igreja, cinco ou seis quarteirões depois, o cheiro não poderia ter chegado até aqui". E a mulher acabou se convencendo de que havia sonhado ou que sua percepção se devia a uma ligação paranormal com minha falecida irmã. Ninguém perguntou nada sobre as panelas de barro que estavam no meu forno.

    Deus quis, desta vez Ele quis. Não afastou de mim aquele cálice, mas eu fiz a vontade d'Ele, não a minha. Nada além da vontade d'Ele.

Epílogo: Alfredo

A violência religiosa é diversa e multiforme.
JEAN-PAUL GOUTEUX, *Apologia da blasfêmia*

Querida Lía, querido Mateo:

Se estão lendo esta carta, significa que se encontraram e decidiram fazer isso. Pensar nos dois juntos após a minha morte me deixa feliz. Tão feliz que choro sobre esse papel em branco que vai se enchendo de palavras.

Imagino que, a essa altura, já tenham lido as cartas que foram endereçadas a cada um de vocês individualmente. Se, como fantasio, construírem um relacionamento familiar amoroso e sólido, terão tempo para compartilhá-las. Desabafei tudo que precisava quando as escrevi, então, por favor, desculpem o sentimentalismo deste homem velho. Sentimentalismo do qual, por outro lado, não me arrependo. Tínhamos algumas conversas pendentes, tentei continuá-las, mas verão que também não terminam nessas cartas. Quem sabe um dia possamos conversar novamente. E se vocês, meus queridos ateus, depois de lerem a frase anterior, quiserem rir de mim, vão em frente, porque o riso nos salva mais do que qualquer religião.

Queria reservar esta última carta para falar de três temas que quero que abordemos juntos, como se eu estivesse aí, conversando com vocês: a morte, o amor e a fé.

Começo com a morte. E, especificamente, pela morte de Ana, algo que perturba a nossa família há trinta anos. Á beira da minha própria morte, descobri o que aconteceu com minha filha, a mais nova, a caçula. Ana, minha pimpolha. Nossa Ana. Depois de me perguntar desesperadamente durante anos quem matou Ana e por qual motivo, encontrar a verdade foi uma dor ainda maior do que eu poderia ter imaginado. Por isso, por causa desta nova dor que se somou à que sinto desde o dia em que ela morreu, me perguntei muitas vezes se deveria ou não contar essa verdade a vocês. Continuo me perguntando enquanto escrevo; vou me perguntar com esta carta já escrita, no momento em que sentir que estou abandonando meu corpo. Porém, quem sou eu para negar a verdade a vocês? Quem sou eu para deixar que continuem vivendo em dúvidas e mentiras, apenas para evitar novas dores? A verdade que nos é negada dói até o último dia. O que é revelado, não sei, porque provavelmente terei um curto período entre essa revelação e a minha própria morte. Sempre soube que sofro de uma doença terminal, embora tivesse a ilusão de que ainda haveria tempo pela frente. E justamente quando decidi que não havia outra maneira senão contar a vocês o que sabia, o médico confirmou que eu tinha semanas de vida. Então, perto de falar, me senti egoísta. Vou acalmar essa dor em breve, quando morrer. Todas as tristezas irão embora comigo. A anterior, de quando eu não sabia, e a atual, agora que sei. Quando lerem esta carta, meu sofrimento por Ana terá chegado ao fim. Mas para vocês, qual das duas dores será mais tolerável?

Meus queridos, só posso me imaginar entregando a verdade se estiverem juntos. Sei que os dois vão precisar um do outro para poder conversar sobre o ocorrido, aceitar o caráter irremediável dos acontecimentos e, agora sim, começar uma nova vida. Além da dor, esta verdade deve ajudá-los a cicatrizar a ferida de uma vez por todas. Imagino os dois sozinhos, cada um por seu lado, e isso me dói. Eu os imagino juntos e sei que vão conseguir.

Ana não foi assassinada. Pelo menos, ela não foi assassinada nos termos em que a Justiça descreve e pune o crime de homicídio. Ana morreu após um aborto clandestino. Teve um quadro chamado síndrome de Mondor, um aborto séptico que produz uma infecção fulminante, fatal numa porcentagem muito elevada de casos. Ana foi uma das muitas mulheres que compõem essa maldita porcentagem. Saber que ela, aos dezessete anos, foi interromper uma gravidez indesejada em um local clandestino, sem segurança e higiene, acompanhada por uma amiga da mesma idade, faz com que eu me sinta absolutamente responsável por sua morte. Sou culpado pela morte de Ana. É minha responsabilidade que ela não tenha me contado que estava grávida e que não quisesse continuar com essa gravidez. Eu deveria estar lá para ajudá-la a resolver isso em melhores condições. Eu me declaro responsável por não ter criado o clima de diálogo propício com minhas filhas. Nunca falamos sobre esse assunto ou tantos outros. Nunca mencionei a palavra "aborto" na minha casa. E acompanhei o horror da sua mãe com o meu silêncio, se alguém a pronunciasse. "Aborto" não era um palavrão na nossa família, era uma palavra proibida. Eu me sinto um hipócrita, porque, é claro, se eu soubesse o que estava acontecendo com Ana, eu a teria ajudado a interromper aquela gravidez. Ela teria feito isso mesmo com a oposição da mãe, pois o catolicismo a teria obrigado a escolher entre a obediência a Deus e a filha, e sei o que ela teria escolhido. Não estou acusando Doloresde nada a esta altura, ela fez o que pôde com tantos preceitos que puseram em sua cabeça sobre o bem e o mal. Mas o bem e o mal, vocês e eu sabemos, são termos relativos. E as religiões, em geral, não permitem pensar com seus próprios critérios onde estão um e outro.

Eu deveria ter sido um pai confiável para Ana, deveria tê-la ensinado a acreditar em si mesma e nos seus próprios critérios, deveria tê-la educado para que não se envergonhasse por não concordar com tudo o que proclama a religião que incutimos nela. E, muito menos, o que pregam seus sacerdotes. Nem no que diz respeito ao aborto, nem em relação a qualquer outra questão em que as religiões obriguem a pensar numa única direção, de forma coletiva e irracional. Pelo que deveria ter feito e não fiz, eu, opai dela, sou o responsável pela morte de Ana. Esse é o meu opróbrio. E não digo isso para me vitimizar. Por favor, não sintam pena de mim. Este é o meu último ato de dignidade, reconhecer o meu erro: o dano que pode ser causado aos outros quando não deixamos que escolham outro caminho diferente do que acreditamos ser o correto.

Certamente vocês se perguntarão por que, então, se em termos criminais ninguém matou Ana, se deram ao trabalho de queimar seu corpo e esquartejá-lo. É aí que começa a outra parte da verdade. A gravidez de Ana foi consequência de uma relação que teve com Julián, no acampamento, no verão anterior à sua morte. Lamento que, ao falar de Julián, possa causar uma ferida especial em Mateo. Mas não há como contar essa história sem mencionar o pai. Falei com Julián quando descobri a verdade e ele reconheceu. O que mais poderia fazer diante das evidências? No momento em que Ana engravidou, ele estava no seminário planejando ser padre. Ele me confessou que a notícia o nocauteou. Que, naquela época, não estava de forma alguma nos seus planos deixar o seminário. Ele afirmou que não concordava com o aborto. Até usou a palavra "pecado". Para Julián, o aborto é, conforme disse, um pecado mortal. Justificou-se afirmando que, apesar das suas crenças, respeitou a decisão de Ana. Que o que ele fez foi permitir que ela fizesse o que havia decidido fazer. Segundo Julián, "com liberdade absoluta". Frase infeliz quando se refere a uma menina de dezessete anos que foi deixada sozinha para fazer um aborto, em um lugar sinistro, que não cumpria nenhuma norma sanitária. E a quem, horas depois, deixou morrer enquanto a infecção avançava em seu corpo.

Julián afirma que, para ele, quem queimou e esquartejou Ana foram os responsáveis por aquela clínica clandestina, que fizeram aquilo para esconder a causa da morte e a sua responsabilidade. Não acreditei nele;: estava tremendo quando me contou, suas mãos suavam. Mas não consegui que me contasse o que mais sabia, nem naquela primeira vez que conversamos, nem nas vezes seguintes. Apenas chorava e dizia: "Eu não fiz aquilo, eu não fiz aquilo." E eu acreditei nele, porque Julián não tem coragem de esquartejar um corpo. Não estou dizendo que tinha consciência da aberração daquele ato, acredito que sua consciência teria permitido que fizesse qualquer coisa. Estou falando que não teria coragem. Por mais que alegue ter permanecido em silêncio para proteger a "memória de Ana", também era do seu interesse que não se soubesse o motivo da morte da minha filha.

Junto com um perito legista que contratei para analisar o caso, desenvolvemos algumas hipóteses sobre quem poderia ter feito isso por ele, encomendado ou não por Julián, na tentativa de ajudá-lo. Fizemos uma lista: seu pai, seus irmãos, um colega de seminário. Fui várias vezes à Eletrodomésticos Varela para confrontar sua família. Eu ia e, quando me atendiam, olhava em silêncio para a pessoa que estava à minha frente, esperando ver alguma reação em seus olhos que os declarasse culpados. Mas devo admitir que a única coisa que notei foi compaixão, compaixão paciente por aquele velho, que certamente era considerado um louco.

Julián, assim como eu, e mesmo não tendo esquartejado e queimado Ana, é responsável pela morte dela. Porque ele não a acompanhou, porque não cuidou dela antes, durante e depois da gravidez, porque deixou que morresse. Ele sabia e não fez nada.

Não consigo entender Carmen, é incompreensível para mim que, sabendo a verdade, tenha se casado com ele. Embora seja minha filha, eu a sinto distante, uma estranha, alguém com quem não consegui manter uma relação de amizade. Sempre senti isso, mas tentei negar; um pai, dizem, deveria amar seus filhos igualmente. Dizia a mim mesmo que o que nos separava era a sua fé católica profunda, quase fanática. Não foi só isso. Depois que Julián me confirmou sua participação na morte de Ana, não pude mais negar que Carmen e eu pertencemos a dois mundos diferentes. Ela sabia por que a irmã tinha morrido, ele contou. Carmen o perdoou e ficou quieta. Há algo nesse pacto que me escapa, algo obscuro que percebo no casal que formaram e que não consigo decifrar. Ou não quero decifrar, ou não me atrevo. O que os une como dois seres inseparáveis, como se fossem um só, é um mistério para mim. Não é amor, o amor não pode ser fundado em algo tão obscuro. Não consigo ir além daquela escuridão que percebo neles.

Acredito que cada um de nós chega à verdade que podemos tolerar. E, parados ali, não ousamos dar mais nenhum passo. É um limite que o nosso próprio instinto de autopreservação estabelece. O meu, embora tenha tão pouco para viver, só me permitiu chegar até onde estou contando. E não os perdoo, nem Julián, nem Carmen, por nada do que aconteceu antes e depois da morte de Ana. Não os desculpo por não terem contado o que sabiam, por terem permitido que, durante trinta anos, eu passasse dia e noite me perguntando quem matou a minha filha e por quê.

Permitam mais uma reflexão. Na história de Ana há um grande paradoxo: para a lei, a única que cometeu um crime foi, porque fez um aborto. E os médicos que a ajudaram a abortar. Legalmente, eu, seu pai, que permiti que crescesse em um ambiente onde a palavra "aborto" não podia ser mencionada, não sou culpado de nenhum crime. Nem a mãe dela, que botava a religião acima de tudo e de todos. Nem Julián, que a deixou morrer sozinha. Nem Carmen.

Isto é o que sei sobre a morte de Ana. Espero ter feito bem em contar a vocês. Sei que vocês, juntos, serão capazes de lidar com essa verdade.

Agora vamos falar de amor. Quero confessar que, poucos meses antes da minha morte, me apaixonei. Acho que me apaixonei pela primeira vez na vida. Pois o que sinto não é comparável ao que pensei serem amores anteriores. Nem com o que senti há muitos anos pela sua mãe, pela sua avó. Quando Dolores e eu começamos a namorar, éramos duas crianças de quinze anos. E depois continuamos quase por costume, por carinho, pela impossibilidade de pensar que o amor fosse outra coisa. Por outro lado, agora eu sei que é. Eu me apaixonei pela Marcela, a amiga da Ana. Espero que não me julguem pela diferença de idade. Sei que não vão fazer isso. Marcela não sabe que estou apaixonado por ela. Ou sabe, mas esquece. Porque, devido a uma pancada que recebeu no dia da morte da Ana, sofre de amnésia anterógrada, o que a impede de lembrar novos acontecimentos de sua vida. Por exemplo, não consegue se lembrar que ontem, ou mesmo há algumas horas, um homem mais velho disse que a amava. Que diz todos os dias, quando nos despedimos: "Eu te amo." E continuarei dizendo até o dia de minha morte. Ao contrário de outras coisas, peço que não escreva isso; escrever em uma caderneta é a única maneira que ela tem de "lembrar". Porque sinto que assim ela será livre, que a cada dia poderá decidir se também me ama ou não, e terei a oportunidade de ver, como um presente repetido, aquele brilho nos olhos dela que só aparece quando sabemos que somos amados pela primeira vez.

Marcela foi quem acompanhou Ana para fazer o aborto. Foi em quem minha garota pôde confiar. E Marcela não a decepcionou. Ficou com ela, segurou a mão dela naquela maca, ajudou a voltar para casa. Ana morreu nos braços dela, na igreja, enquanto Marcela a acariciava. Como não me apaixonar por ela?

E, finalmente, a fé. Sei que ambos são ateus. Compartilhamos leituras que eu mesmo recomendei a vocês. Estou feliz por terem tomado a decisão de romper as correntes a que estavam presos devido à religião que a nossa família impôs. É preciso ter coragem para não acreditar em nada, estou orgulhoso de vocês. Eu os admiro. Mesmo assim, antes de partir, devo confessar que, embora diga a mim mesmo com razão que não existe nenhum Deus, às vezes duvido. Ou quero duvidar. Talvez, se tivesse uma idade diferente, ou se não tivesse sido diagnosticado com um câncer que me aproxima um pouco mais da morte a cada dia, eu também pudesse me declarar ateu. Mas não fiz isso na hora certa e hoje tenho oitenta anos. E vou morrer em breve. Então, preciso acreditar. Desejo acreditar.

Talvez a fé seja outra armadilha ingênua numa vida sustentada por diversas delas. Gostaria, quando meus dias na Terra terminarem, de me surpreender ao saber que há algo mais. Um lugar criado por qualquer deus, de qualquer religião. Ou por nós. Um lugar onde nos encontrar novamente e para sempre. Pode ser o ar, ou a água, um pôr do sol ou o coração daqueles que permanecem vivos. Que cada um construa sua própria catedral para esse "deus", ou como quiserem chamá-lo. Imagino que a catedral de Marcela seria construída com borboletas pretas. A de Ana, toda empapelada com seus desenhos. A de Lía, uma catedral na qual os tijolos das paredes fossem livros; tijolos móveis, que podem ser retirados para serem lidos sem que a catedral desmorone. A de Mateo, feita de perguntas, onde um ponto de interrogação se liga a outro numa cadeia interminável. A minha, uma catedral construída com as palavras que quero levar comigo para onde quer que eu vá. Nas paredes vou estampar algumas das que mais gosto: "santarritas" e "buganvillas", por exemplo. E os seus nomes, "Lía", "Mateo".

Lá estarei. Talvez, algum dia, nos encontremos na minha catedral ou na de vocês. E espero que, tendo nos tornado no que for, possamos nos reconhecer pela nossa essência, pelo que fomos, pelo que sempre seremos.

Espero vê-los de novo. E a Ana, minha pimpolha, que não merecia morrer. Caso não aconteça, será porque vocês, meus queridos ateus, são os que têm razão e, depois desta vida, por mais triste que seja, não há mais nada.

Sempre os amarei.

Alfredo

Agradecimentos e menções

Obrigada.

Aos primeiros leitores de *Catedrais*: Marcelo Piñeyro, Marcelo Moncarz, Débora Mundani, Karina Wroblewski, Ricardo Gil Lavedra, Lucía Saludas e Tomás Saludas.

A Tomás Saludas, obrigado também por detectar passagens da Bíblia que ilustraram situações desta história e me ajudaram a compor personagens por meio das palavras certas.

Aos profissionais Edurne Ormaechea, Pedro Cahn e Leandro Cahn, que me forneceram detalhes sobre a síndrome de Mondor. Aos especialistas Laura Quiñones Urquiza e Roberto Glorio, que tiraram minhas dúvidas sobre um tema que me apaixona: criminologia e ciência forense. E aos psicólogos Graciela Esperanza e Fernando Torrente, que me ajudaram a imaginar como pensam e por que agem alguns personagens desta história.

Aos amigos e colegas espanhóis Berna González Harbour e Carlos Zanón, que gentilmente esclareceram minhas dúvidas sobre certos usos da nossa língua em ambos os lados do oceano.

Às minhas amigas escritoras que, sentadas num café ou passeando por alguma cidade, ouviram esta história e me encorajaram diante das minhas dúvidas: Samanta Schweblin, Rosa Montero e Cynthia Edul.

A Guillermo Martínez, escritor e amigo, a quem agradeço não só as conversas sobre este romance, mas sobre tantas outras coisas: o ofício de escrever, a situação do escritor, as políticas culturais, a família, o país e, agora também, o feminismo.

A Marcos Montes, pela paciente e precisa correção do primeiro rascunho deste romance.

A meus editores Julia Saltzmann, Julieta Obedman, Pilar Reyes Forero e Juan Boido.

A Bárbara Graham e Guillermo Schavelzon.

A frase de Emerson que escolhi como epígrafe do romance aparece como citação no livro *Deus, um delírio*, de Richard Dawkins.

A citação de Borges que encabeça a parte "Mateo" integra uma das respostas que o escritor deu a Antonio Carrizo nas entrevistas que aparecem no livro *Borges el memorioso: Conversaciones de Jorge Luis Borges con Antonio Carrizo*.

Quanto a Raymond Carver, a minha mais profunda admiração pelos seus contos em geral, e por *Catedral* em particular, ao qual devo tanto, a começar pelo título deste romance.

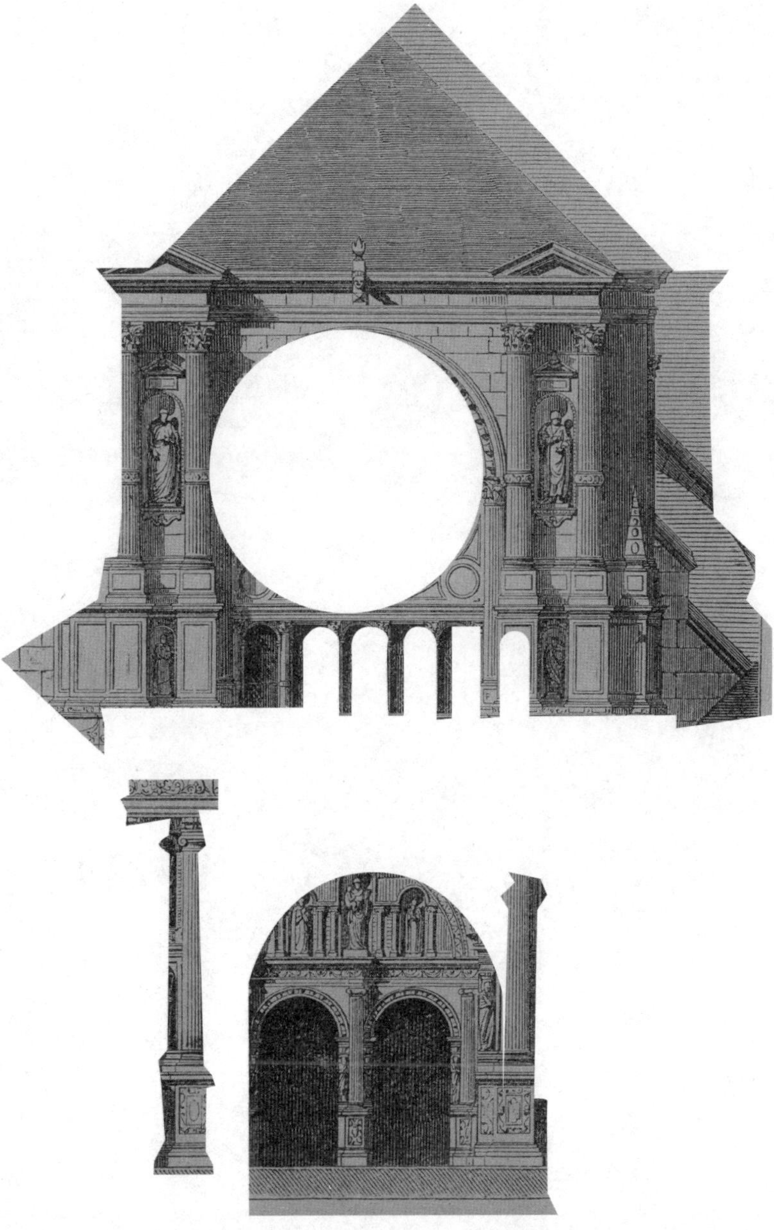

© 2024, Claudia Piñeiro

Equipe editorial: Lu Magalhães, Larissa Caldin, Joana Atala e Sofia Camargo
Tradução: Marcelo Barbão
Preparação e revisão de texto: Mabi Costa
Projeto Gráfico e Capa: Casa Rex
Diagramação: Lucas Saade
Impressão: Plena Print

Dados Internacionais de Catalogação na Publicação (CIP)
(Câmara Brasileira do Livro, SP, Brasil)
Angelica Ilacqua CRB-8/7057

Piñeiro, Claudia
    Catedrais / Claudia Piñeiro. — São Paulo : Primavera Editorial, 2024.
    256 p.

ISBN 978-85-5578-125-4

1. Ficção argentina I. Título

24-1281   CDD Ar860

Índices para catálogo sistemático:
1. Ficção Argentina

PRIMAVERA
EDITORIAL

Av. Queiroz Filho, 1560 — Torre Gaivota Sl. 109
05319-000 — São Paulo — SP
Telefone: + 55 (11) 3034-3925
+ 55 (11) 99197-3552
www.primaveraeditorial.com.br
contato@primaveraeditorial.com